文春文庫

もう誘拐なんてしない

東川篤哉

文藝春秋

目次

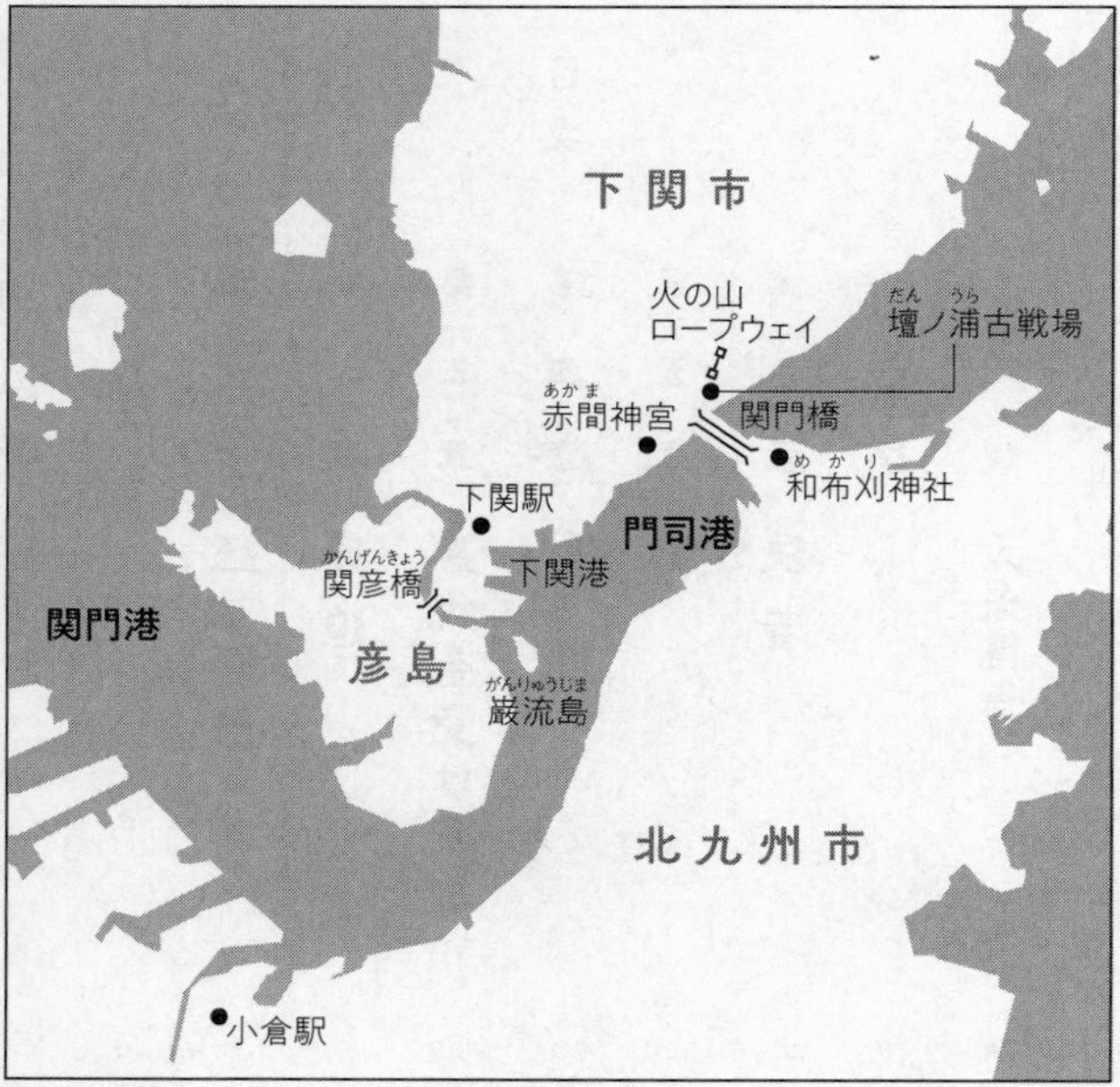
下関市
火の山
ロープウェイ
壇《だん》ノ浦《うら》古戦場
赤間《あかま》神宮
関門橋
和布刈《めかり》神社
下関駅
門司港
関彦橋《かんげんきょう》
下関港
関門港
彦島
巌流島《がんりゅうじま》
北九州市
小倉駅

もう誘拐なんてしない

プロローグ

　七月も半ばを過ぎれば学校は夏休み。リッチな学生はひと夏の想い出を求めて海へ山へと繰り出し、そうでない学生は日銭を求めてバイトに精出す、そんな不公平な季節。明らかに後者に属する樽井翔太郎《たるいしょうたろう》は、二十歳の大学生。したがってバイトに精を出さざるを得ない。でも、どうせやるなら実入りがよくて、楽ちんで、食事代と交通費は全額支給で、自由に休みが取れて、あ、それから野郎ばっかりの職場ってのは嫌だなあ、できればかわいい女の子たちとひと夏の想い出が作れるようなのがいい――などと虫のいいことを考えながら翔太郎は求人情報誌を眺める日々。

　しかし当然のことながら、そんなうまいバイトが下関《しものせき》にあるわけない。山口県全体を探してもないだろう。

「東京にはきっとあるんだろうなー」などと呑気に呟く彼は要するに世間を知らない。

　山口県下関市。翔太郎が暮らす街である。

　本州の最西端に位置する交通の要所。二〇〇〇年代に入って五年以上が経過した現在、人口は約三十万人。山口県下においては最大の都市でありながら、そこに暮らす人たちにはそもそも自分たちが山口県人であるという意識がほとんどないという変わった街。

一般的には合戦と決闘と維新とふぐ刺しに彩《いろど》られた海峡の街である。

海峡の街であるがゆえに、テレビをつければ福岡の放送局の電波を受信できる。おかげで福岡県人からは電波泥棒などと揶揄《やゆ》されたりもする。それぐらい福岡県に近いわけだが、使用言語はもちろん山口弁。語尾に「～ちゃ」とか「～のう」とか付けて、やや大袈裟《おおげさ》に気合を込めて喋《しゃべ》れば、それっぽい感じになる。野郎同士の喧嘩なら、広島弁同様に役立つ言葉だ。

お買い物は『シーモール下関』、魚が見たくなったときは『しものせき水族館』か『唐戸《からと》市場』、初詣なら『赤間《あかま》神宮』、デートするなら『海峡ゆめタワー』で、もちろんバスは『サンデン交通』。ちなみに下関ではサンデンバスは自転車代わりの超メジャーな移動手段である。乗ったことのない人間は、生まれたばかりの赤ん坊を除けば、たぶんひとりもいないだろう。下関とはそういう街だ。

田舎でもなく、かといって都会というほどでもない。そこそこ暮らしやすい地方都市。

しかし、うまいバイトが転がっている街ではない。

ちなみにこの時期、バイト探しの学生たちの間でまことしやかに語られるひとつの噂《うわさ》がある。すなわち、関門《かんもん》海峡に浮かぶ溺死体《できしたい》を洗うバイトというものがあって、それは超高額なバイト代が支払われるらしい――という噂、あるいはいかにも港町らしい都市伝説。だが幸か不幸か、どこでそんなものを募集しているのかが全然判《わか》らない。

だからバイトのしようがない。

ファミレス、喫茶店、書店にカラオケボックス、無難なものはそこそこあるが、いずれもパンチ不足。

そんなこんなで思い悩んだ挙句《あげく》、翔太郎はひとりの男に相談を持ちかけた。その男は、翔太郎と同じ大学を六年もかけてようやくこの春卒業にこぎつけたという兵《つわもの》で、現役時代はバイト経験の豊富さにより学内でも一目置かれる存在だった。

「先輩、なにかいいバイトありませんかね。実入りがよくて楽ちんで食事代と交通費は全額支給で……」

「ええのがあるっちゃ」先輩は皆まで聞かずに即答した。「関門海峡に浮かんだ死体を洗……」

「いや、そういうんじゃなくって」

「いけんの⁉ なんで！」

いや、なんでって……

「ぶち儲かるど」先輩の目が本気だ。「そして、一生の想い出にも――」

「一生の想い出なんていりません。ひと夏の想い出ぐらいでお願いします」

「要するに普通のバイトでええちゅうことかいや。それやったら俺の仕事を手伝えーや」

「え、先輩の仕事を⁉」翔太郎はびっくりして居ずまいを正した。「先輩、仕事なんてしてらっしゃったんですか！」

「してらっしゃったに決まっとる。ただの遊び人と違うどー」

へえ、違うんだ。正直、この先輩が正業に就いているという認識が翔太郎にはなかった。

「で、先輩の仕事ってなんなんですか」

「たこ焼き屋――ちゅうても軽トラックの屋台やけどのう」

「ふーん、意外ですね。でも面白そう」

「ほんじゃ明日からこいや」

こうして翔太郎の夏休みのバイトはやや一方的に決定した。さっそく翌日から、翔太郎のたこ焼き職人見習いとしての生活がスタートした。

正直、不満な点は多い。なぜ真夏のクソ暑い時期にわざわざ焼けた鉄板の前に座らなくてはならないのか。なぜ真夏のクソ暑い時期に先輩の下でこき使われなくてはならないのか。なぜ真夏のクソ暑い時期に先輩の軽トラ屋台はクーラーのひとつも備わっていないのか。なぜ真夏はクソ暑いのか。

やがて翔太郎の我慢が限界に達したころ、

「ああもう、やっとられん、こんな仕事！」先輩のほうが先に音《ね》をあげた。「だいたい、たこ焼きなんて真夏に食う奴の気が知れんちゃ」

先輩はたこ焼き屋にあるまじき暴言を口にすると、唐突に「俺も夏休みが欲しい」などといいだした。さらに続けて、流暢《りゅうちょう》な下関弁を駆使してひとつの提案をおこなった。

「翔太郎、俺の軽トラ屋台を夏の間だけおまえに貸しちゃる。な――に、たこ焼きなんて誰が焼いたって同じじゃが。いや、むしろおまえのほうが俺よりも向いとるかもしれん。もちろん売った分だけおまえの稼ぎになる。はるかに実入りがええど。どねーなあ？」

「はあ――」どねーなあ、といわれても……

「よっしゃ、ほんじゃ任せたけーのう、翔太郎」

こうしてまたしても話は一方的に決まった。どうやら先輩は最初から自分が夏休みをとるために、翔太郎を雇ったものらしい。つまり、すべては彼の目論見《もくろみ》どおり。

それが証拠に、話が決まった途端、先輩は《甲》とか《乙》とか書かれた契約書を取り出した。それによれば『甲は屋台の賃貸料として売り上げの一割を乙に支払う』『原材料費及び燃料費、あるいはその他の営業にかかる費用はすべて甲が負担する』『赤字の場合の責任はすべて甲に帰するものであり、乙はその損失を補塡する義務を負わない』などとある。

もちろん《甲》が翔太郎で、《乙》が先輩のことである。いちおうもっともな内容なので文句はないのだが、なんとなく釈然としない翔太郎だった。

売り上げの一割を支払う⁉　まあ、いいけど……

こうして翔太郎の暑い夏がはじまった。

第一章

狂言誘拐

飲み屋や定食屋などが雑然と軒《のき》を連ねる薄暗い路地。そんな一角にある《早い・安い・多い》が売り物の大衆食堂。樽井《たるい》翔太郎《しょうたろう》は擦り切れたジーンズにTシャツという姿でカウンターに陣取り、ラーメンにレバニラ、ギョーザにスポニチというハイセンスな昼飯をとっていた。

ふと見上げると、神棚の隣に祭られたテレビの中で、美人のお天気キャスターが困ったような顔をしながら、この夏の水不足を心配している。晴天は今月いっぱい続くらしい。

「困るな。屋台を営業するにも水は必要なわけだし――」と翔太郎は一瞬真面目に心配し、それからすぐそれが自分にはあまり関係のないニュースであることに気がついた。

「福岡の水がめが干上がったからといって、下関の水道が止まることはないか」

翔太郎は安心してラーメンを啜《すす》る。

ここは北九州市門司《もじ》区。門司港駅から程近いところにある繁華街の外れ。下関とは海を挟んで目と鼻の距離であるが、ここはもう九州。言葉も違えば、ラーメンの味も違う別世界。翔太郎にとってはアウェーである。

翔太郎が軽トラ屋台を任されてから一週間が経過していた。そして、この一週間で翔太郎は下関の街で商売することに早々と限界を感じていた。

ているのだ。ならば、とばかりに彼は商機を求めて対岸の門司港まで軽トラ屋台を走らせた。門司港はレトロな雰囲気を前面に押し出した街づくりが成功して、最近は人気の観光スポットである。

翔太郎の目論見は当たって、午前中の売り上げは上々。この調子なら、午後にはもうひと稼ぎできるはず、と期待を膨《ふく》らませながら翔太郎はギョーザを頰張《ほおば》る。しかし、昼食を終えて店を出たところで、彼の運命は一変した。

きっかけは遠くで微《かす》かに聞こえた悲鳴だった。

「ん――⁉」

若い女性の声だ。翔太郎は耳を澄ました。男性の声だったら聞き流すところだ。細い路地が交差する小さな十字路。その真ん中で翔太郎は足を止めた。路地のどこかで激しい足音が響いている。足音は複数。慌てて前後左右を確認する。

すると路地の一方からこちらに向かって一目散に駆けてくる少女の姿が目に飛び込んできた。少女は濃紺のスカートに濃紺の大きな襟《えり》のついた白い服装で胸のところに赤いリボンが結ばれていて――要するにセーラー服姿である。地元の女子高生だろうか、それともこのあたりにそういった風俗店でもあるのだろうか。そんなことを思っているうちに、少女は短距離走のような猛スピードで翔太郎の横をいったん駆け抜けた。しかし、そこで慌てて急ブレーキ。それからあらためて翔太郎のもとに駆け寄ると、彼の右腕にすがりつくようにしながら、「助けて」と切羽詰まった声で懇願した。「悪い人たちに追われているの！」

ドラマのようだな、と翔太郎は思った。ありがちなドラマのありがちなシーン。よし、助けよう――翔太郎は一瞬の判断でそう決めた。それは子犬のように怯《おび》えた彼女の眸《ひとみ》や切なくなるほど震えたその声のせいだったかもしれないし、あるいは右腕を通じて微かに感じた彼女の胸の膨らみのせいだったかもしれない。いずれにしても助けると決めた以上、問題は相手だ。

「追われてるって、誰に!」

「あの人たちよ!」

少女の指し示す先に目をやる。ちょうど、二人の男たちが角を曲がって路地に姿を現したところだった。黒いサングラスを掛けた二人組。ひとりは真っ黒なスーツに白いシャツ、黒いネクタイという小太りの男。もうひとりは、純白のスーツに黒いシャツ、白いネクタイという痩《や》せた男。真ん中に一本マイクスタンドを立てれば、すぐさま愉快な漫才でもはじめてくれそうな装い――「なんやねん、おまえの恰好《かっこう》、オセロゲームかいなー」「なにゆーてんねん、おまえかて一緒やないかー」――といった感じ。

二人組は少女の姿を認めると、互いに頷きあい、こちらに向かって勢いよく駆け出してきた。なるほど、確かにこの少女はこの連中に追われているらしい。

「きゃあ!」少女はまた悲鳴をあげて二、三歩駆け出した。

男二人は荒い息を吐きながら、すでに翔太郎の目の前まで迫っている。翔太郎は、邪魔はしませんよ、というように路地の端に身を寄せて道を開けてやり、そして二人が駆け抜けようとする瞬間に、そっと優しく足を引っ掛けた。白い痩せたほうの男がまともにぶっ倒れ、後からきた黒い小太りが倒れた相方に躓《つまず》いて、折り重なるように倒れた。我ながら卑怯だ、と翔太郎はそう思ったが、ひとりで二人を相手にする以上これぐらいは許されるだろう。ためらっている暇はない。先手必勝！

翔太郎は黒い小太り男の腹にニードロップ、白い痩せ男の顔にエルボードロップ。調子に乗った翔太郎は続けて、ヤシの実割り、空中胴締め落し、河津落し、さらにランニングネックブリーカードロップ——と、まさにジャイアント馬場の再来を思わせる大技の連発で優位に立った。

奇襲攻撃は大成功。だが、二人組が揃って反撃に移れば、こちらに勝ち目がないことは火を見るよりも明らかだ。翔太郎は適当なところで攻撃を切り上げ、少女のほうに駆け寄った。少女は口に手を当てた恰好で白黒の男たちと翔太郎とを交互に眺めたまま、立ちすくんでいる。翔太郎は彼女の手を取り、正気に戻すようにグイと引っ張って、

「おい、なにぼんやりしてんだ。逃げるぞ！」

「え、ええ」少女は我に返ったように頷くと、「大丈夫かしら、あの二人？」と路上に這《は》いつくばった男たちを心配げな表情で見やる。「あんなにボコボコにされて——」

「他人の心配してる場合か。とにかく、こっち！」

翔太郎は少女の手を引いたまま路地を駆け出した。痛めつけられた男たちの声が背後から響く。この野郎、とか、逃がすんじゃねえ、とか、ぶっ殺してやる、とかそんなふうな物騒な言葉をわめいている。見た目ほど愉快な連中ではないらしい。

「何者だ、あいつら？」

「あの二人、ヤクザよ」

「え——マジかよ！」

だとすれば関わるべきではなかった。が、後悔している暇はない。翔太郎は少女の手を強引に引っ張りながら、入り組んだ路地を駆け回った。少女の行方を追う白黒兄弟たちの荒々しいわめき声が遠く近く聞こえてくる。向こうも態勢を立て直して追跡をはじめたらしい。この狭い繁華街のこと、どこでどう鉢合わせするか判ったものではない。

翔太郎はいったん居酒屋の軒先に置かれたビールケースの陰に身を隠し、少女と顔を突き合わせた。

「こんなところで鬼ごっこしてても埒《らち》が明かないな」

「そうね。どうすればいいのかしら」

「とにかく車のところにいこう」

「え、車」少女が意外そうな顔をこちらへ向ける。「車というのは、あなたの車ですか」

「はい、そうです。僕の車です——って、なんでいきなり敬語？」

「すみません。てっきり同じ高校生かと思っていたものですから。でも、車を持ってるってことは高校生じゃないんですね」

「はい。僕は高校生ではありません。大学生です——って、おい！」翔太郎は我に返ったように声を荒らげた。「もたもたと敬語で喋っている場合じゃないだろ。俺たちは追われてるんだぞ。会話はもっとスピーディーに！」

「判った。そうする」少女は頷き、あらためて尋ねた。「で、あなたの車って、どこにあるの？」

「俺の車はここを真っ直ぐいって右に折れて、路地からいったんアーケードに出て、それを横切って車道に出たら、それを左に進んで二つ目の交差点を――」

「会話はスピーディーに！」

「じゃあ、こっち！」

翔太郎は少女を連れて路地からアーケード、さらに車道へ向けて進む。右へ左へ進路を変える翔太郎の前に、ようやく路肩に停めてある軽トラが現れた。「あの車だ！」

「この車ね！」少女は助手席の扉に手を掛けた。

「あ、いや、その車は誰か知らない奴の……」翔太郎は同じ路肩に停車中のプジョーに乗り込もうとする少女の腕を引き、隣の軽トラに向けた。「……俺のはこっち」

「え！」少女は意外そうに目を丸くして軽トラのボディを眺めた。「蛸《たこ》の絵が描いてあるけど――これ、ひょっとして屋台じゃないの？」

確かに軽トラには黄色い蛸の絵が描いてあるし、ひょっとしなくても屋台である。翔太郎はなんだか馬鹿にされたような気がして、思わず声を荒らげた。

「な、なんだよ、蛸の絵が描いてあったら不満か⁉　蛸の絵が描いてあったら車じゃないのか！　蛸の絵が……とにかく、さっさと乗れ！　見つからないように座席の下に潜り込んでじっとしてろ！　絶対、動くな、息もするな」

「え、無茶いわないでよ、そんな、ちょっと……」

翔太郎は半ば無理矢理に少女を車内に押し込み、結局、少女は助手席で身をかがめた。

翔太郎は運転席に乗り込むと、シャツの上に違う色のTシャツを着込み、ベースボールキャップを被《かぶ》りサングラスを掛け、首にタオルを巻いて、精一杯の変装をおこなった。エンジンを掛け、何事もないかのようにゆっくりと車をスタートさせる。慌ててはいけない。猛スピードで逃げれば、かえって怪しまれるだろう。はやる気持ちをぐっと抑えて、ここはゆっくり法定速度。

するとと案の定、右前方に再び白黒兄弟の姿を発見。黒い小太りと白い痩せ男は少女の姿を見失って途方に暮れた様子。疲れきったような表情を浮かべながら、歩道に佇《たたず》んで肩で息をしている。これなら大丈夫。素知らぬフリで通り過ぎればなにも問題は起こらない。と思ったところ、いきなり小太りのほうが車道に降りてきて、翔太郎の車の前に通せんぼするように立ちはだかった。

「な！」翔太郎は思わず急ブレーキ。「くそッ、目のいい野郎だ！」

万事休す。無念の思いに唇を噛む翔太郎。一方、額に汗を浮かべた黒服ヤクザは路上から運転席の中を覗《のぞ》きこむと、疲れた声でいった。

「兄さん、たこ焼き二つおくれ」

「…………」翔太郎は一瞬、耳を疑った。「……たこ焼き、でいいんですか？」

「――でいいんですかって、あんたたこ焼き屋と違うんかい？」

「はい、確かにたこ焼き屋ですけど……」

しかし、この真夏の暑い中、繁華街の路地裏で追いかけっこを繰り広げた直後にたこ焼きを食べたくなるなんて、こいつらの神経は針金か。いや、そんなことはどうでもいい。翔太郎はベースボールキャップの庇《ひさし》をグッと手前に引いて、「すみません、お客さん、今日はもう売り切れなんです」

「なんや。それやったら仕方ないな――ん⁉」黒服の男が一瞬、表情を変える。「兄さん、このへんじゃあんまり見かけへん顔やな？」

ついさっきそのへんで見かけた顔だというのに、まったく気づいていない。神経は針金で、おまけに目は節穴《ふしあな》らしい。翔太郎は素知らぬ顔で「へい」と答える。「見てのとおりの流しの屋台でして」

「ほう、そうかいな。ほな、ちょうどええからいうとくけど、ここらへんは俺ら花園組《はなぞの》の庭場になっとる。商売するんやったら花園組に筋を通してからするんやな」

「花園組、ですか」暴力団というより宝塚歌劇団という感じの名前だ。あまり恐ろしい感じはしない。「すみません、世間知らずなもので。み、見逃してもらえませんか」

「まあええわ。こっちもそれどころやないねん。そや、あんたにも聞いとこう。このあたりで若い女の子、見ぃへんかったか。セーラー服姿の女子高生で、かわいい顔をしとる。それと若い男が一緒かもしれん」

「かわいい女の子と、若い男ですか」その娘なら、助手席の下で息を殺しているし、若い男ならあんたの目の前にいるのがそうだ。「ああ、そういえば見ました見ました。セーラー服のかわいい娘が憎たらしそうな顔した若い男に手を引かれて、走っていくのを見ました」

「そ、そ、それやッ！」男は人差し指をピストルのようにして翔太郎に向けた。「ほんで？　ほんで、二人はどこいきおった？」

「えーっと、あっちです」翔太郎はいい加減な方角を指で示して、また帽子の庇に手をやった。「それでは、わたしはこれで失礼を」

「おう、サンキューな、兄さん！」男は気さくな感じで感謝の言葉を口にすると、相棒の白いほうを呼び寄せて「いくで、兄弟！」と甲高い声で叫ぶ。二人は翔太郎の教えた方角に向かって一目散に駆け出していった。きっと彼らは誰もいない門司港駅にたどり着き、途方に暮れることになるだろう。

翔太郎はひとつ大きな溜め息をつき、今度は猛スピードで車をスタートさせた。

「おい、もう大丈夫だぞ」

助手席で身をかがめている少女の背中をポンと叩く。少女はむっくりと起きだすと、あー危なかった、というように「ぷは～～ッ」と長く息を吐いた。

「なんだ、本当に息止めてたのかよ。死ぬぞ、おまえ」

「あんたがそうしろっていったんでしょ」不平を口にしながら助手席に腰を落ち着けた少女は、あらためて礼をいった。「とにかく、ありがとう。おかげで助かったわ」

「いや、なに……」少女の意外に率直な感謝の言葉が照れくさい。翔太郎は被っていたベースボールキャップを脱いで、頭を掻《か》いた。「べつにたいしたことじゃない。当然のことをしたまでだ」

「そんなことないわよ。見ず知らずのわたしのために、ヤクザたちと戦ってくれるなんて、かなり勇敢なたこ焼き屋だわ。名前はなんていうの？」

「――翔太郎だ」

「ふーん、たこ焼き屋『しょうたろう』かー。変わった屋号ねー」

「屋号じゃねーよ！　樽井翔太郎、俺の名前だ！」

「ああ、そうなんだ。どうりで変だと思った」

「………」ふざけてるのか？　変なのはそっちだぞ。「とにかく俺のほうから名乗ったんだ。そっちも名前ぐらい教えろよ」

　するとセーラー服の少女はにっこり笑って、自らの素敵な名前を口にした。

「花園絵里香《えりか》、十七歳よ」

　ギイイ――イイイ――イッ――ッ！

　耳を塞《ふさ》ぎたくなるようなブレーキ音が関門海峡にこだまする。二人を乗せた軽トラは噛み付かれたシマウマのように激しく尻を振って、スピン！　翔太郎の周りで世界がぐるり三百六十度回転して静止した。何事もなかったように静まり返る車内。

　花園絵里香は目をパチクリさせてから、あたりを見回す。

「なんなのよ、いまの⁉」

　翔太郎は彼女の問いには答えないまま、ハンドルにしがみついた恰好でうわごとのように呟いた。

「花園絵里香！？……花園？……花園？……花園組！」

絵里香は彼の様子を見やりながら、小さく溜め息をついた。花園って珍しい名字だもんね」

「やっぱり名乗らないほうがよかったみたい。花園組の……関係者？」

「じゃ、じゃあ、やっぱり、その、君は、花園組の……関係者？」

「いいえ。わたしは関係ないわよ」絵里香は翔太郎を安心させるようにゆっくり首を振ってから、「ただ、わたしのパパが花園組で組長をやってるだけ」と不穏なことをいった。

「……組長……やってるだけって……」

翔太郎は震えた。いうまでもないことだが、『パパが花園組で組長をやっている』というのは、『パパが香椎花園《かしいかえん》で園長をやっている』のとは、わけが違う（注――「香椎花園」は福岡では有名な遊園地）。翔太郎は自分がとんでもない花園に足を踏み入れてしまったことに、やっと気がついた。

「判りました。つまり絵里香さんは花園組のお嬢さんということですね」

「はい、そういうことです――って、どうしていきなり敬語？」

「いえ、いまのいままで絵里香さんのこと、てっきり普通の高校生だとばかり思っていたんですよ。すみません。まさかお父さんが組長をなさっているなんて知らなかったものですから――ははは」

「ちょっと、やめてよ、敬語で喋るの」絵里香は居心地悪そうに助手席で身体をもぞもぞさせた。「パパがヤクザの組長だからといって、わたしが普通の高校生であることに変わりはないでしょ。それに、あんたがわたしより年上だってことも」

「でも～十七歳と二十歳なんて～そんなには違わないですよ～絵里香さ～ん」

「やめなさい！　逆に気持ち悪いでしょ！」

そうか。気持ち悪いといわれては仕方がない。それに彼女のいうとおり、相手が組長本人ならばともかく、その娘は普通の女子高生だ。こちらが卑屈になる理由はない。翔太郎は態度を改めた。

「てめー、俺を騙《だま》しやがったな。とりあえず謝れ」

「今度は急に強気になるのね。まあ、いいわ。お互い、この調子でいきましょ」絵里香はむしろ歓迎するように助手席で微笑《ほほえ》む。「だけど、騙したというのは、いったいなんのことかしら。わたしはあなたを騙したつもりなんか全然ないけれど」

「よくいうぜ。路地で最初に出会ったときのことを忘れたか。俺の腕を掴《つか》んで『悪い人たちに追われているの！』っていったじゃないか」

「確かにそういったけれど——それのどこが騙したことになるの？」絵里香は真顔で聞き返す。「だって実際、あの二人は悪い人たちよ。なにしろヤクザなんだから。前科だってあるし、そりゃもう世間の評判は悪いのなんのって」

「なんだそりゃ！　ヤクザったって花園組だろ。そんなの組長の娘から見れば身内みたいなもんじゃないか。悪い人のうちに入らないだろ」

「そうなのよねー。本当はいい人たちなのよー」

と絵里香の言葉はどこかピンボケ。「あの二人、クロちゃんとシロくんっていうの。黒い服を着ていた小太りのほうが黒木《くろき》さんで通称クロちゃん、白い服着た痩せたほうが白石《しらいし》さんで通称シロくん。覚えられる？」

絶対忘れないと思う。

「で、そのクロちゃんとシロくんが、なんで組長の娘を追いかけていたんだ？　ていうか、おまえはなぜ逃げてたんだ？」

「パパはわたしの登下校の際に、必ず自分の部下を監視役としてつけるの。敵対する組織からわたしの身を守るために。あるいはわたしが悪い友達と遊び歩かないように。あるいはわたしがチャラチャラした男と仲良くならないように」

翔太郎はどきりとした。自分は最後の項目にズバリ該当するような気がしたからだ。

「パパの愛情の現れだってことは判るんだけどねー、正直いって息が詰まるのよねー、わたしだってひとりで出掛けたいときぐらいあるわけだしー、でもパパは聞く耳持ってくれないしー」

絵里香は父親に対する不満を鼻歌のように口にする。

「それで監視役を振り切って逃げ出したわけか。なんだ、つまんねえ。わざわざ助けて損したな」

「そんなふうにいわないでよね。わたしだって重要な用件が――」そういって運転席のほうを向いた絵里香の視線が、ある一点でピタリと止まる。その瞬間、絵里香はまるで幽霊でも目の当たりにしたように目を見開いた。「う、うわあ！　な、なに、あんた、そそそ、それはひょっとして！」

「ん⁉」

「そ、そのフロントガラスにぶら下がっているお守り！　わたし、知ってるわ。それは、下関を走る車の二台に一台が備えているといわれるお守りのベストセラー。下関のドライバーのマストアイテム。赤間神宮の交通安全祈願のお守りね。ね、そうでしょ！」

二台に一台が備えているかどうかは知らないけれど、確かにフロントガラスにぶら下がっているのは赤間神宮のお守りだ。

「さては翔太郎、下関人ね！　いいえ、隠したって駄目よ！　わたしにはすべてお見通しなんだから」

べつに隠していない。いままで話に出なかっただけだ。

「確かに俺は下関の大学生だ。いまは夏休みのバイト中でね。今日はたまたま門司港で商売しようと思って足を延ばしただけだ」

「今日はこれからまだ仕事を続けるつもり？」

「さあね、どうしようかなあ。まだ店じまいには早いけど」

「駄目よ、駄目！　下手にこのあたりをうろついていたら、またべつのヤクザと出くわすわよ。今日はもうやめておくほうが賢明というものよ」

「そうかなあ」いまのご時世、一日に二度も三度もヤクザと出会うことは、まずないと思うが、「判ったよ。今日は店じまいにしよう」

「え、本当！　じゃあ、これから下関まで帰るのね。ああ、ちょうどよかったわ」

ちょうどいいもなにも、彼女がそういう方向に話を誘導したのだ。彼女の狙《ねら》いがどうもよく判らない。翔太郎が怪訝《けげん》な表情を浮かべていると、絵里香は弾むような勢いで、いきなり翔太郎の腕を摑んでいった。

「お願い。このままわたしを下関まで連れていって」

「え——そりゃいいけど、なんで？　下関でなにするんだよ。下関なんて面白いところなんにもないぞ」

いや、正確にいうと関門橋とか巌流島《がんりゅうじま》とか長府《ちょうふ》城下町とか、渋い観光地は目白押しなのだが、女子高生を喜ばせるようなものはあまりない、と思う。

「いいのいいの。いきたいところがあるの」

「いきたいところ？　どこだよ？」

「えーと」絵里香は一瞬考えてから意外な場所を口にした。「まずはゲームセンターにいきたいんだけど。——下関にゲームセンターある？」

「おまえ、下関、馬鹿にしてるだろ」

海峡の長い海底トンネルを抜けると、そこは下関。翔太郎は市街地へと向かうフリをしながら逆方向に車を走らせ、十数分。助手席の絵里香の表情に、いったいどこに向かってるの？　といった感じの疑惑の影が差したころ、翔太郎の軽トラは目的地に到着した。田園地帯の真ん中に立つお洒落《しゃれ》なネオンサインの建物——『ホテル大陸棚』。

「へ～、これが下関のゲームセンターなんだ～、お城みたいね～」

「……………」

「そう。わたしはべつに構わないわよ」絵里香は驚くほどの大胆さでOKしたものの、「ああ、でもパパがなんていうかしら。そういえば今年の四月にわたしをデートに誘った同級生は、ゴールデンウイーク明けには松葉杖をついていたわ。いったいなにがあったのか、聞いても教えてくれなかったけれど――」

翔太郎は車のギアをバックに入れ、アクセルを思いっきり踏み込んだ。軽トラ屋台は映画フィルムを逆回転したようにいまきた道を猛然と引き返し、瞬《また》く間にホテルから遠ざかっていった。「やあ、道を間違えた。ここはゲームセンターじゃなかった」

「そう、残念ね」

「うん、残念――え⁉」

どきりとしてハンドル操作が怪しくなる翔太郎の様子を、絵里香は「うふふ」と余裕の笑みを漏らしながら眺めている。翔太郎は見逃しの三振を食らったようでなんだか面白くない。

そんなこんなで、若干の道草に時間を費やしながら、翔太郎と絵里香を乗せた軽トラは進む。

そして数時間後――

下関駅前にある複合商業施設『シーモール下関』。その一角にあるゲームセンターでは、暇を持て余した若者たちが騒々しくゲームに興じていた。そして店の奥にある一台のUFOキャッチャー。そこでは、鬼気迫る表情でゲーム機相手に敢然と立ち向かうセーラー服の少女の姿が異彩を放っていた。彼女の挑戦はすでに小一時間に及び、投入した金額は数千円。獲得した獲物はぬいぐるみが三個。内訳はウサギが二個にクマが一個。常識的に考えれば、それなりに満足すべき成果と思えるが、少女は打ちしおれた様子で肩を落としている。

「駄目、もう無理！　わたしには才能がないのよ。そもそもUFOキャッチャーなんてやったことないしUFOだって信じてないし、できるわけないんだわ。もう、嫌！」

いったんは涙ながらに両手で顔を覆った絵里香だったが、意外に執念深い性格なのか、再び気を取り直して百円玉を投入。一分後、彼女はこの日四個目の獲物となるリスのぬいぐるみを見事にゲットした。

「あー、もー、腹立つー」ついに絵里香は怒りを爆発させてゲーム機に両手でしがみついた。「ちょっとあんたねー、ゲーム機のくせして、あたしを舐《な》めてると承知しないわよー、あたしのパパを誰だと思ってんのよー。北九州花園組っていったら、泣く子も黙る武闘派で通ってるんだからねー、ボテクリコカされたって知らんけんねー」

「こらこら！　相手は機械だ。凄《すご》んでも仕方ないって」翔太郎が冷静を呼びかけるが、

「ああ、泣いても駄目……脅しても駄目……もう、わたしどうすればいいのか判らない……」

今度こそ床にぺたんと座り込み、泣き崩れる絵里香だった。

翔太郎には絵里香が何故ここまでUFOキャッチャーに執着するのかまるで理解できない。ただ、これまでの観察で彼にもひとつだけ判ったことがある。それは、絵里香の

ゲットしたい目標物はウサギでもクマでもリスでもなく、ただひとつ、カエルのぬいぐるみであるということ。公平に見てショーケースの中でいちばんかわいくないぬいぐるみがカエルなのだが、それでも彼女の狙いがそれにあることは明らかだった。獲得した四個のぬいぐるみは、いずれもカエルのぬいぐるみを狙いながら、間違って引っ掛けてしまったもの。確かに本人も認めるとおり、彼女には才能がないのかもしれない。

「やれやれ、仕方がないな」

床にぺたんと腰を落としたままうなだれる絵里香を横目に見ながら、翔太郎は自分の百円玉を投入口に入れた。じっくりショーケースを見回し、狙いやすそうなのを見つける。実際のところ勝負はほぼこれで決まる。ケースの右奥に、おあつらえ向きの獲物を発見。①のボタンでクレーンを前へ、続けて②のボタンでクレーンを横へ。するすると降りていくクレーン。その爪の部分が、翔太郎の期待通りにカエルの首からわきの下を襷《たすき》がけに捉えた。瞬く間にカエル、ゲット！

「なんだ、簡単じゃないか」

翔太郎は取り出し口からカエルのぬいぐるみを摑み出すと、あらためてその表情をしげしげと眺めた。やはりかわいいとは思えない顔だ。こんなものが北九州の女子高生の間で流行《はや》っているとでも？　ありそうもない話だ。

「ほらよ、絵里香」翔太郎はうなだれる彼女の顔の真正面にカエルのぬいぐるみを差し出した。「やるよ、これ。狙ってたんだろ？」

その瞬間、絵里香の表情がそれこそ幻のカエルを発見したかのように強張《こわば》った。それから彼女は「あ、あッ、あッ――」と口をパクパクさせたかと思うと、なにかに弾かれたように勢いよく立ち上がり、カエルと翔太郎を一緒に抱きしめた。「ありがとう！　凄い、凄いわ、翔太郎」

「え⁉　あの、いや、べつに――」絵里香の感謝の表しようが想像以上に強烈だったので、翔太郎の気分は高々と舞い上がった。「そ、そう⁉　そんなに喜んでもらえるんだったら、もう二、三個、獲ってやろうか」と、ポケットの小銭を捜す。「いや、二、三個といわず、五個でも十個でも……」いやいや、百個でも二百個でも……

「ううん、これひとつで充分」

絵里香は翔太郎からさっと身体を離した。翔太郎は彼女に抱きしめられた感触の余韻にどっぷり浸《ひた》って上の空。しかし絵里香は余韻に浸る間もないとばかりに左腕の時計に視線を落としながら、

「もうひとついきたいところがあるんだけど、いいかしら」

「ん、今度はどこだ？」

どこにでも連れていってやろう、そんな気分になっている翔太郎に、絵里香はまたしても意外な場所を告げた。

「下関北中央病院」

二人を乗せた軽トラは市街地を抜け、下関の北、安岡《やすおか》海岸方面へと向かう。このあたりは海水浴以外では滅多に訪れることのない場所だ。慣れない道に苦戦した挙句、二人の軽トラは純白の塀に囲まれた清潔感のある建物にたどり着いた。海辺の丘に建ついかにも病院らしい外観を持った建物――『ホテル海蛇』。

「いーかげんにしなさいよね！」

「わざとじゃねーよ！」濡れ衣を晴らすべく翔太郎は声を荒らげる。「今度は本当に道を間違えたんだ。だいたい、この建物が紛らわしいのが悪い。いかにも病院みたいな雰囲気出してるから間違えるんだ。でもまあ、せっかくだから少し休んでいかな――」

「いかないわよ！」

どさくさ紛れの誘いをキッパリ拒否された翔太郎は、意気消沈しながら再び車を走らせる。絵里香は助手席でカエルのぬいぐるみを大事そうに胸に抱いている。

それから十分後――

二人を乗せた軽トラは、今度こそ正真正銘の病院、下関北中央病院にたどり着いた。

中庭の駐車場に車を停める。絵里香はすぐさま助手席から降り立つと、

「すぐに戻るから、ここで待ってて」

と翔太郎に言い残し、カエルのぬいぐるみを手にしながら、病棟のひとつに駆け込んでいった。取り残された恰好の翔太郎の胸に去来するのは、ひょっとして自分はタクシー代わりに利用されているだけではないのか、という疑念。ゲームセンターでいきなり翔太郎の首に抱きついてきた絵里香の行動が、そこまで計算ずくのものだったとは思い

たくないが、なにせ相手はヤクザの娘。

翔太郎は絵里香が消えていった白い病棟に目をやる。絵里香は誰かの見舞いにいったらしい。わざわざ見舞いの品としてぬいぐるみを持参したということは、相手は小さな子供か女の子、あるいはぬいぐるみが大好きなヤクザといったところに違いない。

「ま、誰だっていい……にしても、クソ暑いな」

ウンザリしながら時計を見ると、時刻はすでに午後四時半。しかし中庭に降り注ぐ七月の日差しはまだまだ強烈で、なおかつ翔太郎の軽トラ屋台にクーラーはない。ここで待ってて、と絵里香は軽々しいことをいっていたが、とんでもない、それは熱中症になりなさいと命じるようなものだ。翔太郎は軽トラを降りて、木陰のベンチへ移動した。ごろりとベンチに横になって目を閉じる。ホッとするような涼しい風が吹いている。遠くで蟬《せみ》の鳴く声が聞こえる。絵里香は当分戻ってこないのだろう。

心地よい眠気が訪れて、翔太郎の意識をさらっていくのに三分とかからなかった――


目覚めたとき、翔太郎は自分がどこにいるのか一瞬判らなかった。あたりを見回して、ようやくそこが病院の中庭のベンチであることを思い出す。先ほどと様子が違って見えるのは、太陽が大きく西に傾いてしまっているからだ。ずいぶん長い時間、居眠りしてしまったらしい。蟬の鳴き声も、いまはもう聞こえない。夕暮れ時の病院は、不気味なほどに静まり返っていた。あたりに人の姿はひとりとして見当たらない。もちろん絵里香の姿も――

「まさか俺を置いて自分だけ帰っちゃった、とか⁉」

慌てて軽トラに駆け戻り、座席を覗き込むが、そこにも絵里香の姿はなかった。

いよいよこれは置いてけぼりを喰ったのかと、半ば落胆しながら、なおも周囲を見回す翔太郎。すると車の場所からそう遠くない植え込みの陰に、セーラー服の濃紺の襟が垣間見《かいまみ》えた。

翔太郎はゆっくりと植え込みに歩み寄り、覗き込むようにしながらその姿を確認した。

やはり絵里香だ。絵里香はベンチに腰を下ろした状態で、俯《うつむ》いたままじっとしている。眠っているのだろうか、と翔太郎はそう思いながら声を掛けた。

「なんだ、こんなところにいたのか。てっきり置いていかれたのかと——」

そこまでいって翔太郎はハッとなった。俯いた絵里香は自分の手許《てもと》を見つめていた。その手許には、例のカエルのぬいぐるみがぎゅっと握り締められている。せっかくのぬいぐるみから綿が飛び出してきそうだ。

「なんだよ、どうしたんだ⁉　そのぬいぐるみ、渡さなかったのかよ？」

絵里香は俯いたまま、小さな声で呟くように口を開いた。

「渡そうと思ったんだけど……渡せなかった……会えなかったの……今日の午前中に急に容態が悪くなったらしくて……いまは落ち着いたそうなんだけど……しばらくは大事を取って面会謝絶だって……」

「じゃあ仕方ないな」翔太郎としてもそういうより他にない。「で、誰なんだ、その相手の人。絵里香の友達か？」

「ううん、妹よ——六歳の妹。詩緒里《しおり》っていうの」

「そうか。そのカエルのぬいぐるみは詩緒里ちゃんのリクエストだったわけだ」

絵里香は俯いたまま黙って頷いた。

「その詩緒里ちゃんって、どういう病気なんだ？」

「腎臓《じんぞう》が悪いの。移植手術を受ければ助かるらしいんだけど、なかなかそうはいかなくて。それでわたし、ときどきパパの目を盗んで見舞いにきていたんだけど」

「ん、どういうことだよ」翔太郎は混乱した。「なんで妹の見舞いにくるのに、父親の目を盗まなくちゃいけないんだ？　おまえの妹ってことは、父親からみれば娘——」

「違うのよ。複雑なの、うちは。詩緒里は、わたしを産んだママがパパとは違うべつの男の人と一緒になってできた子。早い話が、パパはママをべつの男に盗られちゃったってわけ。だから、わたしのパパは詩緒里とは無関係。というより、ひょっとしたらパパは詩緒里の存在を憎んでいる」

ヤクザの組長でも、奥さんを盗られたりするらしい。ずいぶんだらしない組長がいたものだ。

「でも、絵里香から見れば、その詩緒里ちゃんは父親の違う妹であることは事実だ」

「そう。でも、パパはわたしがママや詩緒里に会いにいくことを許してくれないわ。だから、今日みたいにときどき監視の目をくぐって、こっそり会いにきていたの。あまり頻繁には会えないけど、それでも一ヶ月に一度くらいは……でも、いままでこんなこと一度もなかった……いままではここにくれば必ず会えて、一緒に庭を散歩することだってできた……妹の病気はよくはならないけど、悪くもならなくて、ずっといまの状態が続くような気がしていたのに……それがいきなり面会謝絶だなんて……わたし、もうどうしていいのか判らなくて……」

「ああ、そう——そういうことか」

しかし、どうしていいのか判らないのは、翔太郎も同じだった。想像以上に話は深刻だ。詩緒里という女の子には同情を禁じえないが、かといって翔太郎に助ける術《すべ》はない。翔太郎は医者でも慈善家でもなく、たこ焼きの屋台を任された一大学生に過ぎないのだから。

とりあえずは落ち込んでいる絵里香を励ますことくらいしか思いつかない。

「まあ、そうくよくよするなよ。仕方ないだろ、病気なんだから。そのうちきっとよくなる……」

「よくならないわよ！」安易な励ましは逆効果だった。「よくなるためには腎臓の移植手術しか手はないの。でも、その手術にはお金がかかる。ママにそんなお金なんか絶対ないもの」

「じゃあ、詩緒里ちゃんの父親って人は？」

「駄目。その人は病気で三年前に死んじゃった」

「そうか。それじゃ絵里香のお父さんは——そうだ、おまえのお父さんはヤクザの組長なんだろ。お金持ってるんじゃないか」

「お金は持っているでしょうね。あまりきれいなお金ではないだろうけど」

「………」いや、そういう言い方はお父さんに悪いんじゃないのかなあ。そう一方的に決め付けちゃ、いくらなんでも可哀相。それに——「仮にきれいなお金じゃなくてもさ、使い方次第で、きれいなお金になるだろ」

「そうね。確かにそうかもしれない」

いったんは翔太郎の言葉に希望を見出した絵里香だったが、「やっぱり駄目よ」とすぐに首を振った。「本来ならわたしがママや詩緒里に会うことすら、パパは認めていないのよ。そんなパパに詩緒里の手術費用を出してくれなんて、そんなことわたしの口からいえない。いったら殺されるわ。いや、さすがに肉親だから殺されることはないだろうけど、とにかく無理よ」

「そうか」肉親じゃなければ殺されちゃうのかよ？　気になるところだが、それはともかく——「お父さんが駄目だとすると、他に誰かアテがあるのか？」

「ないわ。だから、さっきからずっと考えていたのよ」絵里香はそこで急に落胆したようにがっくりと肩を落として、首を振った。「でも駄目ね。そう簡単に大金が転がり込んでくる話なんて思いつけない。わたしみたいなただの高校生に、そんな力があるわけないしね」

「………」

そうかな、と翔太郎はふいにそう思った。ただの高校生、と絵里香は自嘲気味にいうけれど、どうしてどうしてヤクザの組長の娘というのは、ただの高校生とはちょっと違う。絵里香本人はその可能性にまだ気がついていないのかもしれないが、彼女さえその

気になれば、まとまった金を手にするチャンスはないこともない。翔太郎がその可能性を口にすべきかどうか迷っていると、

「ああ、もうこんなに暗くなっちゃった」絵里香は周囲を見回し、よろけるようにベンチから立ち上がった。渡せなかったぬいぐるみを手にしたまま、しおれた植物のように絵里香は頭を下げた。「ごめんなさい、長い時間、付き合わせちゃったわね。わたしは電車で帰るから、ここで――」

「待て待て。門司港まで帰るんだろ。だったら俺の車で送っていくよ」

「でも悪いわ。いまから門司港までいって、また下関まで戻ってくるのは大変でしょ」

「いいから、気にすんな。とにかく車に乗れよ」

翔太郎はそういって絵里香を無理矢理に軽トラの助手席に乗せ、車をスタートさせた。わざとスピードを緩めながら、ノロノロと下関の街を走る。助手席の絵里香は沈んだ表情のまま黙っている。なにを考えているのか判らない。一方、ハンドルを握る翔太郎の頭の中では、先ほど思いついたひとつのアイデアが繰り返し浮かんでは消え、消えてはまた浮かんでくるのだった。それはこの状況の中で、唯一の可能性を秘めた最高のアイデアのようでもあり、絶対に成功しない最悪のアイデアのようにも思われた。

やがて軽トラが関門国道トンネルに近づいたころ、翔太郎は沈黙に耐え切れなくなったように口を開いた。

「あのさー、絵里香」

翔太郎は努めて軽い口調でいった。「おまえ、本当に妹を助けたいか」

「ええ、もちろん」暗い助手席で絵里香が頷くのが判った。「絶対、助けたい」

「絶対に？　なにをしてでも？」

「絶対に！　なにをしてでも！」

「そうか」

翔太郎は大きく息を吸ってから、一気にいった。

「だったら俺がおまえを誘拐してやろうか？」

「………」助手席の絵里香が一瞬息を呑むのが判った。

わけの判らない話だと思われるのではないか、たちの悪い冗談だと思われるのではないか、そう翔太郎は心配した。そして、かなりの質問攻めに遭うことを覚悟した。しかし、翔太郎の予想に反し、絵里香は彼の言葉の意味を一瞬にして理解したようだった。

絵里香は運転席の翔太郎に顔を寄せ、彼の耳元で歓喜の声をあげた。

「本当⁉　本当にわたしを誘拐してくれるの！」


門司港駅から徒歩三分。栄町《さかえまち》アーケードの外れにある古びた定食屋。ひと仕事終えたおじさんたちが暑気払いのビールをかっ食らう中、ひと際異彩を放つ若い女性の姿があった。

脚のラインを際立《きわだ》たせるような細身のパンツに、胸元のラインがきわどい真っ赤なタンクトップ。黒いサマージャケットを肩に引っ掛けて羽織っているあたりは、やや崩れた雰囲気を醸《かも》し出している。年のころは二十代半ば。整った顔立ちもさることながら、艶《つや》のある髪が背中から腰にかけて美しく流れていて、人目を引く。だが、その眸には、迂闊《うかつ》に近寄ってくる男たちをたちどころに弾き飛ばしてしまいそうな鋭さがある。見る人が見れば、只者《ただもの》でないことは一目瞭然。彼女の名は花園皐月《さつき》という。

皐月は奥のテーブル席にひとり平然と陣取って、生姜《しょうが》焼きにモツ煮込み、サッポロビールにアサヒ芸能という超ハイセンスな夕食をとっている。やはり只者ではない。

そんな皐月がテーブルの上の料理をあらかた片付け終えたころ、二人の男がどかどかと店内に飛び込んできた。拮抗したオセロゲームのような配色の二人組。男たちは店の奥に皐月の姿を認めると、声を揃えて「お嬢！」と呼びかけ、真っ直ぐに彼女のテーブルに駆け寄った。

ざわめく一般客の中、皐月は微かにその表情を歪《ゆが》めた。

「馬鹿野郎、大きな声でそういう呼び方すんなっての！　カタギの衆がびっくりするだろーが。――ん!?」皐月は男たちの顔を交互に見比べた。もともと見栄えのしない二つの顔が、揃いも揃って凸凹《でこぼこ》になっている。「なんだよ、その顔？　これ以上面白い顔になって、どうするつもりだ」

「そんなんやないんですよ」黒い背広の小太りのほう――黒木剛史《たけし》が大袈裟に首を振り、それから白い背広の相棒を見やる。「なあ、シロくん」

「おう、ホンマやなあ、クロちゃん」と痩せたほう――白石浩太《こうた》が頷く。「まあ、聞いてくださいよ、お嬢。俺ら二人、酷《ひど》い目におうたんですから……」

徐々に接近してくる二人の顔から目を背けるように、皐月は正面の椅子を顎で示した。

「まあ、座れ。それから話せ」

そして皐月はコップの中のビールをひと飲みして、小さく息を吐いた。「どうせまた、絵里香に逃げられたって話だろ。やれやれ、困った妹だな」

最近、妹の絵里香は父親の監視の目を振り切って、ひとりでどこかに出掛けることが多くなった。さては彼氏でもできたのか、といちおう皐月はそう睨《にら》んでいるのだが、いまのところその確証はない。

思ったとおりというべきか、黒木と白石の話は絵里香に逃げられた話だった。だが、皐月にとって興味深かったのは絵里香の逃亡を助ける若い男がいたということ。二人の話によればその男、乱暴にして狡猾《こうかつ》、おまけに卑怯で逃げ足も速いらしい。

「顔は見たか？　どんな顔だ？　男前か？」

「いえ、それがどんな顔やったか、どうも思い出せへんのです。なあ、シロくん」

「そうなんですわ。性格が悪いちゅうことだけは、間違いないんですが」

一回会っただけでなぜ性格まで判るのだ？　まあ、黒木と白石の話はだいたいにおいて客観性を欠く場合が多い。話半分に聞いておくのが無難だろう。

皐月はすぐさま携帯を取り出して、絵里香の携帯に掛けてみた。だが、繋《つな》がらない。

「電源を切ってあるみたいだな」皐月は携帯を仕舞いながら、「ま、仕方がないさ。なにせ絵里香も十七歳。遊びたい盛りだ。どうせしばらく夜遊びしたら、こっそり戻ってくるだろ。心配すんなって」

「はあ……そらまあ、それやったらええんですけど」

黒木が曖昧《あいまい》に頷く。その隣で白石が怯えるように短い首をすくめながら、

「けどですよ、お嬢、その……親分がどないいわはるかと……」

「ああ、そういうことか」皐月は彼らの心配するポイントをたちまち理解した。皐月はビール瓶の底に残ったわずかな液体をコップに注《つ》ぐと、ひと息にあおってから前を向いた。「要するに、おまえたちだけじゃ親父に合わせる顔がない。だから、あたしについてきてもらいたいってわけだ。ふん、相変わらず意気地のねえ——判った、一緒に謝ってやるよ」

すっくと立ち上がる皐月を見て、黒木が感激の面持《おもも》ちで手を叩く。

「さすが、お嬢やなあ！　話がよう判らはる！」

「恩にきまっせ、お嬢！　このとおりや」

白石がテーブルに額がぶつかるほど頭を下げる。

「なに、礼には及ばねえよ。かわいいおまえたちのためだ。それに、あたしも誰かきてくれないかと思ってたところだ」皐月は優しい声でそういうと、テーブルの伝票を手に取り二人の前に差し出した。「じゃあ、ここの勘定は頼んだぜ」

「…………」

「…………」

「不満か⁉　不満なのか⁉　たった二千五百五十円が、払えねえってか！　じゃあ、い

い！」皐月はテーブルの上に伝票を投げ出して、再び腰を下ろし、不貞腐《ふてくさ》れたように足を組んだ。「おまえらだけでいきな。おまえらが病院送りにされたときは、見舞いにいってやるからよ」

「判りました判りました！」

「払います払いますから！」

黒木と白石は慌てて伝票を奪い合い、結局、一枚の伝票を真っ二つに引き裂いた。

黒木剛史と白石浩太。よく《二人でひとつ》とか《二人合わせて一人前》などというが、花園組の序列の中で底辺に位置するこのコンビは、二人合わせて半人前という、驚くべき未熟さを誇っている。関西弁を喋っているが、実家は小倉《こくら》という噂。

そんな二人を引き連れて定食屋を出た皐月は、ジャケットを指先一本で肩に担いで、ゆっくりと商店街を歩く。彼女の背後では黒木と白石がお釣りの七千四百五十円を二等分するという計算問題で苦労している。皐月は呆《あき》れるしかない。

「まったく、てめーら、いい加減にしやがれ――」

皐月が声を荒らげて後ろを振り返る。しかし、黒木と白石はそこにはおらず、少し離れた街灯の下にいた。二人は一枚のお札を両側からそれぞれの右手と左手で持ち、互いの顔をピッタリ寄せ合っている。奇妙な光景だ。

「なにやってんだ、おまえら⁉」

黒木が顔を上げて、白石のほうを親指で示す。

「いや、ちょっとこいつがおかしなことをいうもんやから……」

「俺がおかしいんやないわい。おかしいんは、お札のほうや」白石が皐月を手招きしながら、「ねえ、お嬢もちょっと見てみてください。このお札、さっきの定食屋でお釣りとしてもらった五千円札なんですけど、なんやら妙な感じしませんか」

「なんだって——どれ、見せてみな」皐月は白石に歩み寄り、問題のお札を手に取った。まだあまり人の手を経ていない新品に近い札だ。皐月の第一印象では、そのお札はごく普通に流通している五千円札にしか見えなかった。「ふーん、これが変ってかー、普通の札みてーだがなー」

　しかし、街灯の明かりに透かしてみたり照らしてみたり、様々な角度から眺めてみるうちに、皐月も微かな違和感を覚えるようになった。確かに白石のいうとおり、ちょっと変な感じなのだ。どこがどうと具体的なことはいえない。あえていうなら質感とか雰囲気といったような漠然とした感覚の違い。もちろん、薄暗い街灯の下で検分しただけでは、ハッキリとした結論を下すには至らない。だが、ひょっとするとこれは……

「ああッ、わ、判った！」皐月の思考をかき乱すように、唐突に声をあげたのは黒木のほうだった。「シロくんのいうとおりや。このお札、確かに変でっせ、お嬢！」

「へえ、おまえに判るのか？」

「判りますがな。ほら、五千円札いうたら、眼鏡かけた偉そうなオッサンの絵が描いてあるはずやないですか。それがこのお札ときたら、こないな着物きたオバサンの絵に——」

「おめーがいってるのは昔の五千円札だあ！」皐月は思わず黒木の尻を蹴っ飛ばした。

「え、そうなん⁉」黒木は蹴られた尻を押さえながら目を白黒させた。「いったい、いつの間にそないなことに――シロくん、知っとった？」

「あんなあ、クロちゃん、お札が新しゅうなってから、だいぶん経っとるで」さすがに呆れたというように白石が小さな肩をすくめて見せる。「常識やからよう憶えときや。旧《ふる》いお札の眼鏡のオッサンは新渡戸稲造《にとべいなぞう》。新しいお札の着物のオバサンは樋口久子《ひぐちひさこ》や」

「ええッ、樋口久子がお札になったんかいな、凄いやん！」黒木、本気で驚く。

「ほう、クロちゃんも名前だけは知っとるみたいやな」白石、間違いに気づかないまま。

「そうかあ、そうやったんか」

「そや、そういうことなんや」

二人の会話は見事に成立し、女子プロゴルフの伝説の女王は晴れて五千円札の肖像となった。

「黙れ、おまえら……もう、なにもいうな」

これ以上、花園組の恥を垂れ流されてはたまらない。皐月は震えを帯びた声で二人の会話を制すると、断固とした口調でいった。「この話はコレで終わりだ。後はあたしに任せてくれ。――ていうか、おまえらにゃ任せられる気がしねえ」

皐月の睨むような視線が二人まとめて串刺しにする。

黒木と白石は自分たちがどこで信頼を失ったのか判らないような顔のまま、「へい、お任せいたしやす」と揃って頭を垂れた。

「よし、それじゃあ、とりあえずこの札はあたしが預かる。もうちょっと詳しく調べてみたいんだ。――おまえら文句はないよな？」

「…………」

「…………」

黒木と白石は、まるで泥棒に遭ったような顔をしている。

「よし、ないな」

皐月は構うことなく疑惑の五千円札を自分の札入れに慎重に収めた。


一般にヤクザは博徒《ばくと》系とテキ屋系に分類される。判りやすくいうなら、ばくち打ちと露天商の違いである。

花園組は義理と人情とユーモアを重んじるテキ屋の一家であり、そのルーツは門司港名物バナナの叩き売りにあるといわれている（門司港はバナナの叩き売り発祥の地として有名だ）。花園組の代紋に桜でも梅でもなく一本のバナナが描かれていることが、一家の特徴をなによりも雄弁に物語っている。バナナは稼業。そして、それが一本であることは花園組がどこの会派にも属さない一本独鈷《どっこ》の組織であることの表明だ。

このように由来を聞けばなるほど、と頷けるのだが、バナナ一本はどうデザインしたところでバナナ以上には恰好よくならないので、この代紋は組員の間では人気がない。

それが原因というわけでもあるまいが、かつて隆盛を誇った花園組もいま現在は見る影もないほどに落ちぶれている。

最大百名を数えた組員も、いまや十数名まで減少した。しかも十数名のうち半分近くは事務所に顔を出さない幽霊組員。幽霊組員というのは学校のクラブ活動における幽霊部員みたいなものであり、要するに名簿上の組員である。だったらさっさと回状をまわして破門にしてしまえばよさそうなものだが、そういうことをすると組員の実数がたった七名であるという現実が明らかになってしまうので、あえてそこはそのままにしてある。零細ヤクザ組織の精一杯の見栄なのだ。

そんな花園組の組長、花園周五郎《しゅうごろう》の屋敷は海峡を見渡す小高い丘の上にある。

純日本的な威圧感のある門構え。城壁のように高く聳《そび》える土塀。見事な枝ぶりを誇る梅や松の古木。いかにも伝統的な大物ヤクザの邸宅といった雰囲気であるが、門から中へ一歩入れば、そこにあるのは瓦屋根をいただいた荘厳な日本家屋ではなく、石と煉瓦《れんが》で構成された古びた西洋館。先代である皐月の祖父がもっとも羽振りの良かった時代に手に入れた屋敷である。

屋根に風見鶏。二階にバルコニー。庭に噴水。エンジェルと動物たちのオブジェ。もちろん花園組の名に恥じぬよう、花壇の手入れに抜かりはない。いまはヒマワリが大輪の花を咲かせて見ごろである。そんなハイカラな花園邸は、港の景色には見事にマッチしているが、ヤクザの組長の家としては少しばかり品が良すぎる——と皐月はいつもそう思う。

「これが極道の住む家かよ」

皐月は白石と黒木を従えて、西洋館の玄関へ向かう。車寄せのある立派な玄関である。

重厚な扉を開けて中へ入ると、待ち構えていたかのように奥からバタバタと足音が近づいてくる。

「絵里香か⁉　ああ、やっと戻ったんだな。よかった。あんまり帰りが遅いんでパパは心配したぞぉ」

「ごめんなさ〜い、パパ〜。食堂でビール飲んでたら、遅くなっちゃったぁ〜」

「なんだ、皐月か……」極道パパはがっかりしたようにいうと、姿を見せることなく足音だけが遠ざかっていく。「おまえに用はない。あ──風呂、沸かしといてくれ」

「おいおい、なんだよ、親父、その態度は！」用はない、といいながら用をいいつける図々しさ。しかも顔すら見せないで、風呂沸かせ、とは頭にくる。「おい、顔ぐらい見せやがれ」

もうとっくに慣れっこだが、父の周五郎は皐月と絵里香の間に甚《はなは》だしく差をつける。長女と次女との間でこれほど差をつける父親というものを皐月は知らない。この理不尽なまでの扱いの違いには、なにか出生の秘密に関わる事情でもあるのではないかと、皐月はそう勘ぐったこともあった。ひょっとして自分は父の子ではないのではないか──

しかし残念ながら、自分が花園周五郎の実の娘であることは、どうも間違いないようだ。ということは単純に、父親の目から見て妹の絵里香はかわいく姉の皐月はそうでもない、ということらしい。それはそれで酷い話である。

「やれやれ、うるさい娘だな」

ようやく玄関ホールに姿を現した周五郎は、半袖のポロシャツに麻のズボン、高級腕時計を嵌《は》めた右手に消費者金融のロゴの入った団扇《うちわ》というバランスを欠いた恰好。見た目は組長というより中小企業の役員か町内会長といった雰囲気だ。

「なんだ、皐月。わしは絵里香に用があるんだ。おまえに用はない。まあ、おまえが父の愛情に飢えているのは判るが――」

「誰がおめーの愛情なんぞに飢えるかっての!」

「そうか。そりゃ結構だ。――ん」周五郎は皐月の背後に控える白いのと黒いのに気がつくと、たちまち表情を硬くした。「なんだ、おまえたち⁉ なぜ、ここにいる。絵里香はどうした? 絵里香は一緒じゃなかったのか?」

「へ、へい」ほぼ直角に頭を下げながら、黒木が必死の弁解を試みる。「それがその、絵里香お嬢さんは帰宅途中にわたしどもを振り切って逃げ――」

「絵・里・香・は・ど・こ・や!」

「わ、判りません! す、すいやせん、親分!」

「こん役立たずが! 女子高生の送り迎えも満足にできんとや! 情けんなか!」

いきなり九州弁で吐き捨てると、周五郎はホールの壁に飾ってある日本刀に手を掛けた。日本刀といってももちろん真剣ではなく装飾用の模造品。刃はついていないが、それでも大根ぐらいは真っ二つにできそうな代物である。

周五郎は刀を抜き、上段に構えると、

「覚悟はよかやろね、二人とも」

黒木と白石が怯えたように玄関扉まで後退し、声を合わせて懇願する。「待ってください、親分、どうかお許しを」

「問答無用!」

周五郎が刀を振り下ろそうとした瞬間、皐月は両者の間に割って入った。突進する周五郎の手許をしっかと掴み、相手の二の腕目掛けて鋭く手刀を振り下ろす。周五郎の口から微かな悲鳴が漏れ、刀を持つ手が弛《ゆる》む。その隙《すき》に、素早く相手の手から刀を奪い取った皐月は、間髪を入れず下段の構えから周五郎の胴体をなぎ払うように上向きに刀を振るった。周五郎の身体がいったん宙に浮き、次の瞬間、彼はホールの硬い床に背中から落下した。

「絵里香は自分の意思で逃げたんだ。悪いのはこいつらじゃねえ。そう頭ごなしに責めちゃ、こいつらがかわいそうじゃねえか!」

「——さ、皐月」

周五郎は床に倒れたままの恰好で皐月の顔を見上げながら素朴な疑問。「おまえ、実の娘から刀で斬りつけられる父親のほうが、もっとかわいそうだとは思わんのか?」

なるほど、いわれてみればもっともだ。

「やあ、すまねえな。つい無意識に本気出しちまった。ほら、立てよ、親父」

皐月は周五郎を助け起こすと、よろける父親に肩を貸してやった。そして、恐怖と驚愕の表情を浮かべる白黒兄弟に向かって、

「おい、おまえらもういいから帰りな」

「へ、へい。しかし……」

黒木が不安そうに相棒に視線を送る。それを受けるような形で白石が申し出る。

「あの、なんぞ俺らにできることがあるんやったら、いってください……」

「そうか」皐月は一瞬考えてから、「じゃ、風呂沸かしてくれ」


「まったく、誰がこんな乱暴な娘に育てたのやら」

皐月の肩を借りながらリビングに移動した周五郎は、ソファに倒れこみながらいつもの不満を口にした。彼はその発言が天に向かって唾《つば》する行為であることを、いまだに認識していない。皐月をこのような娘に育てたのは他でもない――

「親父だろ」皐月は向かいの椅子の上で胡坐《あぐら》をかいた。「親父があたしを育てた。男みたいにな」

「うむ、確かにそうだ。しかし、まさかここまで男らしく育つとは予想外だった。清子《きよこ》が生きていれば、こんなことにはならなかっただろうに」

花園組組長、花園周五郎は現在独身。しかし過去に二度ほど妻を持ったことがある。ただし、どちらの場合も籍は入れなかったので正式な妻ではない。いわゆる内縁というやつだ。清子というのは周五郎の最初の妻で、皐月の母親である。

だが、皐月には清子の記憶がない。清子という女性は皐月を産んですぐに病気で死んでしまったそうだ。写真で知る清子は和服姿がよく似合う、線の細い美人。その性格は優しくおしとやかで慎み深く——要するに皐月とは正反対だったらしい。

清子の死後、皐月は父である周五郎によって男手ひとつで育てられた。いや、男手ひとつで、という言い方は正確ではない。皐月は周五郎とその子分たちの数多くの男手によって育てられた。したがってトランプよりも花札、飯事《ままごと》よりも賭け事、人形ごっこよりも任侠ごっこ。これではまともな女の子が育つはずはない。確かに周五郎が嘆くとおり、母清子が生きていたなら、自分の育ちようもずいぶんと違ったものになっていただろう——と皐月自身もそう思う。

「しかしまあ、いまさら嘆いても育っちまったもんは仕方ないだろ」

「だが、おまえももう二十五だ。そろそろ結婚のことを考えねばならん」

「考えてねえよ」皐月は横を向いて右手を振った。「だいたい、もらってくれる奴なんかいないって」

「そんなことがあるものか。花園組には、身を固めていない若い衆が大勢いる」

「大勢ってほどいないんじゃねーか？」組員の数、実質七名。「だいたい、なんであたしが花園組の誰かと一緒にならなきゃいけねーんだよ。勝手に決めるな」

「なんだ⁉ あ——おまえ、まさか、まさか！」周五郎の顔色が幽霊でも見かけたようにサッと変わった。「まさか、カタギと一緒になるつもりじゃあるまいな」

まるでそれがいけないことであるかのような言い方をする。

「いけねーのかよ。あのな、親父、ヤクザの組長ってのは、自分の娘だけはカタギと結婚して、まっとうな幸せを摑んでもらいたい、とそう願うのが普通らしいぜ。泣かせるじゃねえか。自分のしてきた苦労を娘にだけは味わってほしくないっていう親心だ。親父はそういうふうには思わないのかよ。そんなにあたしを極道の妻《おんな》にしたいのか？」

「おまえのいうことはよく判る。わしだって娘には幸せになってもらいたい。だがな、花園組には花園組の特殊な事情ってもんがあるんだ」

「へえ、どんな事情だ？」

「いいか、一般にヤクザの一家というものは親分の器量によって成り立つもんだ。つまり花園組は花園周五郎親分の器量で持つ。子分たちは花園周五郎に対して忠誠を誓い、ときに命さえ預ける――」

「ああ、そのとおりだ」

「違ぁ～う！」周五郎は目の前のテーブルを悔しそうに二回叩いた。「残念ながら違うとたい！　花園組はわしの器量で持っとるっちゃなか！　花園組はな、おまえの器量で持っとるったい、皐月！　子分たちの忠誠心はわしではなくておまえに向けられたもんた～いッ！」

「んなことねえって。考えすぎだぜ、親父」皐月は呆れたように肩をすくめる。「だいたい、あたしはヤクザじゃねえ。あたしはただの家事手伝いだ」

「そーいうことは家事を手伝ってからいわんかーい！　毎日毎日、ふらふらと遊び歩きおって」

「なに、怒ってんだよ、親父!?　あたしに嫉妬《しっと》してんのか」

「嫉妬でもひがみでもない。このわしが肌で感じている実感だ！　おまえがヤクザだろうが家事手伝いだろうが関係ない。花園組にはおまえの存在が不可欠なのだ」

　周五郎は悔しさをぐっと堪《こら》えるように唇を噛み締めながら訴えた。

「いいか、皐月、そういった事情だから、おまえがカタギと結婚して花園組から完全に離れてしまえば、組は求心力を失いバラバラになってしまう。花園組は消滅だ。それだけは避けねばならない」

　そうかな⁉　消滅したほうが世の中のためになるんじゃないのか。そんな一般市民が普通に考えるようなことを皐月も考えたが、さすがに親の前でいえることではない。それに——

「頼む、花園組の将来はおまえに懸かっているのだ、頼む〜ッ」

　半泣きになりながら娘に懇願する周五郎の姿は、哀れでもある。そんな父親の姿を目にしながら、皐月はハッとなった。長年の疑問がいまようやく解けたような気がしたからだ。

「そうか。親父があたしと絵里香との間に差をつけたのは——絵里香には徹底的に甘くして、その一方であたしに対しては突き放すような態度を取ってきたのは、そのためだったんだな。あたしに花園組を任せようという考えがあったからこそ、親父はあえてあたしに厳しくした——」

「いや、それは関係ない。わしはただ絵里香がかわいくて、皐月がそうでもなかったから、そう扱ったに過ぎない」

「なあんだ、やっぱりそうかー」皐月は照れくさそうに頭を掻きながら、テーブル越しに父親の胸倉をむんずと摑んだ。「いったい、どういう親なんだ、てめーは！」

射るような視線で睨みつける皐月に対して、周五郎が念を押す。

「いいな、結婚は――」

「ヤクザとは絶対しねえ！」

この父親の姿を見るにつけ、特に皐月はそう思う。

これ以上、一方的な結婚話をされたのではたまらない。話題を変えよう――

「ところで親父、さっきは絵里香になにか用事があるようなこといってたよな」

「ああ、そのことか。ふむ、絵里香が戻らんのなら、いまのうちにおまえにも話しておこうか」

「なんだ？　老後の相談か？」

「いや、実は結婚の話なんだが――」

「いい加減にしろっての！」

「勘違いするな。おまえの結婚話ではない」

周五郎はいつになく真剣な顔で切り出した。「実は、真由子《まゆこ》のことなんだが――」

「真由子？　真由子ってのは、ああ、絵里香のママの真由子さんか。親父にとっては二人目の奥さんで、若くて美人。しかし親父が家庭を顧《かえり》みなかったせいで、若い組員にまんまと寝盗られた。その真由子さんがどうかしたのか、親父。ん――？」

ふと気がつくと、周五郎はソファからずり落ちそうになりながら、左胸を押さえてハアハアと荒い息遣い。額には玉の汗が浮かんでいる。

「おい、親父、どうしたんだ？」

「さ、皐月、お、お、おまえ、言葉に気をつけんね。『寝盗られた』とはなんね。わ、わしは寝盗られた覚えなんかなかけんね。あいつは岩崎《いわさき》に譲ってやったったい。断じて、盗られたっちゃなか。父親ば傷つけるごたっことといううんじゃなか、馬鹿者！」

これぐらいで傷つくなっての。中学生の初恋じゃあるまいに。

「判った判った。で、その真由子さんがなんだってんだ？」

「わしは真由子とヨリを戻そうと思う」

「なんだって！」皐月は心底驚いた。

真由子が花園の家を出ていったのは、いまを去ること七年前。皐月が十八歳、絵里香が十歳のときのことである。あのとき鬼のような形相で真由子を花園家から叩き出した周五郎が、いまになって彼女とヨリを戻す、などといいだすのは皐月にとっては青天の霹靂《へきれき》といってよかった。

「いったい、どういう心境の変化だ？　いや、その前に、真由子さんはいまどこでなにしてるんだ？　岩崎さんと一緒じゃないのか」

「うむ、実は真由子はいま下関にいて、娘と二人暮らしだそうだ。岩崎は花園組を破門になって何年か後に、病気であっけなく死んだらしい」

「ふーん、真由子さんは娘を抱えて苦労したわけだ。――で、なんていう名だ、その娘さん？」

「詩緒里、六歳だ」

「詩緒里ちゃんか。絵里香にとっては父親の違う妹ってわけだ」

「いや、そうじゃない」周五郎は素早く首を振った。「真由子が産んだのは、わしの子だ」

「ええ⁉」皐月は小さく叫び声を上げ、それから素早く考えを巡らせた。詩緒里は六歳だという。ならば妊娠したのは七年前か。七年前といえば、ちょうど真由子が花園家を出て行った時期だ――「そうか、六歳なら父親はどっちの可能性もあるわけだ」

「そう。そこで信頼できる医者に鑑定してもらった。DNA鑑定とかいうやつだ。間違いない。真由子が育ててきた六歳の女の子は、わしの子だ。つまり絵里香の妹。皐月にとっても腹違いの妹だ」

「なるほど、それで真由子さんとヨリを戻して、詩緒里ちゃんとも一緒に暮らそうって魂胆なんだな」

「魂胆とはなんだ、魂胆とは。親子が一緒に暮らすのは当然のことだ」

「そりゃまあ、そうだ」

「それからもうひとついっておかなくてはならないことがある」周五郎はゴホンとわざとらしく咳払いをしてから、切り出した。「実は詩緒里は腎臓に持病があってな、手術の必要があるそうだ。手術費用は真由子ひとりでは到底払いきれないほど高額だ。わしはそれを払おうと思うんだが――どう思う、皐月？」

「どうって、べつに」皐月は小さく肩をすくめた。「あたしに気を使うような話じゃねえだろ。いいんじゃないか、親父がそうしたいのなら。真由子さんも喜ぶだろうし、助けてやれよ」

「だが、絵里香はどう思うだろうか……」

「絵里香だって同じだろ。妹が病気なら、なんとかして救ってやりたいと思うのが姉貴ってもんだ」

「そういうものなのか？」

「ああ、そういうもんだ」皐月は自分の胸に右手の拳《こぶし》を当てて、「お姉ちゃん歴十七年のあたしがいうんだから間違いねえ」

「ふむ、しかし絵里香はそういう気持ちになってくれるだろうか。絵里香は自分に妹がいることをまだ知らないんだぞ」

「ああ、それもそうか」皐月は腕組みをして考えた。絵里香が誕生して以来、ずっとお姉ちゃんをやってきた自分と、ずっと妹をやってきた絵里香では、少し感じ方が違うかもしれない。「ま、考えたって仕方がないさ。とにかく絵里香が帰ってきたら話してみるんだな。結構、単純に喜びそうな気がするけど」

「それならいいんだが」

周五郎は不安そうな面持ちで腕を組み、壁の時計を見上げた。時計の針はすでに夜の七時半を回っている。

「しかし、絵里香は遅いな……いったい、どこを遊び歩いておるのだ」

唐戸市場から赤間神宮の前を通り、御裳川《みもすそがわ》方面へと至る国道の途中。そこに壇《だん》ノ浦《うら》と呼ばれる一帯がある。いうまでもなく、かつて源氏と平家の合戦がおこなわれたとされる、由緒正しき場所である。とはいえ、合戦の主戦場は海であるから、陸地に往時を偲《しの》ばせる痕跡はない。地元の人間にとって壇ノ浦といえば、ただバス停やパーキングエリアの名前といった印象のほうが強い。

壇ノ浦には漁港があり、海沿いにはいくつかの住宅が軒を接している。海峡に面し、関門橋を目と鼻の先に望む、絶景の住宅地である。いま現在漁師をやっているか、あるいは昔やっていた、という家が多いようだ。

その中の一軒。際立って古い二階建て木造住宅の前で、翔太郎は軽トラ屋台を停めた。車を降りると、関門橋がすぐ目の前に見える。太陽はすでに西の海に沈み、夏の夜空が広がっている。巨大な吊り橋はシルエットとなって夜空を占拠していた。観光客ならその光景に歓声のひとつもあげるところだろうが、花園絵里香はさすが門司港在住だけあって、そんなことでは驚きもしない。むしろ絵里香の関心は陸地のほうに向いていた。彼女は国道沿いの斜面の上を、興奮気味に指差した。

「うわー、翔太郎、なーに、あれ！　あの巨大な壁は――妖怪『塗り壁』？」

「いや、違う。あれは『塗り壁』じゃなくて電光掲示板」

絵里香の指差す方角。斜面の途中から巨大な光る壁がぬっと顔を覗かせている。その正体は妖怪ならぬ巨大な電光掲示板である。電光板は数字やアルファベットや矢印を数秒間隔で黙々と表示している。現在の表示は《W》《5》《↓》だ。

「へー、門司港から海峡越しに見えているあの電光掲示板がこれなのねー。そーかー、ふーん。近くで見ると大きいのねー。まるで妖怪『塗り壁』みたいー」

絵里香、その発想からは離れられないのか？

「そういえば前から疑問に思っていたんだけど、このアルファベットとか数字とかって、なにか意味があるの？」

これだけの装置に意味がなかったら大変である。

「これは海峡の潮の流れを表示してるんだ。アルファベットは流れの向きを示している。《E》なら東向きで《W》なら西向きだ。数字は流れの速さで、単位はノット。矢印は流れが上昇中か下降中かを示している。だから《W》《5》《↓》ってのは、潮の流れが西向きに五ノットで、流れは減速しつつある、という意味だ」

どうだい物識《ものし》りだろ、なんなら物識り博士って呼んでくれてもいいんだぜ――自信満々で胸を張る翔太郎を、なぜか絵里香は疑り深そうな目で見つめた。

「潮の流れを示している――それだけ？」

「それだけで充分だと思うけど」

「野球と関係ないじゃない」

「関係あるわけないじゃん。だいたい、なんでここで野球が出てくるんだ？」

「そうなんだ。ううん、なんでもないの。わたし、ちょっとからかわれていたみたい。いまの話はなしね、なしなし……」

絵里香は恥ずかしそうに両手をバタバタさせて、それから話を逸《そ》らすように目の前にある木造住宅に目を転じた。「この家に翔太郎の友達がいるのね」

「ああ、甲本一樹《こうもとかずき》って人だ。俺の大学の先輩で、たこ焼き屋台のオーナー」

そして、後輩に一方的に屋台を押し付けて、自分はさっさと夏休みを決め込みながら、売り上げの一割を要求する悪徳商人。もちろん、本人に出会う前からマイナスのイメージを植えつける必要はないので、この件について翔太郎は黙っておく。

「とにかく、こういう場合、頼りにできそうな人は甲本先輩しか思い浮かばない。ちょっと変わり者だけど、そこは我慢して」

「それは変わり者の程度にもよるわね」と絵里香は率直すぎることをいって、「でも、力になってくれる人なら、少々のことは我慢するつもりよ。妹のためだもの」

「大丈夫。そんなに悪い人じゃないから」

そんなにいい人ってわけでもないんだけど――そう胸の中で呟きながら翔太郎は呼び出しブザーを押した。玄関扉の向こう側に人の気配がして、間もなく扉が開いた。ひょいと顔を覗かせたのはTシャツに短パン姿の無精髭《ぶしょうひげ》の男。一見年齢不詳に見える彼こそは六年かけてこの春大学を卒業した先輩、甲本一樹である。甲本は翔太郎の顔を見るなり、さっそく地元の言葉でまくし立てた。

「おう、翔太郎、どねーしたん、こんな時間にいきなり――お！」甲本は翔太郎の背後に身を隠すセーラー服の少女に気づくと、嬉《うれ》しそうに目を細めた。「なんなん、そのかわい子ちゃん⁉」

「あ、先輩、彼女はですね……」

「お嬢ちゃん、ひょっとして翔太郎のコレ？」

甲本がいやらしい小指を絵里香の目の前に差し出すと、絵里香は恥ずかしそうに身体をくねらせながら、

「やだ〜、コレだなんて〜」と目の前の小指を握り締め、へし折らんばかりに容赦なく折り曲げた。「違いますよッ！」

「んぎやぁぁぁぁぁぁ！」

甲本の長く鋭い悲鳴が夜の壇ノ浦にこだました。

翔太郎と絵里香は甲本の許しを得て、玄関に上がった。甲本は痛めた小指をいたわるように息を吹きかけながら、

「ぶち痛かったわぁ。自分の小指がアッチの方向に折れ曲がったんを初めて見たっちゃ」

そんな甲本に翔太郎は心からの忠告をおこなう。

「先輩が悪いんですよ。女の子の前で下品なことというから」

「おう、悪かったいや」

「それから、『かわい子ちゃん』って言い方もいまどきどうかと思いますよ」

「いや、それは問題ないと俺は思う」

その点はなぜか譲ろうとしない甲本だった。そんな甲本は玄関を入ってすぐの六畳間に二人を招きいれた。そこにはテレビとちゃぶ台があった。ちゃぶ台には瓶ビールとコップがあり、テレビではCS放送が横浜対中日の模様を伝えていた。

「いまちょうど、ビール飲みながらナイター中継見とったんよ」

「まあ、そうでしょうね」彼の六畳間は、誰が見てもそうとしか考えられない状況を呈している。「で、どうです、横浜？」

「駄目じゃのう。ボロ負けいや。六回裏で七点差」

甲本は野球が好きで横浜を贔屓《ひいき》にしている。べつに彼が横浜出身というわけではない。横浜が下関出身なのだ。いや、これでは意味が判らないか。

『横浜ベイスターズ』はかつて『横浜大洋《たいよう》ホエールズ』といい、その前には『大洋ホエールズ』の名で川崎球場を本拠地にしていた。このくらいは野球好きなら誰でも知ってる基礎知識。しかしながら、その『大洋ホエールズ』が球団設立当初、下関をフランチャイズにしていたという話は、実は下関に住む人々でさえ、案外忘れてしまっている事実である。親会社の大洋漁業の基地が下関にあったから、というプロ野球経営をナメたような理由でそうなったらしい。いまでも『横浜ベイスターズ』がときどき下関球場において何食わぬ顔で公式戦を開催するのは、そのルーツが下関にあるがゆえだ。その割に、下関で横浜ファンに出くわすことは滅多にないのだが——それはさておき。

横浜がボロ負けしているのは好都合。甲本は試合への興味を失っている。したがって試合終了を待たずにいますぐ話に入れる、というわけだ。

翔太郎はちゃぶ台を挟んで甲本と向き合い、まずは絵里香のことを紹介した。

「先輩、この娘は門司港に住んでいる花園さんといいまして……」

「花園……花園じゃと⁉」たちまち甲本の表情が険しくなった。「門司港の花園というたら、そういう名前のヤクザ一家があるんやけど、そのかわい子ちゃん、まさか……」

「ええ、実はそのまさかなんですけど……」

翔太郎が隣に座る絵里香にチラリと視線を送る。絵里香はここぞとばかりに畳の上に両手をつくと、甲本の前であらためて正式に名乗りを上げた。

「初めまして、花園絵里香といいます。父は門司港で花園組の組長をやっています。どうぞよろしく」

甲本はびっくりした顔でちゃぶ台から一メートル後方に飛び退《の》いて、彼女と同じように畳に手をついた。

「こ、これはどうも、ご丁寧に。わたくし甲本一樹といいます。父は壇ノ浦港で漁師をやってました。去年、死にましたがね。それで、あの、つかぬことを伺いますが、翔太郎とはどういったご関係で⁉」

「はい、その……彼とは……つまり……」

なんと答えていいのか判らない様子の絵里香。代わって翔太郎が横から口を挟む。

「先輩、これにはいろいろ複雑な事情がありまして……」

すると甲本はすべてを察したかのように、「わ、判った、皆までいうな！」と翔太郎の話をいきなり遮り、「俺に任せい！　おまえらの悪いようにはせんけえ！　俺はおまえらの味方じゃ」と、すでに何事かを請け負ったかのように胸に拳を当てた。

　絶対になにか勘違いしてるな、ということが翔太郎にはよく判る。

「あの、俺たちがやろうとしていること、本当に判ってますか、先輩？」

「おう、判っとるいや」

「なんですか？」

翔太郎があえて聞く。甲本が身を乗り出す。

「ズバリ、駆け落ちじゃ！」

「いいえ、狂言誘拐です！」


「狂言誘拐って、判りますよね、先輩」

「お、おう――もちろん知っとるいや」

甲本一樹は目の前のビールをひと口飲んでから、翔太郎の目を見据えていった。

「要するに狂言誘拐ちゅうのは、狂言師が誘拐されるとか、狂言のさいちゅうに誘拐事件が起こるとか、そういう意味ではない」

「えー、確かにそういう意味ではありませんけどー」

　期待外れの答えに、翔太郎は身体から緊張感が失われていくのを感じた。ガックリと肩を落とす翔太郎を、絵里香が部屋の隅に招き寄せる。二人はしばし壁際でヒソヒソ話。

「ちょっと、なによ、あれ。まるで判ってないじゃない。あれで本当に力になってくれるの？」

「うーむ、想像した以上に先輩はレベルが低いようだ。俺の眼鏡違いだったかもしれない」

「おーい、密談中、悪いがのう」甲本が隅っこの二人に呼びかける。「いいたいことがあるんなら、ヒソヒソ話やなくてちゃんと話せーや。ていうか、全部聞こえとるど、おまえらの話」

確かに六畳間で内緒話は無理がある。翔太郎は再びちゃぶ台の前に座りなおして、

「じゃあ先輩、もう一度チャンスをあげます。狂言誘拐ってなんですか？」

すると甲本もこれ以上自分の値打ちを下げてはマズイと感じたのか、ふざけることなく狂言誘拐の正しい意味を語った。

「狂言誘拐というのは、実際には誘拐されていない人物が、あたかも自分が何者かに誘拐されたかのように演技をして、身内から身代金をせしめようとする犯罪のこと。つまり誘拐事件を自作自演する行為のことだ。そうじゃろーが」

「なんだ。判ってるんじゃないですか、先輩」

「よかった。甲本さんは役立たずのフリをしていただけだったのね！」

「当たり前やん。俺だって、狂言誘拐のなんたるかくらいは、テレビの二時間サスペンスで学習済みよ」

さほど自慢にならないことを自慢げに語り、甲本はご満悦の表情。

「翔太郎の家はぶち貧乏やけえ、問題外。誘拐されたフリをするんは絵里香ちゃんのほう、ちゅうことやな？」

貧乏で悪かったな、と翔太郎は内心で不貞腐れながら、「そういうことです」と頷く。

「実際には誘拐されていない彼女、花園絵里香が、何者かに誘拐されたように演技をし、俺たちが父親である花園周五郎に身代金を要求する。なにも知らない花園周五郎は大事な娘が誘拐されたと信じ込み、俺たちに身代金を払う。そういう筋書きです」

「なるほど。けど動機はなんなん？　翔太郎は単なる遊ぶ金欲しさ、それは判るけど、絵里香ちゃんは――」

「待ってくださいね、先輩。勝手に決め付けてもらっちゃ困ります。俺が遊ぶ金欲しさで狂言誘拐に手を貸すような男に見えますか」

「見えるけえ、そういうたんじゃけど……」

「誤解ですね、先輩。いいですか、これは先輩が思っているような不真面目な話ではありません。この狂言誘拐には深刻な背景があるんです。ひとりの子供の命が懸かってるんですよ。子供の命が！」

翔太郎は自分がひょんなことから花園絵里香と出会い、狂言誘拐を志すようになるまでの経緯を甲本に話して聞かせた。甲本は彼にしては真剣な表情で、黙って翔太郎の話に耳を傾けていた。やがて翔太郎の話が終わると、甲本はひとつ大きく息を吐《つ》いた。

「なるほど。確かにその子供の手術費用、花園組の組長に払ってもらうんが、いちばんええような気はする。しかし狂言誘拐とは思い切った手じゃのう。相手は花園組やど、ヤクザやど」

「判ってます。しかしですよ、先輩、考えてみれば相手がヤクザだからやりやすいんですよ。だって真面目に働いてるサラリーマン家庭からお金を奪うのは犯罪でしょう?」

「ヤクザから奪っても犯罪やど」

「でも、なんていうか、心理的な抵抗が少ないじゃないですか。それにほら、そのヤクザの組長の娘が、それでいいといっているわけだし」

「まあ、確かにヤクザから金を奪っても、心は痛まんわのう。それどころかむしろ愉快じゃが。俺も前に門司港で屋台を出そうとしたことがあったんやけど、花園組の連中に因縁《いんねん》つけられてえらい目に遭ったことがある。いま思い出しても、あいつらホンマに腹立つっちゃ。前からいっぺんギャフンといわせてやりたいと思うとった」

「ギャフンですか。先輩、言葉のチョイスが古いですね。

「けど、いざ誘拐となった場合、相手になるんはヤクザやない。警察じゃ。警察は恐いど。ヤクザの比やない。しかも狂言誘拐なんて、警察がいちばん嫌う犯罪じゃ。なにしろ狂言誘拐はいわば警察を騙す犯罪じゃけえ」

「そう、その警察のことなんですが、彼女がいうにはですね……」

翔太郎は絵里香に視線を送った。絵里香は小さく頷き、翔太郎に代わって説明した。

「その点は心配いらないわ。わたしが誘拐されたとしても、パパは警察を絶対に呼ばない。なぜならパパは警察のことが心の底から嫌いで、日本の警察は無能だと本気で思っているから」

「日本の警察は無能やないよ。むしろ有能なほうじゃろう。特に誘拐事件に関しては」

「その有能さにパパは気がついていないのよねー、たぶん」

「ほんじゃ、お父さんのほうが無能ってことかいや？」

「えーと、それはわたしの口からはいえないけれど、世間的に見れば……」

言葉を濁しつつ絵里香はゆっくりと頷いた。肯定したわけだ。

「それにだいいち、娘が誘拐されたからといって、ヤクザの組長が警察に助けを求めるなんてできないわ。組長がそれじゃあ、組員に示しがつかないもの」

「へえ、そういうものなん？」

「ええ、そういうものよ」

「なるほど、警察が介入してこんのやったら、話は違ってくる。成功の可能性は高い。案外、おいしい話かもしれんのう」

甲本は興味を惹かれた様子で、コップのビールをひと息に飲み干した。それから、目の前の二人に向かっていよいよ核心に迫る問いを発した。

「で、おまえら花園組からいくらぐらい、いただく気なん？」

「え!?」翔太郎は咄嗟《とっさ》に首を傾げた。「いくらぐらいって――さあ？」

「さあ!?」甲本が心底呆れた様子で目を見開く。「さあ――って、おまえら考えてなかったんか、そのこと？」

「だから、要するに子供の手術費用次第ですよ。そのための誘拐なんですから」

「だから、それはいくらぐらいなんよ？」

甲本の問いに、絵里香が「たぶん」と前置きして答えた。「五百万円もあれば充分だと思うんだけど」

「五百万か」甲本が呻《うめ》くようにいった。「中途半端じゃのう。大金には違いないけど、誘拐事件の身代金にしては安すぎるっちゃ」

「安いとマズイのかしら？」絵里香は素朴な疑問を発する。

「おう、物事には相場ちゅうもんがあるけえ。例えばじゃ――」甲本は受話器を耳に当てるポーズをしながら、「『もしもし、花園組の組長さん、お宅の娘を誘拐した。娘の命が惜しければ五百万円用意しろ』――これじゃ駄目やが。たった五百万じゃ、向こうはいたずら電話かと思う。いや、ちょっと勘のええ奴なら、これだけでもう狂言誘拐の臭いを嗅《か》ぎ取るかもしれん。そんなふうに疑いを持たれたら、せっかくの計画もお仕舞いじゃ」

「じゃあ、誘拐一件当たりの相場は、いくらぐらいなのかしら」

絵里香がまるで建売住宅の値段でも尋ねるようにいうと、甲本は腕組みをして、「ふむ、これは俺の持論やけど」と前置きして語った。

「誘拐事件の身代金の要求額は、実はその時代のプロ野球選手の年俸と連動しとるんよ。プロ野球の一流選手の年俸は、そのままその時代の誘拐犯があこがれる金額なんやな。実際、年俸三千万円が一流選手の証《あかし》といわれた時代は、誘拐犯たちも三千万円の身代金を要求した。やがてそれは五千万円になった。いまの一流選手の年俸は一億円が当たり前やから、まあ、身代金の相場もだいたいそんなところやないん？」

甲本一樹の語る《身代金のプロ野球連動説》は、いかにも彼らしい偏《かたよ》った見解であるが、なんとなく説得力がある。確かに、いまどきの誘拐事件なら、一億円ぐらい要求しないと恰好がつかないのかもしれない。

「だけど先輩、一億円は高すぎます。危険ですよ。いくら警察嫌いの組長だって、一億も要求されたら、警察の助けを借りようとするかもしれません」

「それに一億円なんて無理よ。パパがそんなお金、持っているはずがないもの」

そういって絵里香は自ら妥協案を提示した。

「三千万円ぐらいでどうかしら。それぐらいの金額だったら、パパもなんとか作れると思うわ」

「三千万円か。それでも二昔前の相場やけど、まあ、いちおう本物の誘拐らしく見えるギリギリの線じゃのう」

三人で三千万円ならひとり頭一千万——翔太郎は咄嗟に計算したが、甲本はそのことには触れずに、話を先に進めた。

「で、これがいちばん大事な話なんやけど、身代金の受け渡しはどうするん？　どんな誘拐事件でも、最大の関門はそこじゃ。なんか上手い考えでもあるん？」

「いいえ、ありません」翔太郎は即座に首を振った。「ていうか、それがないから、先輩に頼ってるんじゃないですか。先輩なら、なにか上手いやり方を考えてくれるかと思って」

「なんじゃ、そういうことかいや」

「そうですよ。俺たちだけでできるなら、わざわざ先輩に話を持ちかけたりしません」

「けど俺も生まれてこの方、狂言誘拐なんていっぺんも考えたことないし」

まあ、それはそうだろう。翔太郎や甲本のようなささやかな暮らしぶりの人間は狂言誘拐を考えたりしない。狂言誘拐は普通、身内にお金持ちがいる場合にのみ可能な犯罪。そうじゃない人間がいくら考えても意味がない。今回はお金持ちの娘のほうからこちらに飛び込んできた、いわば特殊なケースである。あるいは絶好のチャンスといってもいいのかもしれない。

甲本もそのことは重々承知らしい。彼は結論を急がなかった。

「おまえらの話は、よう判った。正直、俺も興味はある。でも、ひと晩だけ考えさせてくれーや。明日の朝に返事するけえ。それで、ええやろ？」

もちろん、翔太郎もすぐこの場で返事がもらえるとは思っていない。翔太郎と絵里香は揃って頷いた。

ひとつの重要課題が片付いたところで、翔太郎は甲本を部屋の隅に手招きして、「ところで、先輩、もうひとつお願いが」と、差し迫った用件を小声で切り出した。

「今夜、俺たちをここに泊めてもらえませんか？」

結局その夜、翔太郎と甲本は一階に、絵里香は二階の一室に寝ることになった。ただし、甲本の家は古い日本家屋で、鍵の掛かる部屋はトイレと風呂場以外にないという。絵里香に与えられた部屋も、襖《ふすま》一枚で仕切られただけの自由空間だった。

「しっかし、無用心な部屋だなー。おい、本当に絵里香ひとりで大丈夫なのか。一階には飢えた狼が寝てるってのに」

「飢えた狼が二匹、ね」

「え、俺も⁉」それは心外である。「冗談だろ。俺、こう見えても寝てる女の子に襲い掛かったことはいっぺんもないんだぜ」

「そう。それを聞いて安心したわ——っていう女がいると思う？」

絵里香は小さく溜め息をつくと、翔太郎の顔を真っ直ぐ見つめながらいった。

「あなたにはとても感謝してるわ。見ず知らずのヤクザの娘に、ここまでしてくれる人なんて普通いないもの。もし狂言誘拐が成功して妹の命が助かったなら、それはあなたのおかげよ。だけど、これだけはよく覚えていて——」絵里香は冷ややかに響く声で鋭くいった。「わたしに変な真似したら、くらわさるっけんねー」

言葉の意味はよく判らないけれど、ゾクリとするような殺気を感じて、翔太郎はもはや変な真似ができなくなった。「そ、それじゃ、おやすみー」

絵里香のおやすみなさいの声を背中で聞きながら、翔太郎は階段を駆け下りた。

第二章　脅迫

翌朝、樽井《たるい》翔太郎《しょうたろう》は八時過ぎに目を覚ました。翔太郎にしては早い目覚め。隣で寝ていたはずの甲本《こうもと》の姿は見当たらない。絵里香《えりか》はまだ二階で寝ているはずだ。

それじゃあせっかくだから——と、翔太郎はこっそりと二階への階段を上りはじめた。

彼の胸に邪《よこしま》な願望があったことは否定できない。しかし、階段を中ほどまで上ったところで、

「おはよう、翔太郎」

邪気のない爽《さわ》やかな声が背後から彼の名を呼んだので、翔太郎は踏み板から足を滑らせ、けたたましい音とともに階段を五段ほど滑り落ちた。

「だ、大丈夫？」

心配そうに覗き込む絵里香に、翔太郎は、「やあ、おはよう」とあくまでも自然な感じで朝の挨拶《あいさつ》をおこなった。「なんだ、もう起きていたのか。早いんだな」

今朝の絵里香は、さすがにセーラー服ではなくて、おそらく甲本から借りたのだろう、サイズの合わないスウェットパンツにTシャツ姿だ。

「どうしたの。二階になにか用でも？」

「いや、なんでもない。まだ二階で寝てるのかと思って」

「二階で寝てたらどうするつもりだったの？」

「さあ、そんな未来のことは考えていなかった」翔太郎は適当なことをいって絵里香の追及をかわすと、「ところでおまえ、なにしてるんだ？　そんなもの持って」

翔太郎は絵里香が右手に持っている道具に視線をやった。お菓子作りに使う泡立て器である。甲本の家にこんな洒落た道具があったとは驚きだ。

「あー、これ」絵里香は嬉しそうに微笑むと、泡立て器を振りまわして、「わたし、朝ごはん作ってるの、二人に食べてもらおうと思って」

「……へえ」泡立て器で作る朝ごはんって、なんだ？　苺《いちご》のショートケーキか？　よく判らないけど、「それは、楽しみだな」と、とりあえずは心にもないことをいっておく。

「ところで、甲本さんは？」

「奥の部屋にいるわよ。なんだか、真剣にご先祖様を拝んでいるみたい。――それじゃ、朝ごはん、期待しててね」

絵里香はマウンドへ向かう投手のように、右腕をぐるぐる回しながら台所へと消えていった。彼女はこれからなんらかの物体を泡立てるらしい。それはそれで気がかりだが、それはさておき――

翔太郎はテレビのある六畳間へいき、その奥の襖を開けて中を覗きこんだ。そこでは絵里香のいったとおり甲本が仏壇の前で両手を合わせていた。へえ、信心深いところもあるのだな、と翔太郎が感心しながら眺めていると、甲本は仏壇に視線をやったまま、問いかけてきた。

「おい、翔太郎、おまえは誘拐をどう思うとるん？」

いきなり昨夜の話の続きらしい。だが、質問の意味がよく判らない。ともかく翔太郎は甲本の傍《かたわ》らに座る。

「どう思うって、誘拐は誘拐でしょう。犯罪ですよ」

「そうじゃ。けど、ただの犯罪やないど。誘拐は重大な犯罪じゃ。なんの罪もない子供を人質にして金を奪う。場合によっては、その子供も殺す。卑劣極まりない極悪非道な振る舞いじゃ。およそ犯罪の中でも、これほど卑怯で憎むべき犯罪はないといってええ」

「ああ、そういう意味ですか」翔太郎は甲本のいわんとするところを、ようやく理解した。「要するに、昨日の話はナシってことですね。誘拐には協力できないと——」

「アホ、話は最後まで聞けっちゃ」甲本は仏壇に手を合わせるのをやめて、翔太郎のほうに向き直った。「俺はゆうべ、おまえが鼾《いびき》をかいて惰眠《だみん》をむさぼっておる傍らで、ひと晩じっくりと考えたんよ。おまえらの犯罪に手を貸すべきか否《いな》か。最初は正直、やめとこうと思った。いまもいったように誘拐は卑劣な犯罪じゃからのう。けど、しばらく考えるうちに考えが変わった。誘拐と狂言誘拐の違いに気がついたからじゃ」

「誘拐と狂言誘拐の違い、ですか⁉」翔太郎はキョトン。「なんですか、それ？」

「なんじゃ、おまえがその程度の認識でどうするんよ。ええか、この二つは全然違う犯罪じゃ。そこを勘違いしたらいけん」

「どういうことです？」

「確かに誘拐は主に子供が犠牲になる重大な犯罪じゃ。しかし誘拐と違って、狂言誘拐では子供が犠牲になることはない。子供に限らず誰も死なない。血が流されることもない。そもそも誰も誘拐なんてされてない。誘拐そのものがただのお芝居なんじゃから、当然のことじゃ」

それはそうだ。甲本のいうとおり。

「要するに狂言誘拐ちゅうやつは、べつに凶悪な事件でもなんでもない。ただずるいだけの話。狂言誘拐は名前に誘拐の文字が入っているから誘拐事件の一種みたいに思いがちじゃけど、その実態は誘拐というより詐欺じゃ。狂言誘拐をおこなう者は誘拐犯じゃなくて詐欺師なんやな。判るか、翔太郎？　おまえらは詐欺師なんど！」

なにやら勝手に詐欺師にされてしまったような気がしないでもないが――

「ふーん、俺たちは詐欺師ですか。でも詐欺師のほうが誘拐犯よりは遥かにマシですね」

「俺もそう思う」甲本は真っ直ぐに頷いた。「ええか、翔太郎。俺はのう、大金積んで頼まれたって誘拐犯になろうとは思わん。けど、かわいい後輩とセーラー服の女子高生に優しくお願いされれば、詐欺師くらいにはなってやってもええかもしれん――とまあ、そういう結論に達したんよ」

「なるほど、そういうことですか。よかった。彼女が聞いたらきっと喜びますよ」

ゆうべは《狂言誘拐》と《狂言師の誘拐》の区別さえも怪しかった甲本だが、ひと晩の熟考は、彼の狂言誘拐についての認識を飛躍的に向上させたらしい。翔太郎は大いに感心した。

「俺、さっそく彼女に伝えてきますね」

翔太郎は絵里香の喜ぶ様を想像しながら、一目散に台所へと飛び込んでいった。

「おい、絵里香、喜べ！　甲本さんが協力してくれるって──ぶはっ！」翔太郎は思いがけない光景に後ずさった。「な、なんだこれは、か、火事か、おい、窓開けろ！」

狭い台所にモウモウと立ち込める煙。その向こうで、絵里香はフライ返しを手にしながら鬼気迫る形相でフライパンに向かっている。

「えーい、うるさいわね！　いま話しかけないでちょうだい！　ここがいちばん大事なポイントなんだから──」

「は、はい。ごめんなさい……」

絵里香の気迫に押されて、翔太郎はなにもいえないまま台所を出るしかなかった。

結局、朝になっても絵里香は帰ってこなかった。さては父親の《職業》に嫌気が差して、家出でもしたのかな。それとも、いきなり恋人と御一泊か。そんなことを考えつつ、皐月《さつき》は近所の喫茶店で九スポを眺めながら、ひとりで朝食。花園《はなぞの》邸では帰らぬ絵里香を待つ周五郎《しゅうごろう》が臆病な虎のように家中をうろつきまわっているので、落ち着いて食事もできないのだ。

食事が済むと、皐月はその足で事務所のビルへと向かった。父親が所有する雑居ビル。

組の事務所のほかは飲食店や風俗店が入っている。このビルを含む一帯が花園組の庭場ということになる。

二階の事務所は入口だけ見れば、ごく普通のオフィス風。だが、一歩中に入ると壁の高い場所には神棚。ずらりと飾られた提灯《ちょうちん》、水牛の角《つの》、虎の剝製《はくせい》。さらに豹柄の敷物、竜の置物。まともなセンスでは到底あり得ない装飾が施されている。カタギの人間なら、一歩足を踏み入れただけで震え上がるか大笑いするかのどちらかだろう。皐月にとっては見慣れた空間だから、特になにも感じない。

「邪魔するぜ」

皐月が入っていくと、ソファに座ってノートパソコンを覗き込んでいた若い男二人がびっくりしたように立ち上がった。

「お、お嬢！　いらっしゃい」

アロハシャツ姿の陸《おか》サーファー風の男が、ほぼ直角のお辞儀を皐月に向ける。菅田《かんだ》敏《とし》明《あき》。花園組の若い衆のひとりだ。

「よう、菅ちゃん、久しぶり」皐月は軽く右手を挙げて、それからもうひとりの男にも忘れずに声をかけた。「平戸《ひらど》も、元気にやってるか」

「はい、おかげさまで」平戸修平《しゅうへい》は無表情なまま小さく頭を下げると、何気ない素振りでそっとパソコンの画面を畳んだ。皐月には見られたくないらしい。

菅田敏明と平戸修平はパソコンを駆使して、こっそり馬券を売っている。要するにノミ屋の兄弟だ。本人たちはそのことを皐月に隠しているつもりらしいが、そんなことはとっくにお見通しである。

対照的な二人である。菅田は茶髪にピアス、あくまでもちゃらちゃらした男に徹している。一方の平戸のほうは短く刈った頭、インテリっぽいメタルフレームの眼鏡という地味な顔。金色の虎の刺繡《ししゆう》の入ったシャツなどで恐そうな外観を保っているが、よく見るとシャツのボタンを一番上までとめている。根は真面目でちょいと暗めな男。口の達者な菅田に対して、無口な平戸はパソコンを得意としている。ヤクザというよりオタクという呼び方が似合うかもしれない。

「おい、修平！　せっかくお嬢がきてくださったんだ。お茶の用意ぐらいしやがれ」

菅田は平戸に向かって一方的に命じる。平戸の姿が給湯室に消えるのを待って、菅田はあらためて皐月のほうを向いた。

「で、どうなさったんですか、お嬢、今日はいったいなんの御用で？」

「なに、たまたま表を通ったら、事務所に明かりが見えたから、誰かいるのかと思って寄ってみたんだ。元気そうだな、菅ちゃん」

「お、俺に会いにきてくれたんスか、この俺に……」

「違ぁーう！」皐月は菅田の頭をハリセンでひっぱたいた。「『表を通ったら、事務所に明かりが見えたから、誰かいるのかと思って寄ってみた』って、いまそういったよな？　勘違いする余地なんかねーよな？」

「そういや、そっスね」菅田はひっぱたかれた頭を右手でさすりながら、「しかし相変わらずお嬢のハリセンは鋭いっスね。俺、見えなかったっスよ」

ちなみにハリセンというのはバナナの叩き売りでお馴染みの、パンパンと音を立てるアレ。テキ屋系ヤクザの花園組においては、いまなおハリセンは欠かせないアイテムだ。事務所内なら手を伸ばせば届くところに必ずハリセンがあって、誰かがボケたときには、すぐに突っ込みのハリセンが飛ぶ習わしになっている。その最強の使い手はもちろん皐月である。

「とにかく座ってください」と菅田は皐月に椅子を勧めた。「いやあ、きてくれて感激っス。お嬢が事務所に顔出すことって滅多にないから」

「当たり前だろ。あたしは組員じゃない。親父が組長ってだけで――」

皐月はふいに昨夜の父親との結婚にまつわる会話を思い出し、憂鬱《ゆううつ》な気分になった。思わず深い溜め息を漏らす皐月。それを耳にした菅田が、びっくりしたように身を乗り出す。

「どうしたんです、お嬢。なにか心配事でも？　俺でよかったら、相談に乗りますよ」

「そうか、ありがとよ」

皐月は菅田に相談したところで絶対になんの解決にもならないことは重々承知した上で、それでも誰かに話すことで気が晴れることもあるだろうと思い、それに菅田の好意を無にするのも悪いと思ったので、面白半分でこう尋ねた。

「なぁ、あたしが結婚するっていったら、菅ちゃんどう思う？」

「嬉しいっス。絶対幸せにするっス」

「誰がおめーと結婚するっていったんだあ！」皐月はさっそく二発目のハリセンを菅田

の頭に振り下ろす。菅田の頭は出来の悪いスイカのような音を立てた。「そうじゃなくて、あたしが他の男と結婚するとしたら、どう思うかって聞いてるんだよ」

「そんときは仕方ないっス。俺は男らしく身を引くっス」

「……あのなあ」付き合ってもいないのに、身を引くもなにもないだろ。皐月はハリセンを使う気にもなれない。「やっぱ相談なんてするんじゃなかった。いまの話は忘れてくれ」

「ちょ、ちょっと待ってくださいよ、お嬢。マジで結婚するんですか。誰です、その相手は——あ、判った！」

菅田はひとりで勝手になにかを理解してしまったらしく、いきなり立ち上がった。

「安川忠雄《やすかわただお》っスね。安川組のボンボン息子。あの野郎、前々からお嬢を見る目が俺よりいやらしいと思っていたが、やっぱりそうだったのか」

「？」おめーはいったいどういう目であたしを見てたんだ？

「そ、そうか！　それでお嬢は、わざわざこの事務所に足を運んだんですね。この俺に救いを求めるために……」

「いや、そうじゃなくて表を通ったら事務所に明かりが——」って、いっても無駄か。

「判ってます、お嬢。俺に任せてください」全然判っていない菅田敏明は、さっそくデスクの引き出しからドスを取り出すと、ズボンの腹に押し込んだ。「お嬢の幸せのためだったら、俺は喜んで安川の野郎と刺し違えて——。いや、止めないでください。これは俺が自分の意思でやることです。お嬢に迷惑はかけません。ただ……ただ、これだけは覚えておいてください……お嬢のために命を張った馬鹿な男のいたことだけは……」

彼の言葉の中では『馬鹿な男』という部分だけが真実に思えた。

「待て待て、菅ちゃん！　早とちりすんな。安川忠雄は関係ない。それに、まだ結婚すると決まったわけでもねえ。親父がそういってるだけだ」

「なんだ。そうなんスか。それを聞いて安心したっス」

菅田はアッサリ踵《きびす》を返してデスクの引き出しにドスを仕舞った。

「まったく菅ちゃんは大袈裟だぜ」皐月は菅田の背中を明るく叩いてソファに座らせながら、話題を変えた。「そうそう、結婚っていえばよ、菅ちゃん知ってるか」

「なんスか」

「親父の話」

「組長が？」

「再婚するんだってよ」

「へえ……」菅田敏明はソファに腰を下ろしたまま、手許の競馬新聞に目をやりながら退屈そうに呟いた。「……そっスか」

おい、もうちょっと驚いてやれよ。

お盆を手にした平戸修平が給湯室から姿を見せて、皐月の前にお茶を差し出す。皐月は「ありがとよ」と礼をいってから、濃い目の茶を啜った。ちょうど、そのとき――

「おや、お嬢、いらっしゃってたんですか」

事務所のドアが開いて、ひとりの男が姿を現した。山部《やまべ》勢司《せいじ》、二十九歳。長身を洒落たダークスーツに包んだその外観は、一般市民が描くヤクザというイメージからは遠いものだ。もっとも、いまどきは派手な背広にパンチパーマ、高級腕時計を見せびらかして貴金属をジャラジャラさせるような、いかにも『ヤクザでございます』といった恰好は全般的に流行らない。若いヤクザならサーファーかホストと見紛うような連中がゴロゴロいるし、少し年齢を重ねれば一流企業のエリート・ビジネスマンのような恰好をした連中が多い。花園組でいうなら菅田敏明が前者、山部勢司は後者にあたる。ビジネスバッグを持って街を歩けば、カタギの会社員としか見えないだろう。ただし、視線の鋭さだけは特有のものがある。彼が高校時代この界隈では有名な不良だったことを、皐月はよく知っている。

「兄貴、ごくろうさまです」

菅田と平戸が立ち上がって挨拶する。皐月はソファに腰を下ろしたままで、

「よう、勢司、元気にやってるか」

「へい、おかげさまで。しかし、お嬢がここに顔を出すのは珍しい。俺になにか用でも？」

「ははは、違うっスよ、兄貴ぃ。お嬢は、たまたま表を通ったら事務所に明かりが見えて——」

「ああ、実は勢司に見てもらいたいものがあってな。この五千円札なんだが——」

「嘘だあッ」菅田がひとりで勝手にショックを受け、三歩あとずさって事務所の壁に背中をぶつけると、その弾みで壁に飾られた水牛の角が落下し、彼の頭に突き刺さった。

「お、俺を騙したんスね。お嬢、俺を騙して弄《もてあそ》んだんスね。酷いっス」

水牛の角は痛くなかったのか？　皐月は横目で菅田の様子を気にしながら、山部の目の前に例の疑惑の五千円札を差し出した。

「よく見てくれ。ちょっと変だと思わないか」

「なるほど、いわれてみれば少し印象が違うような気がしますね」

「無視っスか……完全なる無視っスか……俺はここにいるっスよ……」

「そうか、勢司もそう思うか。じゃあ、やっぱりこいつは――」

「いやいや、決め付けるのはまだ早いですよ」

山部は自分の札入れから五千円札を取り出し、皐月の五千円札と並べてデスクの上に置いた。さらに引き出しからルーペを取り出し、両者の比較をはじめた。すぐさま山部の表情は険しいものに変わった。

「お嬢、どこでこれを？」

「昨夜、定食屋でお釣りとしてもらったものだ。最初に変だっていいだしたのは白石《しらいし》だ。あたしも変だと思ったんで預かったんだ。どうだ、やっぱり――？」

「ええ、偽札ですね。よくできてはいますけど、その気になって観察すれば、さすがに判ります。逆にいうなら、普通の状態ではなかなか気づかないくらい精巧ってことですけど。で、お嬢――」山部は顔を上げると事務所の隅っこを指差して、「ここに偽札があるという事実と、あそこで菅田の奴がショックを受けているのと、いったいどういう関係が？」

「いや、それは無関係だ。気にするな」

菅田は事務所の隅で燃えないゴミのようにうずくまって、「俺は透明な存在なんスね」と、うなだれている。傍らで平戸が慰めるように相棒の背中をさすってあげている。麗《うるわ》しき兄弟愛がそこにあった。

皐月は偽札のほうの五千円札を菅田と平戸の前に差し出して、

「ほら、おまえらにも見せてやるよ。なにか、思いつくことがあったら、教えてくれ」

二人は餌を与えられた猿のように、渡された五千円札を食い入るように見つめた。

「ふーん、これが偽札っスかぁ。本物と変わんないっスねー。なあ、修平」

「ああ、まるで本物そっくりだ。見分けがつかない」平戸は半ば感心したようにいう。

「ホントに偽札なのか？」菅田は半信半疑の面持ちで五千円札を撫《な》で回していたが、やがてハッとした顔になり、「なるほど」と頷いてから皐月のほうを向いた。「確かにこのお札はニセモノっスね」

「おッ、さすが菅ちゃん、判るのか？」

「当たり前っスよ。修平には判らなくても、この俺にはハッキリ判ります。ほらよく見てください、五千円札っていや、眼鏡かけたオッサンの絵が描いてあるはず――」

「……？」

「ところがこのお札ときたらこんな着物きたオバサンの絵が――」

皐月と平戸、二つのハリセンが菅田の顔を左右から張り飛ばす。空っぽのバケツを叩いたような軽い音が響き、菅田は一瞬で沈黙した。

「おめーら、そんなに新渡戸稲造が好きなのかよお！　まったく、どいつもこいつも」

情けないというようにハリセンを振り回す皐月を、山部が横から「まあまあ」と宥《なだ》める。

冷静さを取り戻した皐月は、再び山部のほうを向いて、本題に戻った。

「まさか、この偽札に花園組が絡んでるってわけじゃないよな」

「馬鹿な。うちは偽札なんてやりません。そんなのはおやっさんの任侠道に反します」

「そうか。花園組と無関係なら問題はない。その札はおとなしく警察に渡してやるか」

「おっと、警察はやめてください」山部の顔色が変わった。「お嬢はヤクザではないといっても花園組の関係者です。お嬢が偽札持って警察にいけば、うちは警察から痛くもない腹を探られることになります」

「それもそうか。じゃあ、どうするかな」皐月が思案顔になったとき、

「あの、兄貴」と、いままで黙っていた平戸修平が話に加わった。「偽札造るのって、誰にでもできることじゃありませんよね」

「ん⁉　そうだな。このレベルの偽札を本気で造るとなったら、それなりの印刷技術が要る。それに機械だ。最新の印刷機がなけりゃ駄目だろうな」

「それは要するに印刷のプロじゃなきゃ無理ってことですよね」

「まあ、印刷のプロか、それに近い人物なんだろうな。これほどのものを造る奴ってのは」

「なんだ、平戸、なにか心当たりでもあるのか」皐月が水を向けると、

「ええ、人から聞いた話なんですけどね。竹村《たけむら》印刷っていう印刷所があったの知ってま

すか。竹村さんていう腕のいい職人さんが社長をやってた小さな印刷所です。その竹村社長がこの春、急な病でぽっくりと逝《い》ってしまった。同じ印刷所で働いていた息子、つまり二代目ですけど、この男はこれ以上印刷所を続けてもジリ貧だと見切りをつけて、印刷所の経営を断念した。竹村印刷は廃業ってわけです。何人かいた従業員もすべてよそへ移り、印刷所は閉鎖されました」

「ふーん、いまどきよくある話じゃねえか」

「ええ、ところが――」ここで平戸修平は急に声を潜めて、語りの調子を変えた。「夏になって以降、夜な夜な聞こえるらしいんですよ」

「なにが？」

「だから、その誰もいないはずの閉鎖された印刷所から、印刷機の動く音が。いや、音だけじゃありません、印刷所特有のインクの臭いまで漂ってくるそうなんです。それもみんなが寝静まった丑三《うしみ》つ時に」

「ひッ！」

「なるほど、そりゃ面白い」皐月は興味を引かれて顔を前に突き出した。「で、いったい誰が印刷機を動かしてるんだ？」

「もちろん、ユーレイですよ」

「ひぃぃ！」

「この春亡くなった竹村社長のユーレイが、長年親しんできた印刷所の閉鎖を嘆いて、夜ごと現れては印刷機を動かしている。そういう噂です」

「ひぃぃぃぃぃ――」

皐月、山部、平戸――合計三本のハリセンがいっせいに菅田の頭上に振り下ろされた。

「ひーひーって、うるせーぞ、菅ちゃん！」

皐月が一喝すると、菅田は後頭部を右手でさすりながら怯えた顔で、

「だって、ユーレイっスよ、怪談っスよ。恐くないんスか、お嬢は」

「恐がる意味が判んねーよ。じゃあなにか、腕のいい印刷職人のユーレイが精巧な偽札造ってるってのか。あり得ねーだろ」

折れ曲がったハリセンを直しながら皐月がそういうと、平戸も即座に頷いた。

「ええ、俺もそんな非科学的なものは信じませんよ。単なる噂です。けど、なにかのお役に立つんじゃないかと思って」

「そうか。ありがとよ、平戸」皐月はそういうと、デスクの上の偽札を札入れに仕舞いこんだ。「ま、怪談かどうかはともかく、なかなか面白そうな話じゃねえか。で、そのユーレイ印刷所、どこにあるんだ。近いのか？」

「ええ、歩いていける距離ですよ」

「待ってください、お嬢！」山部が慌てて皐月の前に立ちはだかる。「妙なことに首を突っ込んで、面倒なことを起こすのはやめてください。俺がおやっさんから怒られます」

「大丈夫だよ。ただ様子を窺《うかが》うだけなんだから、なんにも起こりゃしねえって。心配なら勢司もくればいいだろ」

皐月がポンポンと肩を叩いて誘うと、山部勢司は溜め息まじりに渋々と頷いた。

「仕方ありませんね。それならわたしも参りましょう。お嬢の身に万が一のことがあっては困りますから」


「菅ちゃん、だんだんアホになっていくみたいだな」

皐月は隣を歩く山部に非難めいた視線を送りながら、「いったいどういう教育してるんだ、勢司？」

すると山部は「俺のせいにされても困ります」と困惑気味に肩をすくめた。「そもそも菅田の奴も、普段からアホなわけではありません。俺や平戸といるときなんかは、結構ちゃんとしたものです。ただ、お嬢の前ではどういうわけだかテンションが上がってしまって、ああなってしまうみたいで」

「あたしのせいにされても困る。それから――」皐月は山部を軽く睨みつけて、ひとつ注文をつけた。「その丁寧な喋り方。気色悪いぜ、山部先輩」

「『先輩』はよせ。だいたい、お嬢はあのころだって、俺のこと『先輩』なんて呼んでなかったじゃねーか」

「ああ、そういやそうだったな」

だが山部勢司が皐月の『先輩』であることは、厳然たる事実。皐月と彼との付き合いは密かに長い。

山部勢司は以前、この街で名の知られた不良だった。不良同士の喧嘩や警察とのいざこざなど、武勇伝は数知れず。その噂は当時花も恥じらうスケバン中学生だった皐月の耳にも届いていた。正直いって、少し憧れた。

花園組の内部でも彼は《要注意人物》としてマークされる存在だった。もっとも、花園組が山部に対して隙あらば彼に危害を加えん、と狙いをつけていたわけではなく、逆に隙を見せて危害を加えられないように、と警戒していたらしい。過去に花園組からこのような形でマークされた不良は、山部勢司をおいて他にはない。

そんな山部は皐月より四つ年上。皐月が中学生のころはすでに高校生であり、皐月が高校生のころはすでに彼の姿は街から消えていた。

山部勢司はどこにいったのか？①「殺人罪で刑務所に入った」とか、②「ヤクザの抗争に巻き込まれて死んだ」とか、③「真面目に勉強して大学に入学した」などなど、彼にまつわる噂が飛び交った。それらの噂を聞くたびに皐月は、そのあまりのいい加減さに呆れたものである。

だから皐月が十八の春、入学した大学で山部の姿を見かけたときは、心底驚いた。③の噂は真実だったのだ。山部勢司は一年間の浪人生活の後、平気な顔で大学生になっていた。だから皐月にとって、山部勢司は間違いなく大学の『先輩』なのだ。

大学での山部はごく普通の大学生だった。授業をサボり雀荘《ジャンそう》で遊んだり、近くのお嬢様大学の女子と合コンしたり、キャンパスでナンパしたり。それは、かつて耳にした不良の山部のイメージとは、かけ離れた姿。正直いって、かなりガッカリした。

そんな山部も就職では痛い目に遭う。地元に戻った山部勢司には就職先がなかった。ただでさえ不景気で就職氷河期と呼ばれた時代、おまけに山部の場合は昔の悪い噂（といっても大半は事実）が足を引っ張った。で、お決まりのフリーター生活が数ヶ月続いた後、山部が選んだ就職先は雑居ビル二階の『花園興行』。要するに彼は花園組の一員となったのである。

街の人たちは不良の山部が花園組に入ったのを見て、さもありなんと思ったようだ。だが、大学時代の山部を知る皐月としては、複雑な心境だった。せっかく大学まで出たのだ。山部にはできればカタギになって欲しかった。

確かに花園組は花園周五郎組長の偉大なる凡庸さのおかげで、あまり露骨な金儲けには走らない。山部にクスリを売るようなこともしない。よその組と縄張りを巡って事を構えることもない（たぶん相手にされていないのだと思う）。といってもヤクザはヤクザ。日陰者には違いないのだ――

そんなふうに昔の思い出にぼんやり浸っている皐月に、山部がいきなり問いかける。

「ところでお嬢、偽札の件は、おやっさんにはもう話してあるのか」

「ん⁉」いきなり現実に引き戻された皐月は、慌てて首を振った。「いや、まだ話してない。親父はいまそれどころじゃないんで、ちょっとな」

「おやっさんになにか面倒でもあんのか？」

「親父じゃなくて絵里香のほうだ。実はゆうべ、絵里香が家に戻らなくてな」

「絵里香お嬢さんが戻らなかった⁉ ひと晩中⁉」

「そうだ」

「そういうことは、ときどきあるのか」

「いいや、ゆうべが初めてだ」

「いったい、なぜ？」

真顔で聞いてくる山部が、皐月には酷く間抜けに見えた。

「なぜって、そりゃ、おめー」

皐月は判りきったことを聞くなとばかりに答える。「十七歳で、夏だから、だろ」

一瞬、キョトンとなった山部の表情が、やがて納得の表情に変わった。

「なるほど、お嬢さんもお年頃ってわけだ」

山部は感慨深げに二度三度と頷いて、「じゃあ、いまごろお嬢さんは好きな男と一緒に朝っぱらから、あんなことやこんなことを？」

「あたしが知るか！」

「そうかー、あのお嬢さんがねえ。へへッ、お嬢さんもかわいい顔してなかなかやるなあ。さすが組長の娘だ」

組長の娘ならここにもひとりいるぜ。皐月は山部の横顔を軽く睨んだ。

山部はそんな皐月の様子には気がつきもせず、今度はなにを思ったか、いきなり皐月の耳元に顔を寄せてそっと囁《ささや》いた。「ところで、ちなみに聞くけどよ」

「なんだよ、急に」

「お嬢は何歳の夏だったんだ？」

「！」

皐月は狼狽《ろうばい》し、ここが門司港の街中であることを忘れて思わず叫んだ。

「くだらねえこと聞くんじゃねえ！　ぶっ●すぞ、てめえ！」

「なるほど」翔太郎は朝食のテーブルを見るなり納得した。「ホットケーキか……」

泡立て器で作る朝飯の正体がそれだった。まあ朝飯として、ギリギリあり得ないこともない食い物だ。先ほどの台所を満たしていた煙から推測して、いったいどんな黒焦げの料理が登場するのかと心配したが、実際には見た目もこんがりキツネ色で悪くない。

「うふふ、あんまり自信ないんだけどねー」

もちろん翔太郎は絵里香の言葉を謙遜と受け止めた。

「うまそうじゃないか」翔太郎は迂闊にも真っ先にフォークを取り、「いただきまーす」の声とともに最初のひと切れを無造作に口に放り込んだ。

「！」

瞬間、翔太郎の舌はしびれるような強い酸味を感じた。続けて訪れる深い苦味と濃厚な渋みと辛さ。しかしホットケーキから本来イメージされる甘味はいつまで待っても訪れてくれない。食感はパサパサして柔らかな味がなく、口の中の水分は瞬く間にケーキに吸収されていき、口の中がカラカラになった。

不味《まず》い。いや、不味いなんてもんじゃない。これは危ない。これはもはやホットケーキの形をした毒物だ。それも相当の劇薬——翔太郎は意識が朦朧《もうろう》となるのを感じた。持っていたフォークが彼の手から滑り落ちて、皿の上でカチャリと音を立てた。

「やっぱりおいしくなかったかしら」

やっぱり、とは、想定の範囲内、という意味か。ならば、答えはノーだ。絵里香の料理は彼の想定したあらゆるものを超越した味を醸し出していた。もはや、おいしいとか不味いとかいうレベルの話ではなく、そのオリジナリティーこそが花園絵里香そのものであると受け入れざるを得ない。翔太郎は溢《あふ》れる涙を抑えることができなかった。

「最高だ……俺、こんなホットケーキ食ったの……生まれて初めてだ……」

「わあッ、本当！　ありがとう。本当は自信あったんだー」

絵里香は満面の笑みを浮かべた。翔太郎はなにやら重大な義務を果たしたような、そんな達成感すら覚えた。

甲本は場が落ち着くのを待ってゆっくりと口を開いた。

「さてと、狂言誘拐をやることとは決まった。問題はその手順じゃ。誘拐を装う以上は、やっぱり小説や映画でお馴染みのやり方を選ぶほうがええ。そのほうが誘拐の雰囲気が出るけえのう」

「ねえ、甲本さんは食べないのー、ホットケーキ」

「すまん、絵里香ちゃん。去年死んだ親父の遺言で、ホットケーキだけは食べるなと」

「そうなんだ、じゃあ仕方ないわねー」

そうか。その手があったか。翔太郎は甲本の堂々たる嘘に舌を巻いた。

ホットケーキを回避した甲本は、安堵《あんど》の表情を浮かべながら誘拐の話に戻る。

「――では、誘拐の最初の一手として、俺たちはなにをなすべきか？」

甲本のいわんとすることは翔太郎にもピンときた。凶悪な誘拐事件のはじまりを告げる合図、それは大抵の場合、一本の電話のベルと相場が決まっている。

「まずは電話ですね」

いわゆる脅迫電話というやつだ。緊張する翔太郎の隣で、絵里香も真剣な顔で頷く。

「そうね。わたしが姿を消してずいぶん経つもんね。いい加減、連絡してあげないと、パパも心配しているだろうし……」

娘が誘拐されたなんて連絡を受けたら、なおさら心配すると思うが。

「で、その最初の電話はここから？」甲本家の茶の間の固定電話を翔太郎が指差すと、

「いや、ここではマズイ」と甲本は首を振った。それから翔太郎と絵里香に向かって呼びかけた。「朝飯終わったら、電話しやすい場所に移動しようや」

「電話しやすい場所⁉」首を捻《ひね》る絵里香。「電話ボックスとか？」

「まあ、電話ボックスみたいなもんよ……」

と甲本が曖昧にいってから約一時間後――

三人は市街地にある一軒のカラオケボックスに到着。当面の用事は脇に置いて、とりあえずサザンとあゆと山本譲二《やまもとじょうじ》を一曲ずつ歌い上げて、喉《のど》の感触を確かめた。よーし、

それじゃ今度は俺、世界に一つだけの——と二曲目を入れようとする翔太郎の頭を甲本がマイクでひっぱたいて、本来の目的に引き戻す。

「しっかりせい！　俺ら、歌いにきたんと違うど！」

「ああ、そうでした」自分たちは脅迫電話を掛けるためにここにきたのだ。「だけど、どうして脅迫電話を掛けるのにカラオケボックスなんですか」

「ちょっと練習の必要があるんよ。特に絵里香ちゃんの演技力が問題じゃ」

「演技力⁉　わたし、なにをやればいいわけ？」

「うむ、まずこれを見てもらいたいんやが」

甲本はテーブルの上に一枚の紙を広げた。ワープロで書かれたと思《おぼ》しき活字が綺麗に並んでいる。

「なんです、これ⁉」訝《いぶか》しみながら文面を覗き込む翔太郎。「なになに——『花園周五郎さんだな。あんたの娘さんは預かった。いいか、一度しかいわないからよく聞け。娘さんを返して欲しければ三千万円用意しろ……』。ひゅう！　これ、脅迫電話の文面じゃないですか。先輩が考えたんですか、このベタな脅迫文」

「ベタで悪かったいや！」甲本は気を悪くしたようにテーブルを叩く。「確かに、これは誘拐犯の常套句《じょうとうく》を繋げただけじゃ。そのほうが犯人の特徴が出んからええんよ。ただ、問題は絵里香ちゃんのパートじゃ」

「あーッ、わたしのパートも勝手に台詞《せりふ》が書いてあるー」絵里香が不安そうな顔で活字を棒読みする。「『パパ、わたしは大丈夫よ。恐いけど平気。乱暴はされていないわ。ただ狭いところに閉じ込められているだけ――』ふーん、わたしがこれを読めばいいのね」

「いや、読むんやない。感情込めて演じてほしいんよ。娘を奪われた父親は、まずは娘の安否を確認したがるはずじゃ。そして誘拐犯は人質が生きていることを証明するために、その声を電話越しに聞かせてやったりする。けど、そうしない犯人も多い。人質に余計なことを喋られたくないからじゃ。しかし、今回の場合は狂言誘拐じゃけえ、その手の心配はない。だったら絵里香ちゃんにも積極的に電話に出てもらうほうがええと思う」

「そっか。そのほうが、パパも安心して身代金を払えるわね」

安心するかどうかは疑問だが。

「でも、彼女にそんな難しい演技できますかね？」

「そこいや。そこを確認したいから、ここに連れてきたんよ。本当に誘拐されとるみたいに怯えた芝居ができるかどうか。もし上手に芝居できんのやったら、電話には出んほうがええ。かえって狂言ということがバレる恐れがあるけえ」

「判ったわ。大丈夫、任せて。わたし、こう見えても演技力には自信があるんだから」

絵里香はさっそく『浪花《なにわ》恋しぐれ』を入れ、マイク片手に、アンタ遊びなはれ酒も飲みなはれ――と情感たっぷりに台詞をこなして見せた。なるほど彼女、都《みやこ》はるみと同じ程度の芝居っ気はありそうだ。

それから絵里香は自分のパートを何度か声に出して演じて見せた。「パパッ、わたしは大丈夫よッ、恐いけど平気ッ――」

熱演する絵里香に対して、甲本はソファにふんぞり返りながら、「もっと腹の底から震えんかい！」「君は囚《とら》われの子羊なんやど！」「駄目じゃ、ヘタクソ、役者やめちまえ！」と舞台演出中の蜷川幸雄《にながわゆきお》ばりに熱血指導。なるほど、これをもし甲本の自宅でやったら、何事かとご近所を驚かせたことだろう。カラオケボックスを借りる必要は、ここにあったわけだ。

そうこうするうちに絵里香の演技は見る見る上達していき、どうやら準備は整った。いよいよ花園組の組長宅へ電話を――と、そう思ったとき、翔太郎はようやく素朴な疑問に目覚めた。

「あのー、先輩、その電話って、ひょっとして俺が？」

「当たり前やん」甲本がなにをいまさらというように頷く。「文章は俺が考えた。絵里香ちゃんには絵里香ちゃんのパートがある。あとはおまえがやるしかないじゃろうが。当然の役割分担じゃ。それともなにか、おまえだけなんもせんつもりなん？」

「いや、判ってます、やりますやります――」

要するに犯人役というわけだ。渋々ながら自分の役割に納得した翔太郎は、あらためて脅迫文が書かれた紙を手にする。二、三度目を通して、読めない漢字がないかを確認。それから特に理由はないけれど竹内力《たけうちりき》の口調を真似して、脅迫文を一気に読み上げてみた。「花園周五郎さんだな。あんたの娘さんは預かった――」

傍らで聞いていた甲本と絵里香が「上手！」「最高！」と手を叩いて絶賛してくれたので、翔太郎はすっかりその気になった。いける。これなら大丈夫だ。脚本演出蜷川幸雄、主演竹内力、特別出演都はるみ、とくれば、これはもう想像もできない豪華な顔合わせだ。花園組の組長といえどもイチコロで騙されるに違いない。

「いきましょう！」翔太郎が勢いよくいう。「電話はどれを使いますか。俺の携帯？」

「いや、絵里香ちゃんの携帯を使おう。ところで絵里香ちゃん、花園の家の電話にはナンバーディスプレイ機能なんて付いとるやろか？」

「ええ、付いてますよ」

「それだとマズイんですか、先輩」

「いや、むしろ好都合じゃ。向こうの電話に絵里香ちゃんの番号が出るけえ」

「なるほど、それは確かに――」

絵里香からの連絡と思って喜び勇んで父親が電話に出る。しかしそこからは誘拐犯の脅迫の台詞が聞こえてくるという段取り。ちょっと残酷だが、相手にダメージを与えるには効果的だ。

「よし、絵里香、おまえの携帯、貸せ」

絵里香は自分の携帯を取り出して翔太郎に渡した。彼女の携帯は昨日からずっと電源が切ってある。電源が入っていると、花園組の関係者からじゃんじゃん電話が掛かってくるし、ＧＰＳ機能を利用してこちらの居場所を特定される危険もあるからだ。

翔太郎は携帯の電源を入れて、組長宅のナンバーを慎重にプッシュした。携帯を耳に当てながら、小さな声で自分に言い聞かせるように呟く。

「いよいよ、宣戦布告だ……」

緊張の一瞬。胸の鼓動が早まるのを感じながら、相手が出るのを待つ。十秒程度の間があってから、相手が出た。翔太郎はひとつ息を吸い、原稿のとおりに相手を確認する台詞からはじめる。

「花園周……」

『くをらあッ、絵里香！　きっさん、どがんつもりか！　ええ！　若い娘がどこのクソガキと一緒におっとや！　おいは絶対許さんけん！　そんクソガキな、門司港に沈めちゃるけん、そう思うとかんや！　くをらッ、聞いとるとや、絵里香、こんアバズレが！　おまえんごたっ娘には、うちの敷居は二度と跨《また》がせんけん――』

プチッ――あまりの剣幕に、翔太郎は思わずボタンひとつで通話を切った。「ひぃー」

「こら！　切る奴があるかいや！　脅迫電話やど！　おまえがビビッてどーするん！」

「す、すみません、つい」翔太郎は震える手で携帯を握りながら、絵里香に怯えた視線を送る。「――にしても、おまえのお父さんって、すんげー恐いな」

「だってヤクザだもん」と絵里香は平然と答える。「でも、本当は優しい人よ。もう一度掛けてみて。今度は大丈夫だと思うから」

なんらかの確信があるかのような絵里香の口調である。

「本当に大丈夫かよ？」

翔太郎は半信半疑のままリダイヤルしてみる。三秒と待たずに相手が出た。今度は泣きそうな声だ。

『酷いじゃないかぁ、絵里香ぁ～～～いきなり電話を切るなんてぇ～～～いまのはパパがいい過ぎだったぁ〜〜それは謝るぅ〜〜絵里香ぁ、帰ってきておくれぇ〜〜〜』

「…………」翔太郎は絶句した。クソガキを門司港に沈めると息巻いていた人物が、この豹変振りとは。翔太郎は一瞬、頭が真っ白になり、それから慌てて自分の台詞を口にした。「は、花園周五郎さんだな」

『ん——誰ね、あんた。絵里香の携帯使うて、なんばしょっとや、こんクソガキが！』

翔太郎の脳裏に、門司港の海底に沈む自分の姿が浮かんだ。翔太郎は悪い想像を振り払うように頭を振り、台詞を続ける。

「あんたの娘さんは預かった」

『——なに⁉』

「いいか、一度しかいわないからよく聞け。娘さんを返して欲しければ三千万円用意しろ」

『三千万円だと……』

「期限は明日の午後三時までだ。すべて一万円札で用意しろ。身代金の受け渡し方法については、いまはまだいえない。また後で連絡する」

『判った』

「…………」

『…………』

「…………」

『…………』

「…………………………………………おい」

『……………………………………………なんだ!?』

「なんかこう、いいたいことないか？」

『さっきはクソガキ呼ばわりしてすまなかった』

「じゃなくて、こういう場面でいうべきことが他にあるだろ」

『すまん、なにせ娘を誘拐されるのは初めてで、気が動転していて』

「そりゃあ判る、でもほら、よくあるだろ、例えば、娘の声を聞かせ――」

『娘の声を聞かせてくれぇ～～～生きているなら、せめて声だけでも頼むぅ～～～』

　そうそう。そういう反応を待っていたのだ。

「ふっふっふッ……そうか、そんなに聞きたいか。だったら聞かせてやろう。おい、娘、こっちにきやがれ！」

　といいながら、実際には携帯電話を両手でそっと差し出す翔太郎。絵里香は携帯を受け取ると、さっそく怯えの混じった声で自分の台詞を唱えた。

「パパッ、わたしは大丈夫よッ。恐いけど平気ッ。乱暴はされていないわ。ただ狭いところに閉じ込められているだけ。心配しないでね、パパッ」

『おお、絵里香ッ、無事か？　お腹は減っていないか？　安心しろ、パパがきっと助けてやるからな！　それまで頑張るんだぞ！』

「うん、わたし、待ってるから……パパのこと、信じてるから……ぐすッ」

『絵里香ぁ～～～ッ』

「パパ～～～～ッ」

翔太郎は電話越しに繰り広げられる父と娘の熱いドラマに、一瞬胸がジンとなった。

だが、感動している場合ではない。翔太郎は絵里香の持つ携帯の前に顔を近づけて、自分の右手で自分の頬を二回張った。ビシッ、バシッ！　鋭い音がするのと同時に、「きゃあ！」と悲鳴をあげながら、絵里香はソファから自分で転がり落ちた。

『ど、どうした、絵里香ッ！　絵里香～～ッ』

「なんでもないわ、パパ――きゃ！」

叫び声をあげながら携帯電話をそっと差し出す絵里香。翔太郎は携帯を受け取ると、

「やあ、花園さん、これで信じてもらえただろ。娘さんを助けたかったら、こちらのいうとおりにするんだな」

『判った。いうとおりにする。三千万円用意しようじゃないか。その代わり、絵里香にはいっさい手を出さないと――』

翔太郎は相手の言葉を皆まで聞かずに、残りの台詞を読み上げた。

「それから大事なことをいっておく。警察には通報するな。通報すれば娘の命はないと思え。これは脅しではない。俺はあんたと一対一の取引がしたいんだ。判ったな？　それじゃ――」

『待て！　絵里香には手出ししないと約束しろ！』

「警察には通報しないと約束するか」

このあたりからは調子に乗った翔太郎のアドリブ。気分はすっかり誘拐犯である。

「あんたが約束するというのなら、こちらも約束しよう」

『よ、よし、約束する。警察は呼ばない。もともと警察は嫌いだ』

「本当だな。もし嘘だったときは――」

『嘘だったときは――？』

「そんときゃ娘さんを唐戸の沖に沈めてやるから、そう思いやがれ！」

翔太郎としては先ほど門司港に沈められたお返しのつもり。だが、これがまずかった。

『カラト⁉ カラトって下関の唐戸か？』

「え⁉」しまった。これじゃ誘拐犯は下関の人間ですといっているようなものだ。ここは門司港とか洞海湾《どうかい》とかいうべきところだった。だがもう遅い。慌てた翔太郎はしどろもどろになりながら、「と、とにかく、そちらがいうとおりにすれば、こちらも娘さんを無傷で返してやるということで、ええ、それじゃまた連絡しますんで、どーも、はい、はい、それでは、はい、失礼しまーす、どーも、はい、失礼しまーす」

最後はなんだか御用聞きの電話連絡みたいな感じになりながら、翔太郎は脅迫電話を終えた。

「ふぅー」翔太郎は深々と溜め息をつき、ソファに身体を預けた。

「お疲れ様。はいこれ」と絵里香がねぎらいの言葉とともにおしぼりを差し出す。

「ありがとう」翔太郎は受け取ったおしぼりで額の汗を拭《ぬぐ》いながら、電源を切った携帯を絵里香に返す。それから甲本のほうに力のない笑みを向けると、偽らざる本音を吐露した。

「もう二度と掛けたくないです！」

「もう二度と掛けさせるかいや！」


山部勢司は両手で耳をパフパフさせながら、ブツブツと文句を呟く。

「ああ、まだ耳がジンジンするぞ」

「おめーがくだらないことをいうからだ」

「ああ、悪かったよ」山部は耳から両手を離しながら、「ところでお嬢、さっきなんていったんだ？　あんまり声がデカすぎて、最後のほう、よく聞こえなかった」

「なに、『ぶっ潰すぞ、てめえ』っていっただけだ。気にするな。本気じゃないから」

皐月は自分の問題発言を適当に流して、あらためて目の前の建物に目をやった。

「で、これが竹村印刷か」

木造モルタル二階建て。窓という窓に鉄の格子の入った無愛想極まりない印刷所。

「元・竹村印刷だ。いまはただの無人の建物だ」

「そうらしいな」皐月は入口の扉に耳を当てて中の気配を窺った。「確かになんの気配もない。ちょうどいい。ちょっと中を見させてもらおうぜ。どうせ潰れた印刷所。いまさら不法侵入だなんていわれないだろ」

「よせよせ。そんなことしてなんになるっていうんだ？」

「べつに。ただ見てみたいだろ、本当に偽札造ってるのかどうなのか」

「無意味だな」山部は冷静に理屈を述べた。「いいか、お嬢。ここが本当に偽札を造っている印刷所なら、入口には厳重に鍵が掛かっているはずだ。ならば、俺たちは中には入れない。もし鍵が掛かっていなければ、そこは偽札造りとは無関係だ。俺たちは中に入れるが、そこにはなにもない。そうだろ？」

なるほど、確かに山部のいうとおりだ。皐月は内心、彼の頭のよさに感心した。さすが不良高校生をやりながら皐月と同じ程度の学力を維持していただけのことはある。

「まったく、腹の立つ男だよ、てめえは。行動する前に理屈を唱えるなんざ、ちっともヤクザらしくねえ」

皐月は憎まれ口を叩きながら、自ら入口の扉のノブに手を掛けた。鍵は掛かっていなかった。ノブはすんなりと回転した。ということは、やはりここは単なる廃業した印刷所ということか。

「まあ、いいや。せっかく開いてるんだ」

皐月は薄く開いた扉の隙間から、中を覗き込んだ。そこはかつて印刷所の事務所として使用されていた部屋のようだった。リノリウムの床にスチール製のデスクや書類を保管するキャビネットなどが放置されている。

「――邪魔するぜ、竹村印刷さん」

皐月は安心して、というよりも大いに油断した状態で扉を開け放った。

瞬間、皐月の目に信じられない光景が飛び込んできた。驚いた皐月は小さな悲鳴をあげながら、オバケ屋敷で女の子がよくやるように背後にいた山部に抱きついた。山部は皐月の行動が予測できなかったのか、あっけなくバランスを崩し、二人はもつれるように玄関先で転倒。山部は驚いたような顔をあげて、皐月に向かって叫んだ。

「なにやってんだ、お嬢！　悲鳴なんかあげて、みっともない。まさか本当にユーレイを見たなんていうんじゃないだろうな」

「ば、馬鹿、そうじゃねえ。あたしが驚いてるのは、ほら、あれだ、あれ！」

皐月は扉の向こうを指差す。事務所のほぼ中央、回転椅子に座ったままこちらを向いている見知らぬ人物の姿があった。灰色の作業服を着た四十歳ぐらいの中年男である。

山部は男の姿を認めるや否や、すぐさまその傍《そば》に駆け寄った。皐月も、落ち着きを取り戻し男に歩み寄る。

「お嬢、とりあえず扉を閉めろ」

山部の声が冷たく響く。皐月は黙って山部の指示に従った。

中年男はいまにも床に崩れ落ちそうな体勢のまま、椅子の上で微妙なバランスを保っている。これがもし居眠りだとすれば、相当な達人だ。だが、男の作業服の腹のあたりは、どす黒い赤色で染まっている。床には、粘り気を帯びた赤い液体が地図を描くように広がっている。男が永遠の眠りの中にいることは明白だった。

「死んでるよな」皐月が念を押すようにいうと、

「ああ、死んでいる」と、山部も確認するように頷いた。

「撃たれたのか」

なんとなく、そんな気がした。だが、腹部の傷口に顔を寄せていた山部は、黙って首を振った。

「いや、拳銃じゃない。この傷は、刃物で刺されて抉《えぐ》られてできた傷だ。いずれにしても殺されたことに変わりはなさそうだ。凶器らしいものが見当たらないからな」

確かに山部の言葉どおり、死者の周辺には刃物の類《たぐい》は転がってはいなかった。したがってこれは自殺ではなく、殺人事件の可能性が高い。

「ところで、誰なんだ、この男は？　知ってるか、勢司」

「ああ、見覚えのある顔だ。ほら、さっきの平戸の話の中に出てきてただろ。ここの社長がこの春に死んで、二代目が印刷所の経営を断念したって。その二代目ってのが、こいつだ。確か竹村謙二郎《けんじろう》とかいう名前だったと思う」

「そうか。しかし竹村印刷の二代目が、なんでこんな目に？」そんな疑問を口にした皐月の視線に、あるものが飛び込んできた。「おい、勢司、あれを見ろよ」

皐月が指差したのは、事務所の隅に置かれた金庫だった。金庫は印刷所の規模には不釣合いと思われるほどのサイズで、小型冷蔵庫ほどの大きさがあった。見るからに頑丈そうな金庫ではある。しかしながら、肝心の扉が半開きの状態では金庫の役目を果たしていない。

「物盗りの犯行か？」山部は金庫の前に歩み寄りながら、「しかし、閉鎖された印刷所の金庫に、金目のものなんて置いてあるわけ……」

山部はそう呟きながら金庫の扉に手を掛け、中を覗きこんだ。その瞬間、彼の背中が凍りついたように動かなくなった。「……すげえ」

「どうした⁉ なにかあったか」

「ああ、見ろよ、お嬢。一億円、いやもっとありそうだ――」

「マジかよ！」

「ああ、ただし、これが全部本物のお札だったらの話だがな」

山部は金庫の中を指差して、皐月に示した。皐月は愕然《がくぜん》とした。金庫の中には、札束が煉瓦のように整然と積み上げられていた。一万円札と五千円札の二種類ある。山部のいうとおり、これがすべて本物のお札なら一億円以上はあるだろう。もちろん、現金一億円などというものが、閉鎖された印刷所の開きっぱなしの金庫に置き去りにされているはずがない。これがここに放置されているという事実が、なによりも雄弁にこのお札の正体を示している。

「……偽札なのか」

山部は指紋を残さないようにハンカチで一万円の札束のひとつを手にすると、肉眼で観察した。彼が結論を出すまでそう長くはかからなかった。

「正真正銘の偽札だ。間違いない」

「ここにあるやつ、全部か？」

なんとなく諦《あきら》めきれない気分で皐月が尋ねる。山部は冷めた口調で答えた。

「いま、ここで全部調べている暇はない。しかしまあ、本物が混じっているとは思えないだろ」

「それもそうだな。しかし、これが偽札だとすると、やっぱり竹村印刷が偽札を造っていたって話になる。ただし、造っていたのは先代のユーレイじゃなくて、二代目だったってわけだ」

「その竹村謙二郎は何者かの手によって殺害された」

「犯人は偽札を盗むために竹村謙二郎を殺したのか？」

「さあ、それは判らないな。偽札を盗んでも仕方がないような気はするが」

それもそうだ。それに仮に犯人の目的が金庫の中の偽札にあるのなら、そこにある偽札を全部持っていきそうなものだ。だが、金庫の中にはまだたっぷりと偽札が残っている。犯人の意図が判らない。

「で、これからどうする、勢司」

「どうするもこうするもない。さっきもいったが花園組は偽札には、なんの関わりもない。偽札造りはおそらく竹村謙二郎が自分の考えでやったことだろう。腕のいい印刷職人ほど、偽札造りにチャレンジしたいという欲求を持つっていうからな。こんな事件にうちの組が巻き込まれたんじゃ、いい迷惑だ」

「だが、関係ないとばかりもいってられねえだろ。現に、こうやって死体を発見しちまったんだから」

「だから、俺は余計なことに首を突っ込むなといったんだ！」

「いまさら文句いうなって。それより、これからのことを考えようぜ」

「ああ、判ってるさ。――なに、考えるまでもない。いいか、お嬢。善良な市民ならばこういう場合、迷わず警察に通報するだろう。それが善良な市民の義務だからだ」

「そうだな」

「しかし、俺たちはたぶん善良な市民ではない！」

なるほど、たぶんそうだろう。

「したがって、俺たちには警察に通報する義務はないと思う」

そういうものでもないと思うが。

「そこで、俺たちが取るべき唯一の行動、それは自分たちの指紋を綺麗にふき取って、黙ってこの場を立ち去ることだ。俺たちはここにはこなかったし、なにも見なかった」

「そりゃまあ、あたしたちはそれでいいだろうけど」そういって、皐月は回転椅子の死体を顎で示した。「でも、あの死体のオッサンはどうなるんだ？」

「なに、そのうち誰かが発見するだろ。今日か明日かあさってか、ひょっとすると一週間先になるかもしれないが、それこそ俺たちの知ったことじゃない。そうだろ？」

「うーん。なんとなく釈然としない話だなあ」

山部の立場は皐月にもよく判る。だが、なんのやましいこともないのに、こそこそ逃げ回るような真似は皐月の性に合わない。とはいえ、警察を呼べば、自分たちが真っ先に疑いの目で見られることは火を見るよりも明らかだ。どうするべきか。

皐月が悩みに沈んだそのとき、彼女の携帯が『仁義なき戦い』の着メロを奏でた。携帯を取り出す。相手は花園組の若者頭、高沢裕也《たかざわゆうや》だった。高沢から直接、皐月の携帯に掛かってくることは非常に稀である。

皐月は携帯を耳に当てた。「皐月だ」

『あ、お嬢さん！　高沢です。急な電話で申し訳ありません。実は大変なことが起こりまして――』

「え、そっちも？」

『ええ、そうなんで――ん⁉　そっちも、とはどういう意味です、お嬢さん？』

「いや、なんでもない。で、なんだ、大変なことって」

『はい、落ち着いてお聞きください。実は絵里香お嬢さんが誘拐されたらしいんです。たったいま、誘拐犯から組長に脅迫電話がありました――』

「なんだって！　それで親父はどうしてる？」

『組長ですか。組長は、わたしの目の前で放心なさっておいでです』

「構わねえから、水でもぶっかけてやんな！　あたしは勢司と一緒にすぐ戻る」そういった瞬間、皐月は目の前の死体の存在を思い出した。「あ、いや、すぐってわけにはいかないか――けど、なるべく早く戻る。それじゃ」

皐月は高沢との通話を終えると、携帯を畳みながら山部のほうを向いた。

「よし、急いで指紋をふき取って、さっさとずらかろうぜ！」

皐月の豹変ぶりに、山部は呆気《あっけ》にとられた顔つきで、

「ん⁉　どうしたんだ、急に。さっきまでは乗り気じゃなかったくせに。警察に通報するんじゃなかったのかよ」

「状況が変わったんだ。絵里香が誘拐されたらしい」

「誘拐だと⁉」

山部は眉間《みけん》に皺《しわ》を寄せ、ゆっくり死体のほうに視線をやると呻《うめ》くようにいった。

「そうか。それじゃよその殺人事件に関わっている暇はないな」


「戻ったぜ、親父！」

花園邸に舞い戻った皐月は、大きな声をあげながら広い邸内をずんずん突き進んだ。

「親父ッ、絵里香が誘拐されたってのは本当か！　脅迫電話はいつだ？　相手はどんな奴だった？　なんて要求してきやがったんだ？　いや、そんなことより、絵里香は無事なのか？　どうなんだよ、親父！」

いくつもの質問を並べながら皐月が花園邸のリビングに飛び込む。その瞬間、黒木剛《くろきたけ》史《し》と白石浩太《しらいしこうた》の二人が蒼白となった顔面を皐月のほうに向けた。二人は揃って左の掌《てのひら》をテーブルの上に押し付け、右手に持ったドスの刃先を左手の小指にあてがっている。そんな二人の様子を菅田敏明と平戸修平が固唾《かたず》を呑んで見守っている。正面には周五郎が恐ろしげな表情で仁王立ちしている。そして組長の背後には高沢裕也が控えている。

皐月は一瞬、なにやってんだ、といいかけたが、二人がなにをやろうとしているかは聞かなくても一目瞭然だった。

代わりに皐月は、「やあ、これはお取り込み中、邪魔してすまなかったな」とその場の全員に謝った。「構わないから、続けてくれ」

「ほう。エンコ詰めか」皐月の後ろから姿を現した山部が感心したようにいう。「目の前で見るのは初めてだ」

「お、お嬢！　山部の兄貴！」黒木が額に脂汗をいっぱいに浮かべて叫ぶ。「止めんといてください！」

「そうです。絵里香お嬢さんがこないなことになったんも、みんな俺らの責任です。どうか止めんといてください」

白石の構えるドスが小指の隣でブルブル震えている。刃の先端がテーブルの表面に何度も当たって音を立てる。高価なテーブルが台無しである。

「止めんといてください！」

「止めんといてください！」

誰も止めていない。

皐月は山部の横顔をそっと見やったが、彼も様子見を決め込むふうで、声をあげそうな感じはない。どうやら、ここはあたしがなんとかしてやらなくちゃいけないのかな、とそんなことを思ったとき、周五郎の背後から高沢が進み出た。瞬く間に二人組の頬を平手で張り倒して、「馬鹿野郎が！　こがん真似ばしてなんになっとや！」

黒木と白石は待ってましたとばかりに打たれて倒れた。菅田と平戸がすぐさま二人に駆け寄って、その手からドスを奪い取る。なぜか《阿吽《あうん》の呼吸》という言葉が皐月の脳裏に浮かんだ。

高沢は二人の隣にきちんと正座すると、周五郎に向かって深々と頭を下げた。

「どうか、こいつらの不始末はわたしに免じてお許しを」

「ああ、判っとる判っとる」周五郎はウンザリしたような顔で手を振った。「わしとて、こいつらの小指などもらったところで、嬉しくもなんともない。ただ、こいつらが自分で指詰めるといいだしたから、ちょっと成り行きを見たかっただけだ」

悪趣味だぜ、親父――皐月は横目で周五郎を睨んだ。

ふと見回すと、リビングには花園組の幽霊組員を除く正真正銘の組員七名が全員集合している。これは滅多にないことである。格の順番でいうならまず組長の花園周五郎。次に若者頭の高沢裕也。その後にくるのが山部勢司だ。以下は格を云々するほどでもないのであいうえお順に萱田敏明、黒木剛史、白石浩太、平戸修平。これで七名だ。周五郎の娘である皐月は組員ではないのでこの序列の外にいるともいえるし、周五郎より遥か上にいるともいえる。

「ともかく、状況を教えろよ、親父。なにがどうなってんだ？」

皐月は、さっそく周五郎と高沢から詳しい話を聞いた。脅迫電話が掛かってきたのは午前十一時半。周五郎と高沢が義理ごとの打ち合わせをおこなっていたさいちゅうにリビングの電話が鳴り、周五郎が受話器を取った。電話の相手は周五郎の言葉を借りるなら《間抜けそうなクソガキ》で、要求は身代金三千万円。受け渡し方法は追って連絡があるとのこと。絵里香の命はいまのところ無事。ただし、『警察に通報すれば娘の命はない』と相手の男はいったそうだ。もっとも、それは誘拐犯ならアホでも口にする定番の脅し文句だ。たぶん誘拐犯になったら一度はいってみたい台詞ベスト3に入るだろう。むしろ、皐月が引っかかったのは身代金の金額のほうだ。

「三千万円という身代金は、ちょっと安すぎないか。いまどきプロ野球の一流選手の年俸は一億円が相場だぜ。これじゃ二昔前の金額じゃないか」

　高沢裕也が皐月の言葉に首を傾げる。

「よく判りません、お嬢さん。野球選手の年俸と誘拐の身代金と、なんの関係が？」

「あー、いや、それはだなー」皐月は両者の間には確かな繋がりがあると感じているが、万人に理解できる理論ではないので説明は省いた。「とにかく、三千万円は微妙に安い気がする。悪戯《いたずら》じゃないのか」

「しかし、組長は絵里香お嬢さんの声を聞いています」

「そうだ。悪戯ではなかった。電話越しとはいえ、わしが絵里香の声を聞き間違えるはずがない。絵里香は電話の向こうで泣いておった。かわいそうに……恐い思いをしているのだろう……絵里香」

「そうか、悪戯じゃないのか」

　だが待てよ、と皐月は警戒した。皐月の脳裏に《狂言誘拐》の四文字が一瞬浮かんだ。しかし、皐月は自分の中でその考えを一蹴した。狂言誘拐などというものは、金持ちのドラ息子あたりが、遊ぶ金欲しさや親への反発としておこなう犯罪だ。絵里香には似つかわしくない。だいいち、絵里香が狂言誘拐を企む理由がない。それに狂言誘拐なのか本物の誘拐なのか判断できない以上、あくまでも本物の誘拐として対処することが必要だ。その上で、もしもこれが狂言だったとすれば、それはある意味、最高の結末だともいえる。狂言ならば、絵里香は恐い思いをせずに済むのだから――

「で、どうするんだ、親父」

皐月が尋ねる。その場の全員の視線が周五郎ひとりに集中した。誰もが周五郎の決断を聞きたがっているのだ。周五郎は重々しい口調で、力強く断言した。

「決まっておる。絵里香の命が最優先だ」

「そうか」

皐月はひとつ頷いて、リビングの電話に向かい受話器を取った。指先が1のボタンに触れた瞬間、

「なんばしょっとや、きっさぁーん！」怒声とともに横から伸びてきた周五郎の拳が、きりもみ状の回転を伴いながら皐月の顔面を真っ直ぐに打ち抜いた。コークスクリューブロー。伝説の鉄拳に膝をつきそうになりながら必死で耐えた皐月は、受話器を放り投げると、すぐさま周五郎の胸倉に膝で跳びかかった。

「てめー、娘の顔面を拳で殴るたあ、どういう了見だ！」

「それはこっちの台詞たい！　自分がなんばしよっとか判っとるとや、貴様！」

「決まってんだろーが。一一〇番通報だよ」

「絵里香ば殺す気や！　警察を呼べば絵里香の命はない、と犯人はいっとるんだぞ」

「そんなもん、ただの脅しにきまってんだろ。誘拐犯の常套句だ」

「だが、わしは警察を呼ばないと約束した」

「誘拐犯との約束を律儀に守ることたーねえ」

「警察の介入を知った犯人が、絵里香を手にかけないという保証がどこにある！」

「なーに、誘拐犯だって、相手が警察を呼ぶことぐらいは織り込み済みだ。警察を呼んだからといって、それでたちまち人質の命が危なくなるようなことはない」

「駄目だ！　警察を呼ぶことは、このわしが絶対に許さん」

「ああもう、判んねえ親父だぜ！」皐月は傍らに控える山部に救いを求めた。「おい、勢司からも親父になんかいってやってくれ！」

「よし、山部。おまえの考えを聞かせろ。警察を呼ぶべきか、呼ぶべきでないか」

今度は組員たちの視線が山部に集中した。山部は間をおかずに答えた。

「警察を呼ぶべきではありません。おやっさんのいうとおりだと思います」

「どーだ、皐月、花園組きっての切れ者である山部がああいっておる。わしのほうが正しい」

勝ち誇る周五郎に、皐月は思わず声を荒らげて、

「ずるいぞ、親父。だいたい勢司は親父の子分だろ。ヤクザ社会じゃ親が黒いといえば白熊だって黒いっていうじゃねえか。こんなんでまともな議論なんてできるかっての！」

周五郎と争う皐月を前にして、山部は静かな口調でいった。

「いや、お嬢、俺はなにも白熊を黒いといっているのではありません。これは俺自身の

考えです。おやっさんの言いなりになっているのとは違います」

予想外の言葉を聞き、皐月は驚いた。周五郎もむっとした表情になって、

「どういうことだ、山部？」

「へい、俺が最初に考えたのは、なぜ犯人は絵里香お嬢さんを誘拐したのか、ということです。不思議じゃありませんか、わざわざヤクザの組長の娘を誘拐するなんて。通常、誘拐犯は誘拐する相手の家の職業や家族構成や資産などを調べるもんです。この犯人も当然そうしたでしょう。だとすれば犯人は絵里香お嬢さんが組長の娘であることを知ったはずです。知った上で、あえて誘拐した。その理由はなんでしょう？」

「その理由は……」皐月には見当もつかなかった。

「ヤクザの家なら警察は呼ばないだろう、誘拐犯はそう考えたんじゃないでしょうか。それでわざと絵里香お嬢さんを狙った。そういうふうに思えるんです」

「なるほど、そういうことか」

「先ほど、お嬢はこういいましたね。『誘拐犯だって、相手が警察を呼ぶことぐらいは織り込み済みだ』と。だから警察を呼んでも危険はない、と。なるほど、普通はそうかもしれません。しかし、この誘拐犯に限っては、どうもその考えは当てはまらないような気がするんです。この誘拐犯は警察の介入を計画に織り込んではいません。警察を呼べば、犯人を極端に刺激することになるでしょう」

「だから警察は呼ばないほうがいい、というわけか――」

皐月は判らなくなった。こと誘拐事件に関しては日本の警察は優秀だ。警察の力を借

りることはたぶん正しい。しかしながら、山部の考えにも一定の説得力があるように思われるのだ。警察を呼ぶことで絵里香の身を危うくするわけにはいかない。思い悩む皐月に黒木が首を振りながらいった。

「お嬢、やっぱ警察はあきまへん。ヤクザが人質とられて警察に助け求めるてな話、聞いたことありまへん。そないなことしたら親分が笑いもんになってしまいまっせ」

「そうか。そういうもんか」べつに親父が笑いもんになろうがドラえもんになろうが全然構わないのだが。「親父、もし警察を呼ばないとした場合、どうするつもりなんだ？」

「決まっておる。要求のとおり三千万円を払う。絵里香の命と引き換えなら、三千万円は安いものだ」

やはりそうか。金でカタがつくのなら、そうする気持ちも判らないではない。それでなくとも最近のヤクザはなんでも金でカタをつけたがる。

「親父、本気なんだな？」

「本気だとも。誰にも邪魔はさせん。警察だろうとヤクザだろうと関係ない。これはわしと誘拐犯との一対一の取引だ。それとも、ここにいる中で、誰かわしのやり方に反対する奴がいるか」

周五郎の言葉に座がシンと静まり返った。そんな中、高沢が一歩前に進み出る。

「組長が決めたことに逆らう奴なんて、ここにはいません。そうだな、おまえら！」

「…………………」

お互い譲り合うような微妙な間があってから、

「も、もちろんっス」と菅田が拳を握りながら答えた。「警察なんか頼ることないっス。組長には俺たちがついてるス。だいいち、身代金を払うのが嫌で絵里香お嬢さんを見殺しにする、組長のそんな姿、俺たち、見たくないっスから。なあ、平戸」

「え、ええ、そうですとも。組長、どうかお嬢さんを助けてやってください」

「せやせや、三千万円ぐらいナンボのもんじゃい！」

「おう、そないなハシタ金、払ったったらええねん！」

黒木と白石は明らかに他人の金だと思って気楽なことをいっている。そして子分の中で最後に残ったひとり、山部勢司は「おやっさんさえ、それでよければ」と消極的な賛成の態度を示した。警察を呼ぶことには反対だが、かといって身代金を払うことにもあまり賛成してはいない――山部の様子は皐月の目にはそう映った。

「よし、どうやら結論は出たようだな」周五郎は満足げに頷くと、断固とした口調で命じた。「いいか、おまえら、このことはいっさい他言無用だ。警察にもよその組の連中にも、絶対に悟られるな。判ったな！」

「へい！　承知いたしやした！」

「お嬢さんを取り返しましょう！」

「俺ら、なんでもしまっせ」

組員たちの威勢のいい返事がリビングに響く。強く頷いた周五郎は、そのまま皐月のほうに顔を向けた。

「おまえもだぞ、皐月。文句はないな」

「ああ、親父がそれでいいっていうんなら、あたしもうなんにもいわねえよ。——ところで親父、基本的なことを聞くようだけど」

「なんだ？」

皐月は周五郎を壁際まで引っ張っていくと、小さく耳打ちするように尋ねた。

「うちに三千万円なんて大金あったっけ？」

「………」

ないんだ！　皐月はびっくりした。それじゃ、いままでの真剣なやり取りはいったいなんだったんだ。「ない袖は振れねーじゃねーか」

「大丈夫だ。それなりにアテはある。わしが頭を下げて頼めば、三千万ぐらいはなんとかなる」

「へえ、初耳だな。三千万円をポンと貸してくれる金持ちの知り合いが、親父にいたっけか」

「馬鹿にするな。わしと兄弟の盃《さかずき》を交わした者たちは、ひとりの例外もなく、みんなわしより偉くなっておる。だから金持ちの知り合いには事欠かないのだ。安心しろ」

「………」情けなくないか、親父？

皐月の思いをよそに、周五郎はカラ元気を振り絞るように大きな声をあげた。

「よーし、そうと決まったら、わしはさっそく金策に出掛けるとしよう。おい、皐月、おまえいちばん上等の背広を出してくれ。それから黒木と白石は車を用意しろ。高沢、おまえはわしの代わりにここにいてくれ。犯人から連絡があるかもしれないからな。菅田と平戸は事務所で待機だ。それから山部、念のためにおまえに聞いておきたい——」

「なんですか、おやっさん？」

周五郎は山部の肩を右腕で抱きながら、親しげな口調で尋ねた。

「北極にいる白熊って奴は、確か黒いんだよな？」

「は⁉　なにいってるんですか、おやっさん」山部は呆れたように首を左右に振ると、眉毛ひとつ動かすことなく答えた。「白熊は黒いに決まってるじゃないですか」


「なにか美味《うま》いもん食いながら作戦会議といこうや。俺が奢《おご》っちゃるけえ」

カラオケボックスを出たところで甲本が提案し、翔太郎と絵里香も喜んで同意した。

三人は軽トラ屋台を走らせて海岸沿いのレストラン『源氏茶屋』へなだれ込んだ。一般には『源氏茶屋』は関門橋を間近に眺めながら食事ができる店として有名。しかし関門橋を間近に眺めながらしばしの作戦会議というのも乙《おっ》である。もちろん、そこでは《誘拐》とか《身代金》とか《花園組》などといった物騒な単語が避けられないので、個室を確保したことはいうまでもない。窓の外に海峡の景色を望む一室である。席に着くなり、さっそく三人は仲居さんに注文。

「おねーさーん、ふぐ刺し&ふぐ鍋コース三人前ねー」

「あ、それと単品でふぐのから揚げ&白子のてんぷらねー」

「あ、わたしヒレ酒、飲みたいなー」

あの、高校生の方はヒレ酒はちょっと——仲居さんは困り顔で絵里香のセーラー服を眺める。奇妙な三人組と思われたかもしれない。

料理を待つ間、絵里香はふぐに関する実に興味深い質問をおこなった。

「ねえ、下関の人は《ふぐ》のことを《ふく》と呼ぶって聞いたんだけど、本当なの？確か《ふぐ》は《不遇》に通じるから縁起がよくない、だから幸福の福に引っかけて《ふく》と呼ぶって、そんな話を物の本で読んだ記憶があるわ。だけど、さっきは翔太郎も甲本さんも《ふく》とはいわずに《ふぐ》といってたわよね。いったい、どっちの呼び方が本当な——う、うわあッ、きたわよ、ほら、ふぐ刺しよ！　ふぐのから揚げ＆白子のてんぷらよ！　すっごーい！　いいのね、いただいていいのよね、い、い、いただきまーす！」

「こら、絵里香！　ふぐ刺しは一度に三枚までだ。一気に五枚もとるな、反則だ、反則！」

「よっしゃ！　鍋は俺がつくるけー、おまえら手出し無用じゃ！」

甲本は鍋奉行の職務に没頭し、翔太郎と絵里香は「ふぐじゃ、ふぐじゃ！」と歓声をあげながら料理に食らいついた。もはや、絵里香の興味深い質問なんかどうでもいい。要するに、ふくと呼ぼうがふぐと呼ぼうが味に変わりはないのだった。

「さてと、それじゃ鍋を突っつきながら、作戦会議といこうかいの——」

鍋作りがいち段落した甲本は、いよいよ物騒な話に移った。

「とにもかくにも脅迫電話を掛けたことで、花園組への宣戦布告は済んだ。けど、問題はここからっちゃ。身代金の要求は電話一本で簡単に片付くが、実際の受け渡しはそう簡単やないど。受け渡しの際は、なるべくこちらの姿を見られんように、それでいて確実に金を受け取ることのできる方法でないといけん」

「そうですね」翔太郎は鍋越しに甲本のほうを見やる。「で、どうやるんですか」

「アホ、それをいまからみんなで考えるんやろが」

「あら、そうなの」絵里香が意外そうに目を丸くする。「だけど、さっきの電話では『受け渡し方法は、いまはまだいえない』っていってたわよね。わたし、てっきり甲本さんにはなにか考えがあるのかと思ってた」

「ああ、あれは単なるポーズなんよ、絵里香ちゃん。こちらにとっておきの秘策があるように匂わせておいただけ。実際にはそんなもんはないっちゃ。これから考えるんよ」

「なーんだ、そうだったんだー」

気抜けしたような声をあげる絵里香の隣で、翔太郎も同じ気持ちだった。なんのことはない。具体的な考えがなにもないから、いいたくても『いまはまだいえない』というしかなかったわけだ。甲本の頭の中でも計画は依然として白紙のままらしい。

「それじゃあ、こういうのはどうです、先輩。金の入った鞄を走っている電車の窓から落としてもらうんです。俺たちは線路際で待ち伏せしていて、落ちてきた鞄を拾って逃げる。これなら相手に姿を見られることもないし、確実に逃げられますよ」

「なんやそれー、クロサワ映画のパクリやん」

「パクリだって、べつにいいじゃないですか。身代金の受け渡し方法に著作権があるわけじゃないでしょう」

「いいや、若干問題ありやど。電車の中には乗客も大勢乗っとるっちゃ。その人たちは窓から鞄を投げる人物の様子を見て、なにがおこなわれていると思うやろか」

「身代金の受け渡し、ですかね。やっぱり」

「そう、無関係な人たちの目から見ても、その光景は身代金の受け渡し現場に見える。車内はざわめくっちゃ。警察や新聞社に連絡する奴が出てくるかもしれん。ええか、俺らは警察が介入しないことを前提にして、この狂言誘拐をやろうとしとるんやど。それが、そんな大騒ぎになるような手口じゃマズイやん」

「そうか。確かにそうですね。もう少し人目を避けるやり方でないと駄目か」

「うむ、どこからか鞄を投げてもらってそれを受け取るという方法自体は、そこそこええと思うけど……電車はマズイっちゃ」

「じゃあ橋は？」絵里香がいきなり口を開く。「関門橋から鞄を落としてもらうの」

「海に？」翔太郎がいうと、

「ううん、海じゃなくて地面によ。橋脚の真上から落としてもらえば、鞄は橋脚の足元に着地するはずだわ。関門橋って橋脚の足元は地面よね？」

「ああ、確かに地面だけど」

翔太郎は橋脚に沿って垂直落下する鞄を思い描いた。関門橋の橋脚の高さは、いったい何十メートルあるだろう。相当な高さだ。あんなところから地面に叩き落とされたら、その衝撃で札束がぺちゃんこにならないだろうか。やってみたいような気もするが、やってはいけないような気もする。

「だいたい、なんで関門橋なんだ？」

「それは、そこに橋があるから、ね」

　絵里香が窓の外を指差していった。確かにそこには関門橋の雄姿が見える。なるほど、さすがは関門橋。なんとなく身代金の受け渡し場所に指名したくなる、そんな雰囲気は充分にある。

「橋から鞄を落とさせるのはええかもしれん。けど、関門橋はいけんのう。高すぎるし、やっぱり人目がある。だいいち、関門橋は俺の家のすぐ傍やん。もうちょい離れた場所のほうがええ」

　甲本は理詰めで絵里香の提案を却下。ならばとばかりに翔太郎はすぐさまべつの提案。

「いっそのことロープウェイはどうです」

「火《ひ》の山《やま》ロープウェイのことかいや？」甲本は呆れ顔で、「ふん、いかにも翔太郎の思いつきそうなこっちゃ。どうせ窓の外に見えとるけえ、そう思うただけなんやろ」

　実はそのとおりである。火の山というのは関門海峡を一望できる展望台のある小高い山のこと。麓《ふもと》からロープウエイで登ることができるのだが、そのロープウェイは翔太郎の座った場所から正面に見えていた。あれをうまく利用して身代金を奪えたら恰好いいだろうな、とついついそんなことを夢想してしまったのだ。

「いけませんか？」

「答える代わりに、ひとつ聞いてええか」甲本が翔太郎と絵里香を交互に眺めながら尋ねた。「なんで身代金の受け渡しにわざわざ関門橋やら火の山ロープウェイやら使おうとするん？」

「だって、それは……」絵里香が首を捻りながら逆に聞き返す。「誘拐って、そういうものなんじゃないの？」

「そうですよ、先輩。二時間ドラマの誘拐モノなんかじゃ、身代金の受け渡しはその土地を代表する観光地と相場が決まっています。下関なら関門橋か火の山か巌流島――そうだ、巌流島にしましょう！　巌流島で身代金強奪なんて最高じゃないですか！」

「あ、それいい。なんだか、わくわくするもん。それにしましょ」

「こらこら」甲本は興奮気味の二人を宥めて、「ええか、二時間ドラマで主人公が観光地をアッチコッチ引っ張り回されるのは、あれはただ単に主役の俳優に観光地巡りをやらせたいという制作者サイドの事情によるもの。俺らがそれを真似する意味はない。俺らはただ相手を受け渡し地点まで真っ直ぐに誘導したらええんよ。その受け渡し地点が観光地である必要はない。ええな？」

「はあ、そうですか……」

先輩、意外に夢のないことをいうなあ――などと思いながらも、おそらくは向こうのいうことのほうが全面的に正しいので、翔太郎は頷くしかない。

いったん沈黙が訪れた。翔太郎と甲本は鍋の中で残り少なくなったふぐを奪い合う。すると、ぼんやりと窓の外に目をやっていた絵里香が、またしても唐突なことを言い出した。

「ねえ、船はどうかしら」

「船⁉」翔太郎はキョトンとする。「船をどうするんだ？」

「海峡を渡る船の様子を眺めていたら、またついついドラマみたいなことを考えちゃった。前に、そういう小説を読んだことがあるの。フェリーの上から身代金を落として、べつの船に乗った誘拐犯がそれを拾い上げる、みたいな話だったわ」

「ふーん、そりゃまたダイナミックな誘拐事件だな。関門海峡でそれをやったら、さぞかし――」

一瞬、ドラマチックな光景を思い描く翔太郎。だが、すぐに現実に戻って甲本を見る。

「でも、俺たちの場合、そういうやり方はしないんですよね、先輩。俺たちはもっとわくわくしない地味なやり方で――」

「……う……む……」

「あれ⁉」甲本の様子がおかしいことに翔太郎は気がついた。俯き加減にテーブルの表面を見つめて、表情を硬くしている。「どうしました、先輩？　気分でも悪いんですか」

「大丈夫？　甲本さん」絵里香も心配そうに甲本の顔を覗きこむ。そして絵里香は何事か重大な事実に思い至ったように顔色を変えた。「ああッ、ひょ、ひょっとしてこれが噂の！」

「えッえッ、噂の、なんだ？」

「馬鹿ね、見て判らないの？　毒よ、ふぐ毒」絵里香は人差し指を一本立てて断言した。

「間違いないわ。これは猛毒のシノヤマキシンよ！」

「ふぐ毒ならテトロドトキシンだろ！」篠山紀信は毒じゃなくて写真家だ。

だが結局のところ写真家も猛毒も関係なかった。

甲本は「……橋……海峡……ロープウェイ……」と三つの単語を念仏のように口の中で呟いていたかと思うと、いきなり「これじゃ！」と元気にひと声。すぐさま伝票を摑んで、「昼飯は終わりじゃ」と立ち上がった。

「え、終わりって、先輩、これから雑炊するんですよ。雑炊のないふぐ鍋なんて……」

「おう、そうじゃった！」甲本はまた座りなおして、「そいじゃ、雑炊食ったら昼飯は終わりじゃ」と至極当たり前のことを宣言する。ずいぶんと興奮しているらしい。

「どうしたの、甲本さん、そんなに慌てて」

不思議そうに尋ねる絵里香に、甲本はなにかを企むようなニヤリとした笑みで答えた。

「上手いやり方が閃《ひらめ》いたっちゃ！　身代金を安全確実に奪う上手いやり方が」

「本当!?」絵里香が弾んだ声をあげる。「どうやるの。橋を使うの？」

「おう、橋も使う。それからロープウェイも少しだけ」

ロープウェイを少しだけ？　なんのことやら、と翔太郎は思う。

雑炊を食べ終えた三人は、軽トラ屋台で関門橋の真下をくぐり壇ノ浦へ戻った。その間、甲本はなにもいわずにひとりでニヤニヤと悦にいった顔つき。甲本の家にたどり着くや否や、翔太郎は彼に説明を求めた。

「先輩、橋とロープウェイを使う上手いやり方って、どういうやり方なんです？　そろそろ俺たちにも教えてくださいよ」

「おう、教えちゃる教えちゃる。ただし、その前に見せたいもんがあるんよ」

甲本はそういいながら家の奥へと歩を進めていく。

「見せたいものってなに？」絵里香が聞くと、

「秘密兵器」と、はぐらかす甲本。

「ヒミツヘイキ⁉」翔太郎は思わず絵里香と顔を見合わせつつ、甲本の後に続く。

甲本はテレビのある六畳間の奥の襖を開けて、仏壇のある部屋に二人を招き入れた。さらに襖を開けるとその奥にもうひとつ、薄暗い板張りの部屋があった。甲本の家はずいぶんと細長い造りをしているらしい。

甲本は板張りの部屋の突き当りに歩み寄り、そこを覆い隠しているカーテンを開け放った。木造住宅には不似合いなサッシの掃き出し窓が現れた。ガラス越しに真夏の光が差し込み、薄暗かった部屋は一気に明るくなった。窓は南を向いている。ということは窓からは関門海峡と対岸の門司港の景色を望むことができるはずだ。

「俺の親父は去年死んだ。その親父が俺に残してくれたものが二つ。ひとつはこの倒れかけた家で、まあこれはそれなりに役に立っとる」

甲本はそういいながら古ぼけた部屋の天井を見上げた。

「けど、問題はもうひとつのほうじゃ。どうにも使い道がないんで困っとったんよ。捨てるに捨てられんでのう、仕方がないんで裏に繫いであるんやけど――」

「判った、ワンちゃんね」

絵里香がいった。確かに、家の裏に繫いでおくものといったら普通はそうだ。

「いや、犬やないんよ」

甲本はサッシ窓を左右に開け放った。窓の外はベランダか裏庭でもあるのだろうと思っていたがそうではなかった。

窓の外には小さな漁港があった。防波堤に囲まれたテニスコート三面ほどの空間に、数隻の漁船が停泊している。そして開け放たれた窓の正面にも一隻の小さな漁船が繫がれていた。民家の裏にまるで飼い犬のように繫がれた漁船――

「………………」

翔太郎と絵里香は啞然《あぜん》としたまま、互いに顔を見合わせた。そんな二人の反応を愉《たの》しむかのように、甲本は草履《ぞうり》を履いて窓から外に出た。物干し場程度のわずかな地面から、階段を三段ほど降りると、そこはもう港の岸壁。船は舳先《へさき》の部分で岸に接している。甲本は舳先から船に乗り込むと、小さな運転席の屋根に手を掛けて、くるりとこちらを向いた。「どうじゃ、驚いたか」

「………………」

翔太郎は黙ったままカクカクと首を縦に振った。確かに驚いた。船の出現にも驚いたが、それよりもなによりも窓を開ければそのまま船着場に出られるという、この家の構造に翔太郎は心底驚いた。だが、このような構造は甲本家だけの特殊なものではないらしい。両隣の家も、ほぼ似たような構造を持っているようだ。このあたりの漁師の家としては普通のことなのだろう。それはそれとして、

「動くんですか、この船」翔太郎が失礼な質問。

「当たり前やん！　古いけど現役じゃ」

「乗れるの？」絵里香がさらに失礼な質問。

「まあ、三人乗るぐらいなら沈みゃあせん、と思う……」

おいおい、大丈夫か。翔太郎はちょっと頼りない感じを覚える。

「ねえ、この船、名前はなんていうのかしら」

絵里香にそう尋ねられて、甲本は父親の形見の船を嬉しそうに紹介した。

「名前は『梵天丸《ぼんてんまる》』という」甲本はかわいい愛犬の頭を撫でるように船を撫でた。「狂言誘拐の秘密兵器っちゃ！」


花園邸のリビングでは、皐月と高沢裕也の二人が誘拐犯からの連絡を待っていた。周五郎は黒木と白石をお供にして金策に出掛けたまま、まだ戻らない。菅田と平戸の二人は事務所に戻った。山部勢司はいつの間にか消えていた。そして、リビングの電話は鳴らないまま時間ばかりが経過した。

重苦しい雰囲気の中、高沢が溜め息まじりに口を開いた。

「お嬢さん、もう犯人はこの電話には掛けてこないのかもしれませんね」

「なぜそう思うんだ、高沢さん」

「危険だからです。誘拐犯にとって、最初の脅迫電話はいちばん危険が少ない。相手はまだこれが誘拐事件だとは知らないわけですから。しかし、二回目以降の電話は、そうはいかない。通話の内容は録音されていると考えなければならないし、ひょっとして警察が介入している場合は、逆探知を警戒する必要がある。犯人にとっては格段に危険が増します。それが判っていながら、あえて電話を掛けてくるというのは、あまり賢くはないやり方です。わたしが犯人ならべつのやり方を選びますね」

さすが花園組の若者頭。高沢の考えは筋が通っている。皐月は彼の見解を支持した。

「そうだな。あたしもそんな気がしてきた。連絡があるとするなら、親父の携帯に直接掛かってくるのかもな」

「あるいは脅迫状が届くのかもしれません。活字を切り抜いて、貼り付けたやつとか」

高沢は案外古臭いことをいう。

「ああ、テレビドラマでお馴染みの、あれな。でも、あれって面倒くさそうだ。いまどき流行らないんじゃないか。最近は脅迫状だってメールで届く時代だろ」

「そういうもんですか。わたしは正直、コンピューターってやつには詳しくないもので。菅田や平戸あたりは立派に使いこなしますがね」

「立派じゃないことに使いこなしている、というべきだな。あいつらの場合は」

「なるほど、それもそうですね」高沢は苦笑まじりに呟き、それから一瞬でも笑ったことを後悔するようにぐっと歯を食いしばって黙り込んだ。「すいやせん、お嬢さん、こんなときに」

「べつに。そう気を張ってばかりいても仕方ねえだろ。こっちは向こうのいいなりになるしか手がないんだしよ」

リビングに再び沈黙が舞い降りた。やがて皐月はその沈黙に耐えかねたようにすっくと立ち上がった。

「すまない。ちょっと出掛けてくる。ここは高沢さんに任せた」

「え⁉ ちょっとお待ちを。いったい、どちらへいらっしゃるんで?」

「大丈夫。すぐ戻る」

答えにならない答えを返して、皐月は花園邸のリビングを後にした。

皐月は庭に停めてある四輪駆動のランドクルーザーに乗り込み、屋敷を出た。坂を下って数分走ると、車は市街地に出る。花園組のビルの前を通りながら、二階の事務所の窓を見上げる。窓辺に人の気配があるのを確認しただけで、ここは素通り。やがて皐月の運転するランドクルーザーは、一軒の木造モルタル建築の前にたどり着いた。竹村印刷である。

皐月は目立つ愛車を、印刷所から離れた場所に停めた。そして後部座席に放り出してあったデパートの買い物袋とドライバー用の白い手袋を取り出し、外へ出た。何食わぬ顔で道の端を歩きながら、あたりの様子を窺う。竹村印刷の入口付近に人の気配はなく、あたりは静まり返っている。午前中ここにきたときと、そっくりそのまま同じ景色だ。

皐月は右手に手袋を嵌めながら、印刷所の入口に駆け寄った。右手で扉を開けて、素早く中へ。息つく間もなく中から鍵をロックする。侵入成功。部屋の中央には午前中と同様に、椅子に座った竹村謙二郎の死体がある。あまり気分のいいものではない。皐月は死体にはなるべく目をやらないようにして、すぐさま目的の場所へと歩を進めた。部屋の隅に置かれた大型の金庫。皐月は左手にも手袋をして、その前にしゃがんだ。金庫の扉を全開にすると、そこにあるのは札束の山だ。

「ただし、すべて偽札——」

皐月はつまらなそうに呟く。そして金庫の中から一万円札の札束のみを選んで、買い物袋の中にポンポンと放り込んでいった。

「いーち、にーい、さーん、しーい……」

買い物袋の中は瞬く間に札束でいっぱいになっていく。

「じゅうご、じゅうろく、じゅうしち……」

皐月はだんだんジャガイモかなにかを数えているような気分になった。

「にじゅうはち、にじゅうく、さんじゅう、さんじゅういち……おっと、多すぎた！」

皐月は最後の札束一個を金庫に戻し、あらためて買い物袋の中の札束を数え直した。ぴったり三十個ある。「これでよし、と——」

皐月は立ち上がり、買い物袋を右手に提げてみた。ずっしりと重いこの感触は、まさに三千万円そのものだ。実物を持ったことはないけれど、そう思う。

「ま、どうせ誘拐犯だって、実物を持った経験はないんだろうし――大丈夫だろ」

用事が済めば、長居は無用。皐月は買い物袋を持ったまま、入口へと向かった。しかし扉のノブに手を掛けようとした瞬間、皐月はハッとなった。扉の向こうに人の気配を感じたからだ。ピタリと動きを止める皐月。次の瞬間、

「竹村さーん、おるとでしょう、竹村さーん」荒々しいノックが繰り返され、続けて九州弁の男の声が印刷所の主に一方的に呼びかけた。「困るとですよ、竹村さん。借りたもんは返していただかんと。今日は利息だけでもいただきますけんね。俺も手ぶらで帰るわけにはいかんとですから、竹村さーん」

ずいぶんと判りやすい借金取りだなー、と思って聞いていたら、どうも聞き覚えのある声だ。誰だっけ。そうそう、この声は安川組のボンボン息子、安川忠雄だ。中から鍵を掛けておいて本当によかった。鍵が開いていれば、彼はまるで自分の家の玄関を開けるように易々と扉を開け、死体と皐月を同時に発見しただろう。そうならなくて、なによりだ。

皐月は偽札と死体のある部屋から、印刷機の置かれた作業場へと移動した。印刷機にはチリひとつ積もっておらず、とても廃業した印刷所には見えない。やはり偽札作りはここでおこなわれていたに違いない。そんなことを思いながら、皐月は作業場を横切り、裏口から悠々と外に出た。

手袋を外して、買い物袋の中に投げ入れる。車道へ出て、建物の周囲をぐるりと回って再び竹村印刷の正面へ。紫色の背広を着込んだ安川忠雄と柄シャツを着た若い男が玄

関の前を占拠していた。安川忠雄は目の前の建物に文句でもあるかのように、扉に向かって過激な言葉を投げかけている。

「おら、いい加減にせんや！　こっちでん、ガキの使いじゃなかとやけんね！　利息ぐらい払えるっちゃろーが、このお！」

いったい誰と会話してるつもりだ、この男。それにその紫色の背広はなんだ。どこで買ったんだ。

聞きたいことはいろいろあるが、いまは関わりあいになりたくない。皐月は黙って彼らの背後を通り過ぎようとしたのだが、

「やあ、皐月さんじゃありませんか。こんなところでお会いするなんて、奇遇ですね」

安川忠雄のわざとらしい標準語といやらしい視線を浴びて、皐月は足を止めた。

「や――やあ、安川さん。仕事か。精が出るな」

「ええ、皐月さんはお買い物ですか」

「え――そう見えるか。じゃあ、きっとそうなんだろうな」皐月は右手に持った買い物袋を背中に回した。「ところで、いいこと教えてやろう。この印刷所には誰もいないぜ」

「いや、いますね。さっき扉の向こうに人の気配を感じましたから」

「へえ、そうか、変だなあ、誰なんだろうなあ、それ」皐月は遠くの空を眺めながら精いっぱいとぼけた。

「竹村謙二郎って野郎です。この中にいやがるんですよ」

まあ、確かにいることはいる。冷たくなってるから、利息は払ってくれないだろう。

「ま、とにかく頑張れよ。あたしは急いでるから、またな」

「ええ。また今度、お食事でも。お父さんによろしく」安川忠雄はいやらしい視線で皐月を見送ると、再び九州弁に戻り、傍らに控えている手下の男に命じた。「おい、柄シャツ、俺についてこんや。裏に回るぞ。裏口は開いとるかもしれんけん！」

確かに裏口は開いている。だが安川忠雄、勘がいいというべきか、運が悪いというべきか――

皐月は成り行きに期待を膨らませながら、ゆっくりと歩道を進んだ。そして少し離れた場所に立つ電信柱の陰に身を隠し、竹村印刷の様子を窺った。するとー分もしないうちに、

「ぎゃああああッ」

「うわああああッ」

印刷所の玄関扉がものすごい勢いで開き、紫の背広と柄シャツが悲鳴をあげながら転がり出てきた。道行く人が何事かと二人の様子に目をやる。皐月はその様子を見届けると、腕時計を確認しながらまた歩き出した。

「午後三時十五分。竹村謙二郎、変死体となって発見――か」

竹村印刷を後にした皐月は、停めてあった車に乗り込むと、今度は花園組の事務所を

訪れた。事務所には菅田敏明と平戸修平の二人がいた。菅田は回転椅子に座りながら、両足を窓枠に乗っけて雑誌を眺めている。平戸は例によってソファの上でノートパソコンを覗き込んでいる。二人は買い物袋を提げていきなり現れた皐月の姿に、キョトンとした顔を浮かべた。皐月は菅田と平戸の顔を見比べて、すぐに決断した。迷わず菅田のほうに歩み寄る。

「やあ、菅ちゃん、ここにいたのか」

「え、お嬢、今度こそ俺に用っスか⁉　この俺に？　う、感激っス」

「ああ、菅ちゃんに小遣いをあげようと思ってな」皐月は財布から本物の一万円札を取り出し、菅田の手に握らせた。「ほら、これやるから、パチンコにでもいってきな」

「な、なんスか、それッ」菅田は叫び声をあげながら背中から壁に激突。壁に飾られていた虎の剝製が落下して、菅田の頭をぱっくりとくわえた。「俺がいちゃマズイんスか」

「……いや、その」まあ、本音をいえばそういうことだ。皐月は虎の剝製に向かって頭を下げた。「すまない。ちょっと外してくれ」

「俺は邪魔なんスねぇぇぇッ――」菅田は虎の剝製を放り捨てると、一万円札を握り締め、もの凄い勢いで事務所を飛び出していった。

　事務所には虎の剝製と平戸修平が残された。これで話がしやすくなった。皐月は剝製を元の位置に戻して、平戸に向き直った。

「平戸、おまえ口は堅いほうだよな」

「は、はい。堅いかどうかは判りませんが、無口だとはいわれます。どうしたんですか、お嬢。誘拐事件になにか進展でも――」

「いや、そうじゃない。実は、ちょっと預かって欲しい物があるんだ。物が物なんで、コインロッカーに預けるのはマズイような気がしてな」

皐月はそういいながら、テーブルの上に買い物袋をドンと置いた。

「ん!? なんです、近くでバーゲンでもやってたんですか」平戸は油断した態度で袋の中を覗きこむ。顔を上げたときにはその表情は硬く強張っていた。「な、なんですか、お嬢、こんな大金どこで――」

どうやら勘違いさせてしまったらしい。

「いや、違うんだよ。本物じゃないんだ。これ、偽札なんだよ」

「偽札！　これ全部ですか」

「ああ、そうだ。いま竹村印刷の金庫から持ち出してきたんだ。おっと、こんなふうにいっても平戸には意味が判らねーよな」

皐月は平戸にこれまでの経緯を説明した。山部と一緒に竹村印刷に出向いたこと。印刷所の事務所に竹村謙二郎の死体があったこと。金庫に大量の偽札が保管されていたこと。しかし、警察には通報せずにその場を立ち去ったこと。そして、つい先ほど、皐月自身が再び同じ場所を訪れて、この偽札を持ち出したこと――

平戸は眼鏡の奥で両目を見開いて、驚きを露《あらわ》にした。

「そういえば、さっきパトカーのサイレンが聞こえてましたけど――」

「ああ、竹村謙二郎の死体が発見されて、警察に連絡がいったんだな。大丈夫。発見したのは安川組の安川忠雄だ。かわいそうに、いまごろは警察の取調べを受けてるだろうよ。あたしはタッチの差で難を逃れたってわけだ」

「そうですか。いちおうの話は判りましたが」平戸はメタルフレームの眼鏡を鼻の上に押し上げながら、「で、お嬢は、こんなものを盗み出して、いったいどうするつもりなんですか。偽札なんて使い道ありませんよ」

「ところが、その使い道があるかもしれないと思ってな」

「どういうことですか」

「この札束、きっちり三千万円分ある。偽札だから実際は紙クズなんだが、パッと見た感じはどう見ても三千万円だ」

「三千万円——絵里香お嬢さんの身代金と同じ額ですね」

「そうだ。親父は身代金を払うといって、いま金策に走り回っている。それでも明日の午後三時までに現金三千万円が揃うかどうか判らない。上手く揃えばそれでいい。が、もし金策に失敗したときには、この偽札が役に立つんじゃないかと、そう思ってな」

「なるほど」レンズの奥で平戸の目が愉しげに光った。「誘拐犯に偽札を摑ませるってわけですね。そりゃいい！　誘拐犯め、きっと騙されますよ。さすが、お嬢。うまいこと考えましたね」

「馬鹿、喜ぶ奴があるか。偽札で誤魔化すのは、あくまでも最後の手段だ。親父が三千万円かき集めてくるのに成功すりゃ、それに越したことはないんだからな」

「ああ、そうですね——ふむ」

どこか釈然としない表情を浮かべたまま、平戸は頷いた。「まあ、いいです。事情は判りました。いずれにしても用件は引き受けましたから、安心してください。この三千万円、他人には指一本触れさせません」

「そう大袈裟に考えなくていい。ほら、そこにあるおまえのロッカーの中にしばらく置いといてくれたら、それでいいんだよ。どうせ、本物じゃないんだから」

「そうですね、所詮、偽札ですもんね」

平戸は買い物袋を自分のロッカーの中に仕舞い込み、扉に鍵をかけた。皐月はそれを見届けると、念を押すようにいった。

「べつに信用しないわけじゃねえけどよ、平戸」

「はい？」

「その偽札、使うなよ」

「まさか。使いませんよ。使うわけないじゃありませんか」

平戸は真剣なまなざしを皐月に向けた。そして皐月の正面に歩み寄ると、普段のおどおどした感じとは正反対の、力強い口調で訴えた。

「他ならぬお嬢からの預かりもんです。俺、命に代えても守り抜きますから」

偽札を平戸に預けた皐月は、何食わぬ顔で花園邸に舞い戻った。結局、その日は誘拐事件にそれ以上の進展はなかった。誘拐犯からの連絡はなかったし、絵里香が戻ってくることもなかった。周五郎は真夜中になって屋敷に戻ってきたが、まったくの手ぶら。

金策が難航していることは、その疲れたような表情から一目瞭然だった。
ひょっとすると、平戸に預けた偽札の出番があるかもしれない。
皐月はそんなことを思いながら、眠れない一夜を明かした。

第三章

身代金受け渡し

翌日の午前になって周五郎《しゅうごろう》の金策はようやく実を結んだ。一本の電話で呼び出された周五郎は自ら車を運転して花園《はなぞの》邸を出ていくと、やがて膨らんだ鞄を抱えて戻ってきた。周五郎が鞄をリビングのテーブルの上に置くと、その場に居合わせた組員たちが自然と鞄の周囲を取り囲んだ。

周五郎は黙ったままで、おもむろに鞄の口を開いて見せた。三十個の札束が一気に顔を覗かせる。

たちまち、「おおッ！」「凄《すげ》え！」「本物だ！」という歓声があがり、組員たちの間から自然に温かい拍手が湧き起こった。

周五郎は、どんなもんだい、わしだってその気になればこれぐらいの金は集められるんだぞ、というような得意満面の表情で子分たちを見回し、さらにこう言い放った。

「どんなもんだい、わしだってその気になればこれぐらいの金は集められるんだぞ！」

皐月《さつき》は同じ台詞を二度聞かされたような気分になった。

「ごくろうさまでした、組長」

若者頭の高沢裕也《たかざわゆうや》が代表して、組長の労をねぎらう。続けて若い連中が組長の周りを囲み、興奮した口調で声を掛ける。

「凄い！　凄いっスよ、組長！」「やりましたね、組長！」「さすが、俺らの組長や！」

「ほんま、借金させたら北九州一や！」

組員たちからの賞賛と冷やかしの声を一身に浴びた周五郎は、「まあまあ、こんぐらいのことは朝飯前たい」と九州弁でご満悦。

そんな中、ひとり冷静さを保ち続けていた男、山部勢司《やまべせいじ》が腑に落ちないとばかりに周五郎に尋ねた。

「つかぬことをお聞きするようですが、おやっさん。この金、いったい誰からお借りになったものですか」

周五郎が答えるよりも先に、菅田敏明《かんだとしあき》が口を尖《とが》らせた。

「兄貴ぃ、そんなこと、この際どうでもいいじゃないっスか。とにかく三千万円揃ったんスから、誰から借りた金だろうと――」

「いや、あたしも聞いておきたいな」皐月が山部の傍らから声をあげた。「いま、親父ひとりで出掛けていって、ひとりでこの鞄持って戻ってきたよな？　なんか、怪しいぜ。親父、この金は誰から借りたんだ？」

みんなの視線を一身に浴びた周五郎は、居心地の悪さに耐えかねたように、とうとう真実を口にした。「こ、この金はだな、や、安川組の親分さんに借りたのだ」

周五郎の言葉を聞いた全員の口から「ヤ・ス・カ・ワ」の声があがった。

「そ、そうだとも。安川の親分とわしとは盃を交わした仲だからな。なに、大丈夫だ。誘拐の件については、いっさい口にしてはおらん。ほれ、安川のところにはボンボン息子がおるだろ。あいつが一緒になって頼んでくれたから、安川の親分も気持ちよく一肌脱いでくれたというわけだ。——な、なんね、お、おまえら、恐か顔ばして——なんかわしのやり方に不満でもあるっちゅうとね！」

じりじりと壁際まで後退する周五郎。まるで中学生を恐喝する不良高校生のように、若い組員たちが周五郎の周りを取り囲んだ。

「なんてことしてくれたんスか、組長！」

菅田が口角泡を飛ばす勢いで周五郎に迫る。「よりにもよって安川組、それも忠雄《ただお》の奴に恩を受けるなんて、あんまりじゃないスか」

「そうでっせ。忠雄の奴の考えとることぐらい、あのいやらしい目を見とったら、俺らにもよう判ります。忠雄の奴はお嬢を狙《ねろ》うてますんや」

「そや。機嫌よう金貸しといて、返せへんいうことになった途端に、奴ら掌返しますねん。『金返せへんのやったら、娘はいただいていくでえ』と、こうですわ。ほんま、まるでヤクザや！」

おまえらだって全員ヤクザじゃねーか。皐月は鼻白む思いを抱きながら一歩前に出た。

「まあ、いいじゃねえか。誰に借りようが三千万は三千万。ありがたい話だ。文句をいったら罰が当たるぜ」

菅田や黒木《くろき》たちの心配げな顔が皐月の周りに集まる。

「だけどお嬢、このボケ——いや、この組長のせいでお嬢が安川のものになるなんて、俺、我慢できないっスよ」

「そや。いまからでも遅うないんちゃいますか。この金、安川組に返してきましょ」

「そういうわけにはいかねえだろ。その金はなくちゃ困るんだから。なに、そう心配そうな顔すんな。大丈夫だよ。それより、いまは絵里香《えりか》のことが大事だ。これから身代金の受け渡しがあるはずだ。そんときゃ、おまえらにも働いてもらうからな。頼んだぜ」

「へい、お嬢」

菅田、黒木、白石《しらいし》たちの声がひとつになる。高沢と山部は気勢を上げる若い組員たちを、頼もしげに見つめている。周五郎は完全に無視されている。そんな中、平戸《ひらど》修平《しゅうへい》だけは皐月から少し離れた位置に立って、黙ったまま三千万円の入った鞄を見つめていた。平戸の奇妙に思いつめた表情が、皐月には不思議だった。


誘拐犯が金を用意するように指示したタイムリミットは午後三時。そして花園邸の玄関の呼び鈴が鳴ったのは、午後三時ちょうどだった。そのとき花園邸には花園周五郎と皐月、高沢と山部、黒木と白石の六人が居合わせていた。ちなみに菅田と平戸の二人はその時刻、事務所に詰めていた。

呼び鈴の音に反応して、周五郎はリビングのソファの上でぴくりと腰を浮かせた。誘拐犯からの二度目の連絡が電話とは限らない。脅迫状が郵便や宅配便で届く可能性もあるからだ。しかし――「毎度ぉ、『フラワーショップ・ひなげし』で〜す」

聞こえてきたのは間延びした男の声。花園組が時々利用する馴染みの花屋だった。

「なんだ、紛らわしい。こんなときに——」周五郎はイラついた調子でいうと、「おーい、黒木、白石！　花屋だぞ！　支払いなら待ってもらえ」

周五郎は玄関に出ることなく、応対を黒木と白石に任せた。二人分の足音がばたばたと玄関へ向かう。皐月は腕組みしながら鳴らない電話を見つめていた。

しばらくすると黒木と白石がリビングに戻ってきた。黒木の手には、洒落た包装が施された小さな鉢植えが大事そうに抱えられている。

「組長、こないなもんが届きましたけど、どないしましょう」

「なんだ、この鉢植えは」周五郎は怪訝な顔でそれを受け取ると、「今日は誰かの誕生日だったか？」

「おや、これは——」皐月は鉢に植えられた植物をどこかで見た記憶があった。ピンク色の花が角のような形に咲き並ぶ植物。名前は確か——「エリカだ！」

皐月の叫びに山部がすぐさま反応した。白黒の二人組に向かって鋭く命令を下す。

「おい、いまの花屋をここに連れてくるんだ。さっさとしやがれ！」

「へ」「へい！」黒木と白石はびっくりした顔で、リビングを飛び出していく。

皐月はすぐさま鉢植えと包装紙を検《あらた》めた。包装紙の間から薄いピンク色の封筒が現れる。封筒の中身はごく普通のコピー用紙。そこにプリンターから打ち出されたと思われる活字が整然と並んでいた。

「犯人からのメッセージだ」

「読め、皐月！　いや、やっぱりよこせ！　いやいや、やっぱり高沢、おまえが読め」

「へい、それではわたしが」

コピー用紙を受け取った高沢は、文面を一瞥すると、声に出して読みはじめた。

「『このメッセージは午後三時に届いているはずだ。さて、花園周五郎さん、ちゃんと金の用意はできたかな？　それじゃあ、金の受け渡し方法をお伝えしよう。用意した三千万円は適当な大きさの鞄に詰めて、花園皐月に持たせろ』――」

「なに、皐月に⁉」周五郎が眉を顰《ひそ》める。

「あたし⁉」皐月も思わず胸に手を当てて驚きを露にする。「マジかよ」

「はい、そう書いてあります。では続きを読みます。――『花園皐月はその鞄とこの鉢植え、それから一万円札を一枚持って、今日の真夜中（あるいは明日の早朝というべきかもしれないが）午前三時に下関駅西口、竹崎町のレストラン『巌流島』にこい。ただし、花園皐月がひとりで車を運転してくること。『巌流島』では喫煙席を選び、テーブルの上に鉢植えを置いて待て。以上』――これだけです、組長」

読み終えた高沢が心配げに顔を上げる。黙って聞いていた周五郎はメッセージの記された紙を高沢の手から奪い取り、再度読み返した。

「午前三時、下関駅西口、レストラン『巌流島』か。しかし、そのレストランで身代金の受け渡しがおこなわれるわけではあるまい」

「わたしもそう思います」高沢が頷く。「おそらく犯人はお嬢さんをあっちこっち引っ張り回すつもりでしょう。鉢植えはなにかの目印です」

「誘拐犯がよく使う手です」と山部が応じる。「しかし午前三時とは、ずいぶん遅い時刻を指定してきたもんだ。なにか意味があるんですかね」

「判らないな」皐月も首を捻りながら、「判らないといえば、『一万円札を一枚持って』ってのはなんなんだ？」

そう呟いたとき、黒木と白石が花屋の男を連れて、リビングに戻ってきた。かなりてこずったと見えて黒木と白石は激しく肩で息をしている。聞けば、すでに走り出していた花屋の車を駆け足で追いかけて捕まえたらしい。いきなりヤクザの二人組に追い回された花屋には同情を禁じえない。

「よくやった」

山部が黒木と白石の健闘をたたえてから、すぐさま花屋の店員のほうを向いた。

「で、あんたに聞きたいことがあるんだが……お、おい、大丈夫か、あんた？」

山部が若い花屋の顔を覗きこむ。いきなりヤクザの家に連れ込まれた花屋はすでに顔面蒼白。命乞いをするように両手を合わせて、口の中で法華経を唱えている。

「どけ、勢司。あたしが代わろう」皐月は山部を花屋から遠ざけると、安心させるように相手の肩に手をやってソファに座らせた。「まあ、そう恐がらなくてもいい。ちょっと聞きたいことがあるんだ」

「な、なんでしょうか。ぼ、僕はなにも――」

「このエリカの鉢植えを、うちに届けるように依頼した人物のことを知りたいんだ。依頼はいつ、どういう形できたんだ」

「あ、ああ、それなら男のお客さんが店にきたんですよ」

「店にきた⁉　直接⁉」

「そうですよ。今朝の十時ごろ、店を開けてすぐに。お客さんは店頭にあったこの鉢植えを選んで、花園さんのお宅に午後三時に届けて欲しいといいました。そのとき、お祝いのメッセージを書いた封筒を一緒に預かりました。な、なにかマズかったでしょうか」

「いや、べつにマズくない。花もメッセージもちゃんと受け取った」お祝いのメッセージではなかったけれど。「で、その店にきた男なんだが、どういう奴だった？」

「年齢は？」周五郎が詰め寄った。

「顔は？」高沢が詰め寄った。

「体型は？」山部も詰め寄る。

「えぇッ、そんな。いきなりそういわれても、そうですねえ、年齢は……うーん、顔は……あーん、体型は……ふーむ」

なにが彼をそうさせるのか、花屋は身悶《みもだ》えるばかりである。

「なんか印象あるだろ」と周五郎。

「なんでもいいんだぞ」と高沢。

「そいつの特徴をいえ」と山部。

三人のヤクザに囲まれた花屋は進退窮《きわ》まった状況の中、「そう、特徴といえば、ひとつだけ」といって指を一本掲げる。そして彼はついに誘拐犯の決定的な特徴を挙げた。

「男はアフロヘアーでした」

「あ？」

「ふ？」

「ろ？」

「ええ。それだけはもう、間違いなく印象にあります。でも、他のことはどうも印象にありませんね。年齢は二十代かなあ。でも、アフロだから案外おじさん世代なのかもしれないなあ。顔は全然印象ないなあ。トンボみたいなグラサン掛けてたし。体型は中肉中背かなあ。身長は僕と同じぐらいだった――あ、でもアフロの場合、どこまでが身長なのかなあ。盛り上がった髪の毛は身長に含まれるんでしょうかね？」

聞かれても困る。皐月は礼をいって花屋の店員を解放した。

結局、判ったのは犯人がアフロヘアーか、もしくはアフロのカツラを持っている者である、ということだけだった。しかし、もしカツラを使っていたとしたならば、いまごろはもう捨てているだろう。もし本物のアフロヘアーならば（そんなことはけっしてあるまいと思うが）、いまごろはもうべつの髪型になっているだろう。これはどうも手掛かりになりそうもない。皐月は気を取り直すようにいった。

「ま、犯人が行動する際に変装するのは、誘拐事件ではごく普通のことだ。この犯人が特に変ということじゃないさ」

もちろん、アフロヘアーが特に変ということでもない。

「しかし、ふざけておる！　犯人はわしらを愚弄しておるのだ！　いまこうしておる瞬間も、犯人はわしらの姿をどこかであざ笑っておるのかもしれん」

周五郎は憤懣《ふんまん》やるかたない、といった表情で脅迫文を片手にリビングを歩き回る。

「ふん、なにが午前三時にレストラン『巌流島』へこい、だ。偉そうに！」

周五郎は手にした脅迫文を投げ捨てる。高沢が慌ててそれを拾い上げた。

「おいおい、親父、そう興奮するなって。絵里香の命が懸かっているんだぜ」

「判っておる。ふむ、そうだ。取引には応じるとも。だが相手の言いなりというのは、どうにも不愉快きわまる。犯人はあえて『巌流島』を指定している。だったらこちらは、約束の時刻にわざと遅れていく、というのはどうだ。武蔵と小次郎の故事に倣《なら》うなら、遅れていった武蔵は勝利しておる――」

「いや、そういうものでもないだろ。誘拐事件ってのは、決闘じゃねーんだし」

と、そのとき、脅迫文にあらためて目を通していた高沢が「おや!?」と声をあげた。

「申し訳ありません、組長。脅迫文には追伸がありました！」

「なに、追伸だと!? なんだ、読んでみろ」

「へい――『追伸。念のためにいっておくが、巌流島だからといってわざと遅れてくるような無意味な真似はしないように。一分でも遅れたら取引は中止だ』――」

高沢は額にうっすらと汗を浮かべながら顔を上げた。

「く、組長、こ、この犯人、なかなか手強いんじゃありませんか！　こ、こっちの考えをばっちり読んでやがる！」

「ばばば、馬鹿モン！　ううう、うろたえるっちゃなか！」

うろたえんなよ、親父。

皐月は自分の胸を叩いて余裕のポーズを示した。

「要するにこっちは向こうの指示に従うしかないんだろ。どういうわけかは知らないが、誘拐犯があたしを指名してるんだ。任せな、親父。三千万円は午前三時にちゃんと『巌流島』まで届けてやるからよ」

「いや、待ってください、お嬢」山部が皐月の言葉を遮るように口を挟んだ。「お嬢ひとりでいくのは危険です。——組長、お嬢には誰か護衛をつける必要があるんじゃありませんか」

「いらねえよ、そんなもん」と皐月は手を振った。「だいいち、ひとりでくるようにって脅迫文にそう書いてあるじゃねえか」

「そりゃ誘拐犯は『みんなでこい』なんていうわけないですよ。だからって、馬鹿正直にお嬢がひとりで危険な目に遭いにいくことはありません。誰かが一緒にいくべきです」

山部の話を聞いていた高沢も、彼の意見に同調した。

「わたしも山部のいうとおりだと思います。お嬢さんに万が一のことがあってはいけません。なにせ、お嬢さんは、か弱い女性ですから」

「か弱い⁉ あたしが⁉」そんなことをいわれたのは、生まれて初めてだ。赤飯炊かなきゃ。いや、それはともかく、「どうする、親父」

「うむ、おまえたちの考えはよく判った。確かに、皐月をひとりでいかせるわけにはいかんな」周五郎は自分の胸に手を当てて、「よし、ここはいちばん、このわしが……」

「よせよ、親父！」

「やめてください、組長！」

「駄目ですよ、おやっさん！」

否定的な言葉を一身に浴びて、周五郎の出馬はアッサリ見送られた。その結果、

「わたしが参りましょう」高沢がごく自然な形で名乗り出た。「車の後部座席にいれば犯人の目には留まらないはず。お嬢さんの護衛もできます。よろしいですね、組長」

「ああ、ああ、判った判った。おまえらの好きにしろ」

なんだか投げやりな様子で、周五郎は同意した。

身代金の受け渡しは午前三時。寝不足の眼を擦《こす》りながら大事な取引に向かうわけにもいかない。花園皐月は夕食後にベッドに入り、束の間の仮眠を取った。

仮眠はやがて熟睡に変わった。深い眠りの淵に落ちた皐月を、現実に引き戻したのは携帯の着信音だった。

枕を抱えたままベッドサイドの携帯に手を伸ばす。真っ暗な中、携帯を耳に当てる。

『あの、もしもし、お嬢ですか』

聞こえてきたのは意外なことに平戸修平の朴訥《ぼくとつ》な声だった。

「なんだぁ、平戸かぁ。なんの用だぁ、こんな夜中に——あ！」皐月は一瞬冷水を浴びたように激しく緊張した。眠気がいっぺんに吹き飛ぶ。「い、いま何時だ！　まさか」

『心配いりません。約束の時間まではまだだいぶありますから。慌てなくていいです』

枕元の時計を確認する。時計の針は午前零時を数分過ぎたところ。いつの間にか日付が変わっていた。午前三時の身代金受け渡しまで、あと三時間弱だ。そのことは平戸も知っている。花屋から届けられた脅迫状の内容は、あの後、組員全員に伝えられたのだ。

「ああ、びっくりした。寝坊したかと思ったぜ」皐月はホッと胸を撫で下ろして、あらためて携帯を耳に当てた。「で、なんだよ、いったいなんの用だ」

『はい、あの、俺ずっと考えていたことがあったんです。組長が三千万円の鞄を抱えて戻った後からずっと』

そういえば、と皐月は思い出した。札束の入った鞄をジッと見つめる平戸の視線。あのときから平戸の様子は確かに変だった。

『こんなこと、お嬢にいうべきかどうか迷ったんですけど、もうあまり時間もありませんし……』

「なんだよ。話したいことがあるなら、さっさと話せよ。聞いてやるぜ」

『ええ、それじゃあ、お嬢に聞きますけど――例の偽札はどうするつもりですか？』

「例の偽札……って、なんだっけ？」皐月は寝ぼけた頭を指先でポリポリ掻く。

『忘れちゃったんですか!』電話の向こうで平戸の声が裏返る。『お嬢、俺に預けたじゃないですか。買い物袋に入った三千万円分の偽札』

「ああ、そういや、そうだった。いやあ、覚えてるぜ、もちろん。で、あれがどうかしたか」

『どうかしたかじゃありませんよ。あれは使わないんですか？』

いっている意味が判らない。

「使うわけねーだろ。せっかく本物の三千万円があるのに、わざわざ偽札を使う必要がどこにある」

『いや、そこなんですよ、お嬢。こういうふうには考えられませんか。せっかく偽札の三千万円があるのに、わざわざ本物を使う必要がどこにあるか――と』

皐月は思わずベッドの上に起き上がった。胡坐《あぐら》をかきながら携帯電話に向かって叫ぶ。

「おい、平戸！　おまえなに考えてんだ！」

平戸は抑揚のない声で彼の考えを説明した。

『簡単なことですよ。買い物袋の偽札を本物と偽って、誘拐犯に渡してやるんです。犯人はまさかそれが偽札だとは気がつかないまま、人質を解放する。結果、本物の三千万円を払うことなく、人質を取り戻すことができるというわけです』

「………」

『あの偽札、よくできてます。本物そっくりです。俺、思ったんですけど、偽札ってものはたくさんの本物の中に偽札が一枚だけ混じっているから気づかれるんですよ。目の前に三千枚の札があるような場合、それが全部偽札だとは普通は思いません。大丈夫、上手くいきますよ』

いや、上手くいくとかいかないとか、そういう問題じゃない。

「あのな、繰り返すようだが、本物の三千万円があるんだ。わざわざ危ない橋を渡る必要なんかない。そんな小細工する意味がないじゃないか」

『ありますよ。お嬢のためです。本物の三千万円を誘拐犯に渡してしまったら、その後はどうなります。三千万円は安川組に借りた金。それを返せなければ、きっと安川組はお嬢をよこせといい出します。黒木や白石が想像したとおりのことが起こるんですよ、きっと』

「…………」

『だから、ここは誘拐犯には偽札を掴ませておいて、本物の三千万円はそっくりそのまま安川組に返すべきだと俺は――』

「ありがとよ、平戸」皐月は感謝の言葉で平戸の熱弁を遮った。「なかなか、いいアイデアじゃねーか。平戸にしては上出来だぜ」

『お嬢……』

「だが、無理だ。そういう話には乗れない。おまえも判っているはずだ」

『…………』

「今夜の取引は絵里香の命が懸かっている。妹を危険な目に遭わせるわけにはいかない。だから偽札を使うわけにはいかない」

『そう、そうですか。やっぱりそうですよね』平戸の声にはどこかホッとした様子が窺える。『妹さん思いのお嬢のことです。たぶん、そういうと思っていました。判りきっていることだから、聞くまでもないとは思ったんですが――妙なことといって、すみませんでした』

電話の向こうで頭を下げている平戸の姿が目に浮かぶようだ。

「いや、いいんだ、べつに。いまの話は、なしだ。お互いに忘れようぜ」

皐月が陽気な感じでそういうと、平戸の声も少し元気を取り戻したようだった。

『判りました。――それじゃあ、俺、もう少ししたらそちらにいきますから』

「ああ、よろしくな」

皐月は携帯を切った。それから、平戸のような真面目な男に深い考えもないまま偽札を預けてしまったことを、少し後悔した。


樽井《たるい》翔太郎《しょうたろう》が目覚めたとき、時計の針は二時前を指していた。天井の蛍光灯が煌々《こうこう》とまぶしい光を放っている。窓の外に目をやるが、そこに光はない。そうだ。二時は二時でもいまは真夜中。寝起きのぼんやりした頭でそのことを確認した瞬間、翔太郎は激しい緊張を覚えた。

午前二時！　ということは『巌流島』の決闘まで、あと一時間か！

「こうしちゃいられない！」

翔太郎はコメツキバッタのように布団から飛び起きた。

真夜中におこなわれる身代金の受け渡しに備えて、夕食後にひと眠りと思ったのだが、思いのほか熟睡してしまったようだ。危ない危ない。誘拐犯が寝坊して自分で指定した時刻に遅刻、挙句の果てに取引不成立なんてことになったら誘拐犯失格だ。

「そういえば、先輩は⁉」

翔太郎は周囲に甲本《こうもと》の姿を捜した。襖を開けて板の間の様子を窺う。サッシの窓が開いている。外を覗くと、微かな波の音と梵天丸《ぼんてんまる》の揺れる影。その甲板に甲本の姿があった。

甲本は船べりに腰を下ろしたまま煙草をふかしていた。彼の鼻先で煙草の火が赤い蛍のように揺れている。頭には船乗りが被る制帽――いわゆるマドロス帽というやつが斜めに乗っかっている。気分はすっかり海の男か沢田研二《さわだけんじ》といった感じだろうか。翔太郎が声を掛けようとすると、甲本のほうが先に手を挙げた。

「おう、翔太郎、そろそろ起こそうかと思っとったんよ。出航の準備はすっかり整っとる。いつでも出られるど」

「そうですか」翔太郎が寝ている間も、甲本は老朽化した船の整備に余念がなかったらしい。「いよいよですね」

「おう、いよいよじゃのう」

甲本はプカリと煙を吐いて、「けど、そう力まんでもええ。ちゃんと手は打ってあるけえ。後はお金が落っこちてくるのを待って、受け取るだけじゃけえ」

「それはそうですけど――で、出航は予定どおり？」

「おう。あんまり早すぎるのも具合が悪いけど、向こうでの作業も少し残っとるから、多少は余裕を見んといけんし――まあ、予定どおり二時半でええやろ。それで充分間に合うっちゃ」

「判りました、先輩」

「…………」甲本は黙ったまま耳に手を当てて、聞こえないという素振り。

「判りました、船長！」

「おう、それでええ」甲本は帽子の庇《ひさし》をグッと手前に引いて、ニヤリとご満悦。どういうわけかは知らないが、梵天丸の上において甲本は《先輩》ではなく《船長》と呼ばれることにこだわっている。「なんなら、艦長と呼んでくれてもいいんだぞ、古代《こだい》」

「誰が古代ですか、誰が！」

「さてと。翔太郎をからかうのはこれぐらいにして、そろそろ絵里香ちゃんを起こしてやろうかいのう。まだ二階で寝とるみたいやけえ」

腰を浮かしかける甲本を押し留めて、翔太郎が主張した。

「それなら俺がいってきます。船長、俺にいかせてください」

「おい、三等航海士、この期《ご》に及んでおかしな気を起こすんやないど。いままで築いてきた信頼関係が水の泡になるけえ」

「判っています、任せてください」

翔太郎はドンと胸を叩いてそう豪語すると、なんの必要があってそうするのか、抜き足差し足で静かに階段を上って二階へ。

ひとりで寝ている女性のところに深夜に男が訪れる、これを夜這いという。普段はまず実現しない男の夢だが、いまは状況が状況なので、この行為が咎《とが》めだてされることはない。翔太郎は形式だけ取り繕うように「絵里香〜、時間だぞ〜」と小さく呼びかけ、返事がないと見るや襖を開けて部屋の中へ。明かりの点《つ》いた部屋の中で、絵里香は薄い布団にくるまってスヤスヤと心地よい寝息を立てていた。枕元には脱いだセーラー服がきちんと畳んで置いてある。翔太郎は《寝ている絵里香を起こしてあげる》という大義名分すら忘れて、彼女の寝顔にしばし見入った。

「………」

なんとたやすい！　まるで夢のようだ！　翔太郎は絵里香の枕元に座り、ある種の感慨に浸った。生まれてこのかた二十年、こんなにも易々と女の子の枕元にたどり着けた例があっただろうか。これもすべては狂言誘拐の共犯関係という希少価値の高いシチュエーションがあってのことだ。しかしここで残念な現実。その狂言誘拐はあと一時間もすればクライマックスを迎える。成功するにしろ失敗するにしろ、翔太郎と絵里香の共犯関係はそこで終わるのだ。後はまた互いに違った道を歩いていくに違いない。彼女は花園組組長の娘として。こちらはたこ焼き屋のバイトに精出す大学生として。

「………」

と、ということは、こ、こ、これはもはや、さ、さ、最後のチャンスか。この期に及んでおかしな気を起こすな、そう甲本はいっていたが、いや、むしろ、ここでおかしな気を起こさなければ、いったいいつ起こすというのだ！

「よ、よし……お、俺も男だ……」この期に及んでとうとうおかしな気を起こしてしまった翔太郎が自らの顔を絵里香に接近させる。「眠れる森の美少女は王子様の口付けで目覚めるのでした……へへ」

不埒《ふらち》な王子様の唇が絵里香のそれに近づきかける。そのとき目覚まし時計の針がちょうど二時を差した。けたたましく鳴り響くベル。硬直する翔太郎。そんな彼の目の前で絵里香がパチリとまぶたを開いた。

「…………」

「…………」

見つめあう眸と眸、絡み合う視線と視線。次の瞬間、下から突き上げるような掌底《しょうてい》が翔太郎の左の頬を張り飛ばし、彼は布団の上から吹っ飛んだ。

起き上がった絵里香は翔太郎の胸倉をむんずと摑み、冷ややかな目で見下ろした。

「変な真似したら承知しないって、警告しといたはずよね」

「すまん。出来心というやつだ。軽蔑してくれ、俺を軽蔑してくれ……」

「そう卑屈になられても……」絵里香は処置なしというように手を放すと、あらためて目覚まし時計に視線をやった。「ああ、もうこんな時間。仲間割れしている場合じゃないわ」

「うむ、そのとおりだ。出航は予定通り二時半。時間がない。絵里香もすぐに着替えて一階へきてくれ」

真顔で指示を出す翔太郎に、絵里香はわけが判らないというように首を振った。

「あんた、いってることとやってることが全然違うのよねー」

それから数分後、階段を降りてきた絵里香は当然のようにセーラー服姿だった。朝の八時に鞄を持って玄関から出ていけば、立派に登校中の女子高生。でも、真夜中に裏口から漁船に乗って出掛けていく恰好としては、いかにも不似合いだ。

「セーラー服はマズイんじゃないか?」翔太郎が疑問を呈する。

「まあ、ええやろ。もともとセーラー服は船乗りのファッションなんやから、むしろお似合いかもしれん。上に黒いパーカーを羽織ってもらえば目立つこともないし」

こうして服装については一件落着。

それから三人は簡単に最後の打ち合わせ。さらに三人で小さな円陣を組み、隣近所の迷惑にならないように気を使いながら「ファイト」「オー」の掛け声で気勢を上げる。

「そろそろ出航の時刻じゃ」

壁に掛けられた時計に目をやりながら甲本がいう。翔太郎と絵里香は真剣な目で頷いた。

甲本がサッシ窓を開けて静かに外へ出る。翔太郎は絵里香とともに、後に続く。梵天丸は海上に黒いシルエットを浮かべている。まずは翔太郎と絵里香が舳先から慎重に乗り込む。甲本は、船を陸に繋いでいるロープを解いてから、梵天丸に飛び乗った。

「頼みますよ、船長」

「おう、大船に乗ったつもりでおれーや」

甲本は気合充分で運転席に着く。運転席といっても、梵天丸のそれは前半分に風防があるだけで、後ろ半分は剥《む》き出しになった簡素なものだ。どう見ても梵天丸は大船ではなく、漁船としても明らかに小さい部類である。

小型船の運転席の構造は自動車のそれに似ている。舵輪《だりん》と呼ばれるハンドルがあって計器類がある。イグニッションキーがあってレバーで操作するアクセルがある。甲本の話によれば、小型船の運転は自動車よりも少し簡単なのだそうだ。甲本はキーを回し、慣れた手つきでエンジンを始動させた。

間もなく梵天丸は、長い間眠っていた老犬が犬小屋から這い出すように、ゆっくりとバックをはじめた。甲本はそのまま真っ直ぐに船を後退させる。梵天丸は防波堤の端を掠《かす》めるようにしながら、港を出ることに無事成功。腕時計の針は出航予定時刻の午前二時半ちょうどを示していた。

すぐさま甲本は梵天丸を方向転換させ、舳先を西——響灘《ひびきなだ》の方角に向けた。

「全速前進！」

船長の掛け声に呼応するかのように、梵天丸が速力を上げた。

真夜中の関門海峡を一隻のオンボロ漁船が疾走する。進行方向右手、間近に見える明かりは下関の街並み。海峡を隔てて左手に見えるのは門司港の夜景だ。漆黒の海は不気味だが、天気は上々で波静か。昼間は渋滞道路さながらに大小の船で混雑する関門海峡も、いまは通る船も少ない。意外といってはなんだが、甲本船長の舵《かじ》取りも問題はないようだ。

梵天丸は安定した波紋を描きながら順調に進む。波しぶきがあがるようなこともない。唐戸の沖を過ぎて間もなくすると、前方の海上に特徴的な島影が現れる。日本一有名な無人島のひとつ、巌流島だ。絵里香が、ねえねえ見て見て、と楽しそうに指を差す。

「お好み焼き〜ヘラで叩きすぎたお好み焼き〜うふふ」

絵里香がなにをいっているのかというと、要するに巌流島という島は非常に平べったい形をしており、まるで海上に浮かんだお好み焼きのようだ、ということである。

絵里香は少しも緊張感がない。というか、むしろ真夜中の冒険を愉しんでいる雰囲気さえある。

「修学旅行の小学生みたいやのう」

運転席で甲本がぼやく。

梵天丸は巌流島の島影を左手に見ながら進む。

目的地までは、もうあと少し。

翔太郎は腕時計を確認した。午前二時四十五分を少し過ぎたところ。翔太郎はしばし陸上へと思いを馳せる。いまごろは、三千万円と鉢植えを持った花園皐月が、レストラン『巌流島』へと向かっているころだろう。


真夜中過ぎの花園邸には組員たちが続々と集結しつつあった。まず黒木と白石が原付バイクで登場。少し遅れて平戸が徒歩でやってきた。手ぶらでやってきた平戸を見て、皐月は少しホッとした。偽札の入った買い物袋を持ってくるのではないかと心配していたのだ。廊下ですれ違う際、平戸はあたりに人の気配がないのを確認してから、「さっきは、変な電話してすみませんでした」と皐月に詫びを入れた。

「気にすんな」皐月はポンと平戸の肩を叩いて、「ところで、今夜はひとりか。菅ちゃんはどうしたんだ？」

「菅田の奴は電話番で、事務所に詰めています。お役に立てなくて申し訳ないといってました」

「そうか。電話番も立派な仕事だからな」

というわけで菅田敏明はこない。ひょっとすると周五郎は自分と同様に粗忽《そこつ》なところのある菅田を、あえて誘拐事件から遠ざけたのかもしれない。

午前一時を十分ほど過ぎたころに山部勢司が車で到着。皐月は駐車場まで迎えに出た。

「遅かったじゃねえか、勢司」

「すまん。野暮用があってな」

黒いスーツ姿の山部は足早に屋敷のほうに向かいながら、「で、なにか変わったことは？」

「いや、なにもない。犯人からの連絡は、昼間に届いたあれだけだ」

「おやっさんの様子は？」

「自分で確認してみな」

皐月は山部と一緒にリビングへと入っていった。

集まった面々は、身代金受け渡しという誘拐事件における最大の局面を前にして、かなり緊張気味のように見える。中でももっとも緊張を露にしているのが組長、花園周五郎だった。彼は道に迷った子供のように、不安げな顔で同じ場所をウロウロと歩き回っている。さっきからずっとこうなのだ。邪魔で仕方がない。

「落ち着けよ、親父。ただ金を渡してくるだけじゃねーか」

「ああ、判っておる。もちろんだとも。なにも起こりはせん。これはただの取引なんだからな——ああ、山部、きたか」

「へい。ただいま参りました」

山部は低い声を発して頭を下げる。周五郎はリビングに揃った面子《めんつ》を見回すと、ちらりと壁の時計に目をやって苦々しげに言葉を吐き捨てた。

「高沢はどうした。高沢の奴は、まだこんのか。あいつめ、こんな大事なときになにをボヤボヤしとるんだ」

「まだ、出発の時間には余裕があるだろ。そのうちくるさ」

だが、皐月の言葉とは裏腹に、午前一時半を過ぎても高沢は現れなかった。携帯で呼び出してみたが、なぜか繋がらない。どうやら向こうは携帯の電源を切ってしまっているらしい。さすがにこれは変だということになったが、もう時間がない。午前三時に下関駅西口のレストランに到着するためには、余裕を持って午前二時には出発したいところだ。連絡の取れない高沢を待っていられる状況ではなくなった。さすがに周五郎の怒りと不安はピークに達したらしい。

「高沢は今夜、皐月の護衛役を務めるはずだった。だが、高沢はこない。連絡もつかない。出発の時刻はもうすぐだというのに――ええい、こうなったら！」

周五郎は駆け足でリビングを出ていった。皐月たちはわけが判らないまま待った。

やがて戻ってきた周五郎の装いを見て、皐月は啞然となった。黒いジャケットに黒いズボン、全身を黒く装った周五郎。それはいいのだが、大きなマスクにサングラス、そして襟元には季節外れのマフラーまで巻いている。「どうだ、みんな？　これならわしとは判るまい」

聞かれた組員たちは、困惑の表情を隠しきれない。

「確かに組長には見えませんけど……」

「なんやら、真夏にインフルエンザと花粉症を患《わずら》ったみたいな恰好ですやん」

「変質者と間違われてパクられまっせ、組長」

それぞれ嘘のない意見である。皐月は周五郎の真意を問い詰めた。

「どういうつもりだ、親父？」

「ふん、いうまでもない――」

では、聞くまでもない。

「断る！　親父のボディーガードなんていらねえ！」

「おまえ、父の愛情を、いらねえ、とはなんだ」

「そんじゃ愛情だけもらっとくよ。親父はここにいろ」皐月はそういって山部のほうを向いた。「勢司、おまえがこい。高沢さんの代わりだ」

「え、俺ですか」山部は恰好だけ驚いたフリを見せる。

「当たり前だ。他にいねーだろ。な、親父もそれで文句ないだろ?」

「ああ、こうなっては仕方あるまい。頼んだぞ、山部。皐月から絶対目を離すなよ」

山部が「へい」と神妙に頭を下げて、話は決まった。

「じゃあ親父、そろそろ三千万円を持ってきてくれないか。親父の部屋の金庫にあるんだろ」

「ややッ、もうこんな時間か。よし、判った」

周五郎はリビングから出ていくと、間もなく黒い鞄を下げて登場した。周五郎はテーブルの上に鞄を置くと、口を開いて中身を皐月に示した。皐月は鞄の中身をいったんテーブルの上に広げ、三十個の札束を念入りに確認した。

「なんだ皐月、やけに慎重だな。札束の数なら、わしが十回も数えたから間違いはないぞ」

「いや、ひょっとして偽札が混じっているんじゃないかと思ってな」

「馬鹿な。偽札なんぞ、そうそうあるものではないわ」

ところがあるんだな、案外近くに。だから札束のチェックは念入りにやらなければならない。

「よし、間違いなく本物の三千万円だ」

皐月は確認を終えると、あらためてそれを鞄の中へ戻した。それから、昼間誘拐犯から届けられたエリカの鉢植えを用意する。鉢の中のエリカは、たっぷりと水を与えられて元気そうだ。皐月はその鉢植えを持ちやすいようにスーパーのレジ袋に入れた。

そして時計の針が午前二時を数分過ぎたころ、皐月は札束の入った鞄と鉢植えの入ったレジ袋を手にして花園邸の玄関を出た。駐車場に停めてある周五郎のベンツの運転席に乗り込む。続いて山部が後部座席に乗り込んだ。

「頼んだぞ、皐月、山部。ただし、無茶は慎むんだぞ！」

不安そうな面持ちの周五郎に、皐月は窓から片手を振って応えた。

「大丈夫。なんにも起こりゃしないって」

花園皐月と山部勢司を乗せた車は花園邸を後にした。

真夜中の門司港の街を黒いベンツがいく。時刻が時刻なので道はガラガラに空いている。しかし、下手にスピードを上げてスピード違反で捕まったりしたら一大事なので、運転は慎重にならざるを得ない。皐月はベンツをゆっくりと走らせながら、後部座席に身を潜める山部に声を掛けた。

「勢司、どう思う？」

「どうって、なにがだ？」

「高沢さんと連絡が取れないってことだ。まさか、今夜の重大な仕事を忘れたわけじゃあるまい」

「うむ、それはそうだな。高沢の兄貴に限ってそれはない」

「だったら、どういうことになるんだ。ひょっとして誘拐事件と関係があるのかな」

「まさか、高沢の兄貴まで誘拐された、とか？」

「いや、そこまではないと思うが――どうも気になる」皐月は首を捻るようにしてバックミラーに視線をやった。思いがけず奇妙な光景がミラーに映っているので、皐月は驚いた。「なんだありゃ⁉　おい、勢司、見ろよ。後ろからついてきてるの、黒木と白石じゃねえのか」

「なんだって」山部は身体を捻ってリアウインドウ越しに車の背後を見やった。「なるほど、確かにそのようだな」

二人の乗ったベンツの背後をつかず離れず追走する二台の原付バイク。それに跨がっている二人組は間違いなく黒木と白石である。

「さては親父の指図だな！　勢司、親父に電話して聞いてみてくれ」

後部座席で山部が携帯を取り出し、すぐさま周五郎の携帯へと掛ける。二人の間で短いやり取りがあった後、山部は携帯を閉じた。

「やはりおやっさんの指示だ。『おまえたちだけじゃ不安だから、二人尾行をつけた。念には念をいれたまでだ』といっている」

「まったく、余計なことばっかりしやがって。あんなのが二台もくっついてきたら目立ってしょうがねえだろうに」

「まあ、いいじゃないか。ああ見えて、おやっさんはお嬢のことを心配なさっているんだ。それに誘拐犯だって、本当にお嬢がひとりで現れるなんて、最初から思っていないだろう。それより、いまは余計なことに気を取られないほうがいい。運転に集中するんだ。こんなところで事故ったらアウトだぞ」

「ああ、そうだったな」

皐月は雑念を振り払い、黙ったまま運転に集中した。車は門司港の街並みを抜けて、関門国道トンネルの入口を目指す。海沿いの道から前方を見やると、海峡に関門橋のシルエットが浮かんでいる。その下関側の橋脚付近が合戦で有名な壇ノ浦だ。巨大な電光掲示板が見える。電光板には《E》《3》《↑》の三種類の記号が順繰りに表示されている。

そういえば――皐月は以前、絵里香にあの電光板の意味を尋ねられたとき、答えられずについつい野球の話で誤魔化したことを思い出した。

――なんだ、絵里香、そんなことも知らなかったのか。あの掲示板はな《E》はエラーのEで《3》は一塁手を意味してるんだ。いや、本当だって、嘘じゃないって……

ひょっとすると絵里香はいまでもあのときの冗談を信じているのかもしれない。

「一塁手のエラー……か」

皐月は前を向いたまま呟いた。

「ん――なんのことだ、お嬢？」

後部座席で山部が首を傾げる。

皐月と山部の二人を乗せたベンツは、関門国道トンネルを抜けて下関市に入った。椋《むく》野《の》トンネルを通り図書館前の交差点を左折。そのまま県道を進むと唐戸へ出る。そこからは国道九号線を下関駅へ。街は眠っているように静かだ。シーモール下関と下関駅を左手に見ながらJRの高架下をくぐると、片側二車線ながらやけにだだっ広い感じのする道に出た。バックミラーで後方を確認。黒木と白石の原付バイク部隊は、しっかりとベンツにくっついてきている。

道沿いにレストラン『巌流島』のネオン看板を発見。駐車場に車を停めて、時計を確認する。午前二時半をやっと回ったところだった。約束の時刻まで、まだ三十分近くある。皐月は昼間に届いた脅迫状を取り出し、あらためてそれを眺めた。

「脅迫状には『一分でも遅れたときは取引は中止』と書いてあるが、早く到着することに関してはなにも書いていない。べつに構わないということだろう。あたしはもういくぜ。勢司はどうする？　ここで待つか」

「いや、五分ほど遅れて中に入ろう。お嬢のテーブルの近くに座る」

「判った」

皐月は三千万円の入った鞄と鉢植えの入ったレジ袋を両手に持ち、運転席を出た。駐車場の端では、黒木と白石が原付バイクに跨がったまま、煙草をふかしている。皐月は彼らに声を掛けることなく、歩きはじめた。ふいに潮の香りが皐月の鼻をくすぐった。意外と海が近いらしい。

レストランは真夜中にしては結構な賑わいを見せていた。誘拐犯は喫煙席に座れと書いているから、その指示に従う。窓辺のテーブルにつき、エリカの鉢植えをテーブルの上に置く。珈琲《コーヒー》を注文して待つ。五分ほどするとレストランの入口に、山部が何食わぬ顔で姿を現した。山部はあたりを見回しながら皐月のほうにやってきて、彼女のすぐ後ろのテーブルについた。

皐月は背中に山部の視線を感じながら待った。何事もないまま時間が過ぎる。誰かが店内に入ってくるたびに、皐月は緊張して見守ったが、いずれもただの客だった。

そして指定された午前三時ちょうど――

入口の扉が開き、ライダースーツを着た男が店内に入ってきた。小脇に段ボール箱を抱えているのが目を引いた。男は座席に案内しようとするウエイターを制して、しばし店内を見渡したかと思うと、皐月のテーブルに――正確には、そのテーブルに置かれたエリカの鉢植えに――視線を止めた。

男は真っ直ぐ皐月のところにやってきて、「花園皐月さんですね」と確認してから、テーブルの上に段ボール箱を置いた。「お届け物です」

皐月は段ボール箱と男の顔を交互に見やって、「あんたは――？」

「安全確実がモットーのバイク便『下関バイクデリバリー』といいます。――あ、これ、名刺です」

「バイク便⁉　バイク便って、こんなところにも配達するのか」

「ええ、うちは条件次第でいつでもどこでも配達いたしますよ。便利屋みたいなものですから。今回のお客さまは午前三時にレストラン『巌流島』の喫煙席に座っている花園皐月さんに、この段ボール箱を届けて欲しいとのことで、こうして参上いたしました。その鉢植えが目印というわけです。では、確かにお届けしましたので、こちらにサインを――」

「あ、ああ」皐月は差し出された用紙に自分の名を書き殴りながら、「ちょっと聞かせてくれ。これを依頼した人物はどんな奴だった。なにか特徴は？」

「ええと、そうですねえ、男の方でしたけど、年齢は……う～ん、身長は……あ～ん」

「アフロだな！　その男、アフロヘアーなんだな！」

「な、なんで判ったんですか！　なんで！」

「なんでって――」それは二度目だから。「まあ、どうでもいい。確かに荷物は受け取った」

「あのー」バイク便の男は小声で囁くようにいった。「ご依頼人の話によればですね、これを時間どおりにお届けすると、成功報酬としてさらに一万円いただけるということだったんですが……」

「一万円⁉　ああ、そういうわけか」皐月は誘拐犯に指示されるまま準備していた一万円札を男に手渡した。「ありがとよ、バイク便さん」

「毎度あり！」バイク便の男はニコニコ顔で店を出ていった。

皐月はテーブルの上で段ボール箱を開いた。最初に黒いアタッシェケースが目に入った。三千万円分の札束が余裕で入りそうな大きさだ。フックするための金具が取っ手のところに取り付けてあるのが奇妙だ。それから懐中電灯。これはごく普通の家庭にあるような電池式の懐中電灯だ。さらに皐月は段ボール箱の隅に茶色い封筒を見つけた。

「誘拐犯からの新しいメッセージか」

どうやら、この誘拐犯はメッセージを業者に頼んで配達させるのが好きらしい。昼間は花屋。夜はバイク便。脅迫のメッセージなど携帯電話やメールで済ませるのが当たり前のご時世に、どこまでもアナログな誘拐犯だ。パソコン持ってねーのかよ！

いや、いまはそれどころではない。

皐月はさっそく茶封筒を破いた。コピー用紙一枚に印刷された活字。皐月はそのメッセージに素早く目を通した。

「なになに――『三千万円をアタッシェケースに詰め替えろ。車の中でやれ。そして車で関彦橋《かんげんきょう》へと向かえ』――関彦橋⁉」

そんな橋、どこにあるんだ？

梵天丸は巌流島――本物の巌流島のほう――を避けるように、針路を右に変えた。すると船の進む先に、中級河川の河口のような一本の水路が見えた。

絵里香が風に乱れる髪の毛を押さえながら、前方に見える水路の入口を指差す。

「狭いわねー。とても海とは思えないわー。ねえ、あれ本当は川なんじゃないの？」

「そんなわけないだろ。海だよ、海。右側が本州、左側が彦島《ひこしま》だ」

下関の西の端――ということは本州の最西端ということだが――そこに彦島という島がある。島といってもほとんど本土に隣接する恰好なので、地続きみたいなものなのだが、いちおう島は島だ。その証拠に島と本土との間には海がある。海といっても川みたいに細長く狭い海。いちばん狭い部分だと幅十メートルぐらいしかない。この細長い海の正式名称を翔太郎は知らないが、地元の人はなんとなく彦島海峡とか彦島運河と呼んでいる。たぶん、海峡というよりも運河と呼ぶほうが実態に近い。

「おう、橋が見えてきたど」

梵天丸の運転席で、甲本が前方を指差す。

彦島と下関市街地を繋ぐ、なんの変哲もない鉄の橋。この橋に名前があるということ自体、翔太郎は甲本に聞くまで知らなかった。橋の名前は関彦橋というのだそうだ。

「下関と門司港を結ぶ橋が関門橋で、下関と彦島を結ぶ橋は関彦橋か」

「じゃあ、もし彦島と門司港を結ぶ橋ができたら、どういう名前になるのかしらね」

いや、そんな無駄な橋が掛かる予定はない。

翔太郎は絵里香の言葉を無視して、関彦橋を見上げた。狭い運河を跨ぐだけの橋だから、そう大きなものではない。橋は中央部分が大きく持ち上がっていて、シルエットは綺麗な弓形を成している。その弓形の橋を支えるのは、海上から延びた二本の橋脚である。梵天丸は速度を緩めながら、二本の橋脚の真ん中を通って関彦橋の下をくぐった。その先には水門があるため、船の通行はここで終了。岸には数隻の漁船が接岸している。甲本は慎重に舵を切って、梵天丸の舳先を下関側の岸壁に寄せた。

接岸が完了するや否や、甲本の鋭い指示が飛んだ。

「急ぐっちゃ、二人とも！　三時まであと十分しかないど」

甲本の言葉を背中で聞きながら、翔太郎と絵里香は梵天丸を飛び降りた。翔太郎の手にはスーパーのレジ袋が握られている。岸に上がった二人は、真っ直ぐ橋のたもとへと向かった。そこには橋の上に近道できる鉄製の階段がある。翔太郎は絵里香の手を取りながら階段を駆け上がり、橋の上の歩道に到着。歩道に人の姿は見当たらない。もともと車の通行量に比べて人通りの少ない橋。真夜中ならなおさらである。二人は歩道を彦島方向に走った。下関側の橋脚を少し過ぎたあたりに駐車禁止の道路標識が立っている。

「ここだ」

翔太郎は道路標識の手前で立ち止まると、橋の欄干《らんかん》を向いてしゃがみこんだ。

絵里香は見張り役である。歩道に人の姿が現れないか、注意深く見回す。

翔太郎はレジ袋の中から一通の茶封筒を取り出し、欄干の死角になる部分に両面テープで貼り付けた。そして、同じ場所に小さな茶色のリボンを結んだ。目立つリボンではないが、その気になって捜せばすぐに見つかる、そんな感じのリボンである。もちろんこれは、やがてここへやってくるであろう花園皐月への目印だ。さらに翔太郎はレジ袋の中から奇妙な物体を取り出した。角材にグルグル巻きにした釣り糸だった。大型の獲物を狙うときに使用する釣り糸。糸というよりはワイヤーと呼んだほうがいいような太い釣り糸だ。

「翔太郎！　人がくる！」

絵里香の声に、翔太郎はいったん作業を中断。すっくと立ち上がり、橋の欄干に凭《もた》れかかりながら、絵里香の肩を抱いた。「ご覧、ヨシコさん、下関漁港の明かりが僕らを祝福してくれているようだ……」

「まあ、ヨシオさんったら、ロマンチストですのね……」

稀に見るバカップル誕生の瞬間である。そんな二人の背後を港湾労働者風の男が酒臭い息をしながら、通り過ぎていった。絵里香は男の背中を見送って、

「もう大丈夫よ、急いで!」

「ほら、月があんなにきれいだ……」

「いつまでやってんのよ! 時間がないんでしょーが」

「ああ、そうそう、まだ細工の途中だったっけ」

翔太郎は絵里香の肩の感触に未練を残しながら、作業に戻った。まず釣り糸の端をリボンのすぐ傍にしっかりと結びつける。それが済むと、翔太郎は釣り糸の巻かれた角材を、欄干の間から橋の下へと投げ落とした。角材は釣り糸を延ばしながら一直線に落下していき、やがて海面に達して小さな波紋を描いた。角材は下関側の橋脚のすぐ傍の海面に浮かんだ。

「予定どおりね」

翔太郎と絵里香は顔を見合わせ頷きあった。これら一連の行動について、翔太郎たちは昨日の内に現場を見ながら入念な打ち合わせを済ませていた。いまのところは何の問題もなく順調だ。

「戻るぞ、絵里香」

翔太郎は空になったレジ袋をポケットにねじ込むと、再び彼女の手を引いて歩道を駆け出した。階段を一気に駆け下り、岸壁から梵天丸へと帰還する。

「どうじゃった、翔太郎？」

心配そうに首尾を尋ねる甲本に、翔太郎は息を切らしながら親指を立てて応えた。

「大丈夫です。問題ありません」

「よっしゃ！」翔太郎の言葉を聞くや否や、運転席の甲本が小さく叫んで時間を確認した。「三時まであと五分ある」

予定では、午前三時ちょうどにレストラン『巌流島』の花園皐月のもとにメッセージが届く。それから皐月がメッセージを読み、この関彦橋に駆けつけるのは、早くてもその五分後くらいだろう。だからとりあえず三時までに準備を済ませておけば大丈夫。それが翔太郎たちの目安だった。

「ふうー。なんとか間に合ったみたいねー。あー、よかったー」

絵里香は荒い息を吐きながら甲板にしゃがみこんだ。


皐月は鞄と鉢植えと段ボール箱をまとめて抱えて席を立った。レジの店員に千円札を放り投げて「釣りはいらない」。急いで駐車場のベンツに戻る。運転席に座ると、すぐさま段ボール箱の中からアタッシェケースを取り出す。中は空だった。とくに特徴らしい特徴のないアタッシェケースだ。皐月はすぐさま鞄の中身をケースに移し替えはじめた。

間もなく皐月に続いて店を出た山部が、後部座席に忍び込むように戻ってきた。

「お嬢、段ボールの中身は？」

皐月は手を休めないまま、山部に誘拐犯からのメッセージを差し出した。山部は声に出してそれを読む。

「なに──『三千万円をアタッシェケースに詰め替えろ。車の中でやれ。そして車で関彦橋へと向かえ。関彦橋の手前で車を降りろ。そして懐中電灯とアタッシェケースを持って関彦橋の歩道を進め（歩道は片側にしかない）。道路標識の近くで目印のリボンを捜せ。そこにメッセージがあるから、それに従え。急げ。もたもたするな』──か」

山部は緊張に包まれた顔を上げて、皐月と同じ疑問を口にした。

「関彦橋？　そんな橋、どこにあるんだ？」

「慌てるな、勢司。続きを読んでみろ」

「続き⁉」山部は再びメッセージに視線をやる。「『追伸。関彦橋を知ってるかな？　知らない場合は裏面の地図を参照すること』──か。よっぽど追伸が好きなんだな、この誘拐犯」

山部がメッセージの書かれた紙を裏返す。そこには定規を当てて描かれたと思われる地図がある。簡単な地図だ。

皐月も今回初めて知ったのだが、関彦橋とは下関本土と彦島を結ぶ橋のことらしい。地図によれば、レストラン『巌流島』の目の前にある県道を彦島方向に真っ直ぐ進めば、車なら一分で到着すると書かれている。関彦橋がどんな橋なのか、門司港に暮らす皐月にはまったくイメージがなかったが、いまは誘拐犯の指示に従うしかない。

札束の移し替えはあっという間に完了した。皐月はアタッシェケースの蓋を閉じて、運転席の傍らに置いた。

「いくぞ、関彦橋へ」

皐月はアクセルを踏み込み、ベンツを急発進させた。駐車場から飛び出したベンツは再び片側二車線の道路に出た。午前三時の道路に車の姿はまったくない。皐月は右手に大洋漁業の看板を見ながら、一直線に車を走らせる。三十秒ほど車を走らせただけで、それらしい光景が正面に見えた。

「あれか。あれが関彦橋か」

目の前の道がジャンプ台のような急勾配の上り坂になっている。

「ああ、そうらしいな」山部が後部座席から身を乗り出す。「橋の手前で車を降りろ、とメッセージにあるぞ」

「判ってる」

皐月は橋の手前で路肩に車を停めた。メッセージにあるとおり、懐中電灯とアタッシェケースを持って車を出る。続けて山部も後部座席から身をかがめながら降りてきた。

「勢司は少し離れて歩けよ」

「判ってる。お嬢も気をつけて」

皐月は黙って頷くと、関彦橋のほうを向いた。橋は片側二車線だが、彦島方面に向かう車線には歩道がない。歩道があるのは下関本土に向かう車線のみだ。皐月は左右を確認しながら走って道路を横断した。

皐月は、駆け足気味に関彦橋の歩道を渡りはじめた。街灯の明かりがあるため、歩道を歩くことは困難ではない。では懐中電灯はいったいなにに使うのだろうか、と皐月はあらためて不思議に思う。

山部は数メートル遅れて皐月の後をふらふら歩いている。歩道に他の人影は見当たらない。

橋は本土と彦島とを弓形に跨ぐ形をしている。したがって、そこには結構な勾配がある。橋を登るといった感じで進む。そうするうちに、徐々に視界が開けていく。目の前に見える陸地が彦島だ。正直、島という感じは全然しない。だが、欄干から下を覗けば、そこには確かに狭くて暗い海が横たわっている。海というより運河といった感じだ。欄干の向こうに目をやると、百メートルほど先に水門が見える。運河は水門によって遮断されているらしい。そうこうするうちに皐月はハッとなって、足を止めた。

目の前に道路標識がある。『道路標識の近くで目印のリボンを捜せ』——誘拐犯のメッセージにはそう書かれていた。

「あれだ」

皐月は勢いよく駆け出した。それはすぐに見つかった。道路標識から少し離れた欄干に結ばれている茶色いリボン。そして欄干に結ばれた太い釣り糸。その傍には茶色い封筒が貼り付けられていた。誘拐犯からの新しいメッセージだ。

皐月は封筒を欄干から剝《は》がし、中身を取り出した。コピー用紙に印刷された活字。街灯の明かりの下でそれを読んだ。

『まず懐中電灯で水門の方向に合図を送れ。点滅を二回だ。それからアタッシェケースの金具を釣り糸に掛けろ。間違いなく掛かったならアタッシェケースを橋の下に落とせ。それが済んだら、懐中電灯でもう一度水門に向かって合図を送れ。点滅を五回だ。それが済んだら、なにも見ないで立ち去れ。以上』

メッセージを読み終わるや否や、皐月は懐中電灯を水門に向けて構えた。ちょうどそのころ、山部が他人のフリをしながら彼女の背後を通り過ぎていった。彼の口が短い言葉を発した。「どうだ？」

「ここから落とす」

「判った」

山部は振り向くことなく歩を進め、彼女の傍からいったん遠ざかっていった。

皐月は懐中電灯のスイッチを操作して、それを水門に向かって二回点滅させた。それからアタッシェケースの取っ手に取り付けられた金具を太い釣り糸にフックさせた。釣り糸は橋の欄干から真っ直ぐ暗い海に下りている。ここでケースから手を離せば、それは釣り糸に沿って海に落下することになる。それが誘拐犯の指示だ。

皐月は不安な思いで山部に視線を送った。

山部は弓形の橋のてっぺんあたりで足を止めていた。煙草を取り出し、火を点ける仕草をしながら、水門のほうに注意を向けている。

皐月は意を決してアタッシェケースから両手を離した。欄干から放り出されたケースは、橋の下の暗闇に吸い込まれるように真っ逆さまに落下。海面に達した黒い塊は意外に大きな水音と水しぶきを上げた。ケースは勢いのままにいったん海中に没したものの、またすぐに浮かび上がってきて海面にその姿を現した。ケースは波のない海面をプカプカと浮かびながら漂っている。

だが、誘拐犯からの指図はまだ終わりではない。

皐月は再び懐中電灯を水門のほうに向けて構えた。今度は点滅を五回だ。スイッチのオンとオフを繰り返しながら、皐月は水門とその周辺の様子に目を配った。水門の周囲には見える範囲でも数台の車が停まっている。海上に目を移せば、本土側と彦島側の両方の岸壁に五、六隻の漁船が停泊中だ。これらの車や船の中に犯人が潜んで、彼女の発する合図を受け取っているのだろうか。仮にそうだったとして、では合図を受けた誘拐犯は、海に浮かんだアタッシェケースをどうやって回収するのか。停泊中の船がこれから動きはじめるのか。それとも、潜水夫の恰好をした誘拐犯が泳いで現れるとでもいうのだろうか。

様々な疑問が皐月の脳裏を駆け巡る。そのとき、

「ん⁉」

皐月はふいに奇妙な音に気がついた。くぐもった感じの機械的な音。車のエンジン音か？　だが橋の上に視線を戻してみても、そこを通行する車の姿は一台もない。では、船か？　しかし海上に停泊中の漁船は、静かなまま動き出す気配もない。

「……この音は……どこから？」

皐月は答えを求めるような気持ちで山部に視線をやった。山部もまた、その謎めいた

エンジン音に耳を澄ましている様子だった。そして次の瞬間、山部はハッとした表情を浮かべると、指先で下向きの矢印を作って皐月に叫んだ。

「真下だ！　この橋の真下にいるぞ！」

梵天丸は下関側の橋脚に身を隠すようにして、関彦橋の真下に停泊中だった。逃走の際に備えて、船の舳先はあらかじめ関門海峡側に向けられている。翔太郎、絵里香、甲本の三人は先ほどからアングリと口を開けた恰好で、橋を見上げていた。真下から見る橋の裏側は、巨大なトカゲの腹のよう。しかし、いまはこのトカゲの腹が彼らの存在を覆い隠してくれているのだ。

「なかなか動きがありませんね、先輩——いや、船長」

「おう、ただボンヤリと待っとるちゅうのも、案外退屈やのう」

「わたし、なんだか眠くなってきちゃった」

何事も起こらないまま、じりじりとする時間が過ぎていく。翔太郎は退屈しのぎに携帯でナイターの結果をチェックしようと思いたち、ポケットを探ってみた。しかし、指先はお目当ての物体に触れなかった。どうやら大事な携帯を甲本の家に忘れてきたらしい。仕方がないので、甲本に尋ねてみる。

「船長、今日のナイター、横浜は勝ったんですか」

どうでもいい質問。すると甲本は唐突な質問に驚いた様子で、

「な、なにぃ！　横浜がどねーしたって⁉」

振り向いた甲本の頭から、斜めに被ったマドロス帽が滑り落ちた。甲本の驚きように翔太郎は驚いた。

「いや、広島―横浜戦の結果が知りたいなーと思って。あ、俺、隠れ広島ファンで」

「はあ⁉　アホ、そんなくだらんこと気にしとらんで、ちゃんと釣り糸のほうを気にせいや」

甲本は珍しく野球の話題に乗ってこなかった。まあ、場面が場面だから無理もない。

翔太郎はあらためて頭上に目を凝らした。よくよく見れば、関彦橋の欄干から一本の太い釣り糸が垂れているのが判る。先ほど翔太郎が橋の欄干から垂らした釣り糸だ。あのとき海面に放り投げられた角材は、直後に船に戻った翔太郎自身がタモ網で回収した。いま、欄干から延びた釣り糸は真っ直ぐ海面に達した後、かなりの余裕を持たせた状態で梵天丸の運転席の金具に結び付けられている。つまり、一本のたるんだ釣り糸でもって梵天丸は関彦橋と繋がっているわけだ。

波はまったくといっていいほどない。あたりは暗い。船の明かりはわざと消してある。橋の上を走る車の音だけが、橋の下までよく響く。やがて腕時計の針が午前三時を五分ほど過ぎたころ、

「あ！」唐突に絵里香が声をあげた。「いま糸が動いたみたい」

「そうかな⁉」翔太郎の目には、よく判らなかった。「風で動いただけじゃないのか」

「いいえ、間違いないわ。ほら――」

確かに絵里香のいうとおり、釣り糸に反応があった。誰かが橋の上で釣り糸に触っているのだ。

「お姉ちゃん――」

絵里香がそういった瞬間、橋の上から真っ黒な物体が一直線に落ちてきて、海面で激しい水しぶきをあげた。黒いアタッシェケースだった。ケースはいったん水中へと没したものの、すぐさま海面に浮上した。

花園皐月には、アタッシェケースを落とした後は懐中電灯で水門の方向に合図を送るよう、無意味な指示がしてある。皐月はいまごろ水門のほうに合図を送りながら、そのあたりでなにか動きがないかと目を皿のようにしているだろう。だが、実はそこにはにもない。誘拐犯は彼女の真下にいるのだ。

「微速前進」

甲本が小さく呟きながら、梵天丸をゆっくり前進させる。すると船が進むにつれて、たるんでいた釣り糸が見る見る引っ張られていく。さらに船が進むと、釣り糸は欄干と梵天丸の間をほぼ一直線に結び、海面にあったアタッシェケースは一瞬、空中に浮かぶ恰好となった。そして次の瞬間には、ケースはさながらロープウェイのゴンドラのように、釣り糸をするすると滑降しはじめた。アタッシェケースの空中遊泳。あっという間にケースは梵天丸の甲板の上へと移動を終えた。

それを見届けてから翔太郎が手にしたナイフを釣り糸目掛けて振り下ろす。ギターの弦を弾《はじ》くような音とともに釣り糸は切れた。アタッシェケースは甲板に落ちる寸前、差し出された絵里香の両手によってキャッチされた。

「隠れろ、絵里香ちゃん」甲本が運転席から小さく叫ぶ。

「はい」絵里香はケースを持ったまま、梵天丸の甲板にある魚の貯蔵庫に飛び込んだ。

貯蔵庫は本来、釣った魚を入れておくスペースだが、人がひとり隠れるくらいの余裕はある。絵里香の場合、相手に姿を見られることは決定的にマズイので、念には念を入れた措置である。

「よっしゃ、全速前進！」

甲本が梵天丸の速度を一気に上げた。古びた漁船の舳先が轟音《ごうおん》とともにぐんと持ち上がる。梵天丸はこの夜の最大速力で海面を切り裂いた。翔太郎はあまりの加速にバランスを崩し、甲板の上を無様に転がった。梵天丸は関彦橋の下を一気に抜け出し、狭い彦島運河を高速道路のようにして突っ走っていった。

後部甲板の上で大の字になって這いつくばる翔太郎。そのとき彼はその背中にカメラのフラッシュのような閃光を浴びるのを感じた。

誘拐犯は橋の真下。それを知った瞬間、皐月は思わず欄干から身を乗り出すようにして、橋の下を覗き込んだ。さっきまで海面に浮かんでいたアタッシェケースは、すでに見当たらない。橋の真下でなにがおこなわれたのか、皐月にはよく判らなかった。

「あっちだ！」山部勢司が水門とは逆の方角を指差した。

彦島運河は水門によって船の通り抜けが遮られている。誘拐犯が船で逃走するには水門とは逆方向に走って、関門海峡に出ていくしかない。すなわち、皐月たちのいる歩道とは逆の方角だ。

皐月と山部はほぼ同時に車道に飛び出した。二車線の道路を横切ると、そこは中央分離帯。胸の高さくらいの鉄柵がある。それをヒラリと軽快に飛び越えようとした皐月だったが、爪先が鉄柵の先端に触れてバランスを崩す。反対車線に転がるように飛び出す皐月。その鼻面を掠めるようにして二台の原付バイクがタイヤを鳴らして急停車した。

「すんません、お嬢！」

「大丈夫でっか！」

黒木と白石がバイクの上から声を揃える。

「危ねえじゃねーか！　あたしを轢《ひ》き殺す気かよ」

皐月は二人に文句を浴びせながら、すぐさま体勢を立て直し、再び駆け出した。

ようやく反対側の欄干にたどり着いた皐月は、身を乗り出すようにして海上に目をやった。一隻の船影が遠ざかっていくのが見えた。

「あれだな！」

形からして漁船のようだった。暗い海に楔《くさび》のような波を描きながら、猛スピードで遠ざかっていく。徐々に小さくなっていく船の後ろ姿とエンジンの音。おそらく、あの船には誘拐犯が乗っているのだ。いまごろは、してやったりとばかりに快哉《かいさい》を叫んでいるかもしれない。そう思うと皐月は怒りで身体が震えるような気分だった。だが、どう腹を立てたところで、相手が船の上でこちらが橋の上では為す術がない。

「ええい、畜生《ちくしよう》め！」皐月は悔し紛れに欄干を叩き、それから隣にいた黒木と白石の背中を叩いた。「おい、なんとかしろ、おめーら」

「ええッ、なんとかしろいわれても、無理でっせ」

「ホンマですわ。バイクでどうやって船、追いかけますねん」

「ううぅ――」皐月は悔しさのあまり唸《うな》り声をあげた。

山部は皐月よりも一足先にこちら側の欄干にたどり着いていた。その山部は逃走する船の姿を記録しようと、海上に向けてカメラのシャッターを切り続けている。本格的な一眼レフカメラだ。山部は執念深くシャッターを押し続けた。やがて被写体が確認できないほどに遠ざかったところで、山部は撮影をやめた。

「こいつらのいうとおりです、お嬢。相手が船では、こちらは追いかけようがありません。写真を撮るぐらいが精一杯です」

山部はカメラを手にしたまま自嘲気味にいった。山部は皐月に比べて遥かに落ち着いて見えた。現に黒木や白石の存在を考慮して、皐月に対するタメ口を改めて敬語で話している。その程度の冷静さは保っているということである。

そんな山部の姿を見て、皐月は一瞬とはいえ取り乱した自分を恥じた。

「そうだな。確かに相手が一枚上だった。せめて誘拐犯の横顔だけでも見てやりたかったんだが。――ところで、写真は撮れたのか」

「ええ。上手く写っているかどうかは判りませんが」

「どれ、見せてみろよ」皐月は山部のカメラを覗き込もうとしたが、

「残念ながらデジカメじゃないんですよ、これ。昔ながらのフィルム式でして。現像できたらお見せします」

「なんだよ、勢司、おまえまでアナログ趣味か」

「べつに趣味というわけでは――」そこで山部はふいになにか引っかかるような表情になって聞き返した。「『おまえまで』とは、どういう意味です？」

「いやなに、今回の犯人はアナログなやり方が目立つような気がしてな。どういうつもりなんだか知らないが、妙に気になるんだ」

　皐月は恨みがましい視線を海上に向けた。そこに漁船の姿はもう影も形も見当たらない。誘拐犯を乗せた船は、運河を抜けて関門海峡に出たころだろうか。右に折れて響灘の方向へ進むか、左に折れて関門橋をくぐり周防灘《すおうなだ》へ向かうか。あるいはそのまま一直線に海峡を渡り、門司港に向かうという手もある。いずれにせよ関彦橋の上からでは、それを見届けることさえできないのだった。

　皐月は気を取り直し、山部、黒木、白石の三人を順繰りに見やりながらいった。

「ともかく、身代金は渡したんだ。後は誘拐犯がおとなしく絵里香を解放してくれるのを祈るしかない。帰ろうぜ」

「うをおおおりゃあああッ――」甲本はなにかが乗り移ったかのように叫び声をあげながら舵を取っている。「梵天丸様のお通りじゃあああッ、邪魔すんやないど、こら！」ずいぶんとテンションが高いようだが、エンジン音に掻き消されて、その言葉はほとんど聞こえない。それに実際のところ、梵天丸の針路を邪魔するような航行中の船舶は一隻もなかった。

翔太郎は甲板の上に立ち、あらためて関彦橋のほうを振り返った。いまごろ橋の上では花園皐月が歯嚙みをして悔しがっているのだろうか。しかしすでに関彦橋は梵天丸のはるか後方の闇の中。もう顔を見ることも、見られることもない。あたりを見回しても、追跡されている形跡はないようだ。こちらが船でくるとは、向こうも考えていなかったに違いない。

間もなく梵天丸は運河を抜けた。甲本は船の速度を通常の状態に戻した。

「うまくいったようですね、先輩」

「船長じゃ！」甲本は相変わらずのこだわりを見せると、「そうそう、絵里香ちゃんに、もう出てきて大丈夫っていうちゃれや。ほっておいたら魚の臭いで窒息するど」

「はは、まさか」翔太郎は貯蔵庫の戸を拳でノックしてやる。「おーい、絵里香」

すると、待ってましたとばかりに猛烈な勢いで戸が開き、絵里香が真っ赤な顔を出して「ぷは〜〜〜ッ」と溜めていた息を長々と吐き出した。「し、し、死ぬかと思った……なんなのよ、この臭い……魚くさ〜ッ」

絵里香はアタッシェケースを抱きしめたまま、自力で貯蔵庫から出てきた。そして二度三度と大きな深呼吸をしてから、ようやく翔太郎に喜びの笑みを向けた。

「とうとうやったのね、わたしたち」

「ああ、とうとうやったな」

しかし、歓声をあげようとする二人に、運転席から慎重な声が飛んだ。

「いや、喜ぶんはまだ早いど。おい、絵里香ちゃん、ちょっとそのアタッシェケース、こっち持ってきて中身を見せてくれーや。ひょっとしたら中身が新聞紙ちゅうことも、あり得る話やけえ」

「まさか、そんなことはないと思うけど」

絵里香はいわれたとおりにケースを持って運転席に向かった。翔太郎もそれに続く。絵里香は男たち二人の前でケースの蓋を開けた。甲本は舵輪から手を離すことなく、横目でケースの中身を一瞥した。たちまち彼の口から手放しの歓声があがった。

「うわお、ぶち凄え！　これ、ホンマに三千万円かいや。初めて見たわぁ」

「俺だって初めてですよ、こんな大金」

翔太郎と甲本の口許が「へへへ」「ひひひ」と、だらしなく弛む。しかし甲本はすぐさま弛んだ口許を引き締めた。

「いや、油断は禁物。家に帰り着くまでが遠足、アジトに帰り着くまでが誘拐じゃ。絵里香ちゃん、そのアタッシェケースはしっかり蓋しといてな」

「はーい」絵里香は素直に頷き、ケースの蓋を閉じた。

梵天丸はすでに巌流島を右手にやり過ごし、その針路は関門橋の方角を向いている。

「よっしゃ。このまま真っ直ぐ壇ノ浦の母港に帰還するど！」

甲本は梵天丸の速度を一定に保ちながら航行を続けた。舳先が波を受けて、激しくバウンドする。ときおり大きな波しぶきがあがり、甲板の上の翔太郎たちをわずかに濡らした。普段なら不快に思うような出来事も、いまは気にならない。波しぶきさえも祝福のシャワーのように思える。梵天丸は右手に門司港の夜景を眺めながら、下関の海岸線に沿って進む。海峡ゆめタワーをやり過ごし、さらに唐戸の沖を通過。やがて梵天丸は関門橋の巨大なシルエットを間近に見る、壇ノ浦の沖に到着した。

運転席の甲本がマドロス帽の庇に指を掛けながら、感慨深げな声で呟いた。

「壇ノ浦か……なにもかも皆懐かしい……」

艦長、また宇宙戦艦ヤマトごっこですか。付き合いきれませんよ。

翔太郎はポリポリと頭を掻きながら、腕時計に目をやった。午前三時半。行きよりも帰りのほうが少し余計に時間が掛かったようだ。それでも出航してから、関彦橋での取引を終えて帰港するまで、わずか一時間。感覚としては数時間にわたる大冒険だったような気もするが、それは錯覚のようだ。

梵天丸は壇ノ浦の港にゆっくりとした速度で進入した。甲本は慎重な舵とりで、梵天丸を自宅の裏口に接岸した。甲本は船体をロープで岸に繋ぐと、小声で今夜の航海の終了を告げた。

「接岸完了。これで今夜の予定は全部終わりじゃ。お疲れさん」

翔太郎と絵里香は梵天丸の舳先から岸に降り立った。

三人組はサッシ窓から室内に入った。甲本が船のキーを指先でくるくる回しながら、二人に提案した。

「今夜の成功を祝して、とりあえず乾杯でもしようや」

「いいですね。でも俺、アルコール飲めませんよ」

「判っとる判っとる。乾杯なんて烏龍茶でもなんでもええんやから」

甲本は翔太郎と絵里香を引っ張るようにして、ちゃぶ台とテレビのある六畳間へと向かった。甲本は船のキーをちゃぶ台に放り投げた。それから缶ビール一本と半分ほど中身の入ったペットボトルの烏龍茶、グラス二つをちゃぶ台の上に並べた。

翔太郎は烏龍茶を二つのグラスに注ぎ、ひとつを絵里香に手渡した。

甲本は缶ビールのプルトップを開けて、

「絵里香ちゃん、乾杯の音頭を」

「え、わたしが⁉」絵里香はびっくりしたように目を見開くと、探し物でもするようにあたりをきょろきょろと見回した。「ええと、なにに乾杯すればいいのかしら」

「なんでもええんよ。例えば――」

狂言誘拐に乾杯。三千万円に乾杯。花園組長に乾杯……

翔太郎と甲本は口々に適当なことを言い合った。絵里香はしばし真顔で考えてから、

「それじゃあ、ここにはいないけれど、今夜の陰のMVPに乾杯を――」

陰のMVP⁉　翔太郎と甲本が顔を見合わせる。

そんな中、絵里香は高々とグラスを掲げて、今宵大活躍した老雄に感謝を捧げた。

「梵天丸に乾杯！」

第四章

計算違い

目が覚めてみると、すでに朝だった。いや、昼かもしれない。窓辺に太陽の明るさが見えることだけは確かだ。翔太郎《しょうたろう》はボンヤリとした頭で自分の状態を確認した。畳の上に寝ている。目の前にちゃぶ台の茶色い脚がある。ゆっくりと身体を起こして壁の時計を見上げると、長針と短針がグリコのランナーのように万歳をしている。

午前十時十分だった。

寝ぼけ眼でちゃぶ台の上を見る。烏龍茶のペットボトルや空になったグラスや缶ビールがそのままになっている。どうやら乾杯した直後に、その場で寝入ってしまったようだ。そういえば「梵天丸《ぼんてんまる》に乾杯！」と三人でグラスを合わせて以降の記憶がない。烏龍茶で泥酔したわけでもあるまいに、おかしな話だ。

あたりを見回す。絵里香《えりか》は部屋の隅っこで丸くなって眠っていた。セーラー服の女子高生が若い男と一緒に六畳間で雑魚《ざこ》寝《ね》。これも変だ――

そして、甲本《こうもと》の姿が、ない。これがいちばんおかしいかもしれない。

翔太郎は勢いをつけて立ち上がった。襖を開けて隣の部屋を覗いた。仏壇の部屋はシンと静まり返っている。さらにその隣の板張りの部屋に駆け込んでみるが、やはりもぬけの殻だ。翔太郎は二階の部屋を確かめ、さらに台所、トイレ、風呂場まで捜してみたが、甲本の姿はどこにも見当たらなかった。玄関を見る。甲本の靴がない。玄関を出てみると、家の前に停めてあった軽トラ屋台がなくなっていた。

「まさか！」事ここに至って、さすがに鈍い翔太郎もひとつの可能性に思い至った。翔太郎は猛然とした勢いでちゃぶ台の部屋に戻った。そして、もっとも重要なものがなくなっていることを思い知った。「三千万円が、ない……」

昨夜はあったはずの三千万円の入ったアタッシェケースがなくなっている。乾杯した時点では、確かちゃぶ台の脇、翔太郎の手の届くところに置いてあった記憶がある。だが、いまはもうどこにも見当たらない。「やられた……」

翔太郎は蒼白になった。間違いない。せっかく花園《はなぞの》組から奪い取った三千万円を、他ならぬ甲本が持ち逃げしたのだ。翔太郎はいまさらのように、ちゃぶ台の上にあるペットボトルに疑惑の視線を送った。

「そうか、この烏龍茶にあらかじめ睡眠薬が……」

烏龍茶で乾杯した翔太郎と絵里香は、間もなく眠りに落ちたのだろう。そして甲本は金を持って軽トラで悠々と逃亡したのだ。

「あ、あの人……なんてことを……」

翔太郎の心は、裏切られたという屈辱と怒り、彼を仲間に引き入れたことへの後悔、そしてなによりも絵里香に対する申し訳なさでいっぱいになった。

まだなにも知らない絵里香は、穏やかな寝顔でスヤスヤと寝息を立てている。彼女がこの事実を知ったら、いったいどれほど落胆するだろうか。あの三千万円がなければ、彼女の妹は手術を受けられないのだ。

だが、いつまでもこのまま寝かせておくわけにはいかない。翔太郎は意を決して絵里香の傍らにひざまずくと、その肩に手を掛けた。

「おい、絵里香、起きろ!」

「う……うぅん……」小さく呻き声を上げながら、絵里香はごろりと寝返りを打った。そして夢でも見ているのだろうか、その唇から微かな呟き声を漏らした。「……よかったね……詩緒里《しおり》ちゃん……」

うわぁ――翔太郎は思わず手を引っ込めた。駄目だ。とても真実を告げる勇気が出ない。幸せいっぱいの夢見る少女をいきなり崖から谷底へ突き落とすような真似は、自分にはできない。

そのとき翔太郎はようやく気がついた。寝ている絵里香の胸に両手でしっかりと抱きしめられている黒い物体。それこそは昨夜三千万円の入っていたアタッシェケースである。こんなところにあったのか!

「絵里香!」

翔太郎は迂闊《うかつ》にも絵里香の胸元に両手を伸ばした。眠っている女の子の胸に手を伸ばす行為、これを強制猥褻《わいせつ》とか痴漢行為とかいう。シマッタ、と思ったときにはもう遅い。

「きゃあああああッッ!」

絵里香の悲鳴。続いて寝ぼけ眼の美少女は目の前の敵をアタッシェケースの角でぶん殴り、膝で蹴り上げ、その上に必殺のちゃぶ台返しをお見舞いした。昨日の夜もそうだいい今日といい昨日といい、ってたくせに、いっていっていないはとことたっ襲を女るいて寝、ーねたんあ「――いいったけど、彼女、寝起きは滅茶苦茶不機嫌なタイプらしい。

「あんたねー、寝ている女を襲ったことはないっていってたくせに、昨日といい今日といい――」

「ち、違うんだ、そういうんじゃなくて」翔太郎はひっくり返ったちゃぶ台の下から這い出しながら、「とにかく、そのアタッシェケースの中身を確認して！」

「あ～話を逸らす～卑怯な男の典型～」

「指を差すな、指を！」翔太郎は絵里香の人差し指をかわしながら、「とにかく卑怯でもなんでもいいから、早くケースを開けろっての！」

「なによ、ケースがどうかしたっての――あら」絵里香もようやく注意力が働きはじめたようで、顔色を変える。「そういえばこのケース、なんだか軽いみたい」

絵里香はケースの蓋を開けて、中身を畳の上にぶちまけた。ボトリボトリと五つの札束が落ちてきて、それで終わりだった。昨夜は三十あったはずの札束が、いまは五つ。

「え、なに、どーしたの？　三千万円が五百万円になっちゃった！」

まるで新種のマジックを目の当たりにしたかのように、絵里香が狼狽する。

「持ち逃げされたんだ。先輩が二千五百万円を持って逃げた」

「甲本さんが!?　まさか、嘘でしょ」

「いや、間違いない。さっきから先輩の姿が見えないし、それに表に停めてあった軽トラがなくなっている」

「それじゃあ、どうして五百万円だけ残していったのよ」

「そんなこと知るか。とにかく先輩が俺たちを裏切ったことは事実だ」

「ああ、なんていうこと……昨夜はあんなにうまくいっていたのに……」

深刻な沈黙が二人の間に舞い降りた。翔太郎はアタッシェケースに五百万円の札束を戻すと、それを絵里香に押し付けるように渡した。絵里香はそれを受け取り、それから微かな希望を口にした。

「梵天丸は捜した？　甲本さんは梵天丸にいるんじゃないかしら」

「そういえば船の上はまだ見ていないな。でも、そんなところに先輩がいるはずはないだろう――」

現金二千五百万円を持って、甲本が梵天丸の船上をウロウロしている可能性。それは限りなくゼロに近い。だが、いちおう確認しておく必要はありそうだ。

「とりあえず見てみるか。絵里香、そのアタッシェケースは絶対離すなよ」

「判ってる」絵里香はケースを両手で抱きしめて、翔太郎の後に続いた。

建物のいちばん奥、板張りの部屋のサッシの窓を開けて外へ。今日もまた真夏の青空のもと、梵天丸は何事もないかのように港に停泊していた。船上に人の姿は見当たらない。それでもいちおう二人は舳先から船へと乗り込んでみた。運転席を覗き込んでみるが、誰もいない。やはり甲本は逃げたのだ。そう翔太郎が結論づけようとしたとき――

「翔太郎、これ見てよ」

絵里香が緊張した声で翔太郎を呼んだ。振り向くと、絵里香が右手で口許を押さえながら、甲板の一部を指で示している。

「なにかあったのか」翔太郎は絵里香に歩み寄り、彼女の指差すポイントに目をやった。甲板の上に真っ赤な斑点があった。滴《したた》り落ちた血のような色の斑点。いや、これはまさしく血痕そのものに見える。

「魚の血かしら……」

「にしては、やけに鮮やかな色だな……」

魚の血でなければ、人間の血か。いや、まさか。

翔太郎は血痕の周辺を観察した。血痕のある場所は、梵天丸の後部甲板。そこには釣った魚を一時的に入れておく貯蔵庫がある。昨夜、絵里香が一時的に身を隠すのに使用した貯蔵庫だ。

「ここって、ゆうべは空っぽだったはずだよな」

「そう、そのはずよ」

翔太郎は貯蔵庫の引き戸に手をかけた。悪い予感が一瞬頭をよぎる。それを振り払うようにして翔太郎は、引き戸を一気に開けた。

「きゃ！」絵里香が短い悲鳴をあげ、咄嗟に顔を背ける。

貯蔵庫の中は血の海だった。そして血の海の中には身体を丸めた恰好の人間の姿。黒っぽい服を着た男だ。死んでいることはひと目見ただけで判る。

「せ、先輩……」翔太郎は勇気を振り絞って死体に顔を寄せた。「……違う！　先輩じゃない！」

てっきり甲本が死んでいるものと思った翔太郎は、逆に驚いた。

「全然、知らない男だ！　だ、誰なんだ、こいつ！」

全然見覚えのない男が、梵天丸の貯蔵庫で死んでいる。しかも、状況から見て自然死や自殺とは考えにくい。おそらくは殺されているのだ。まったく理解できない出来事に、翔太郎は激しく混乱した。すると、彼の背後から覗き込むようにしていた絵里香が、「あ！」と小さな叫び声をあげた。「この人、わたし知ってる」

「ホントに⁉」

「ええ、間違いないわ。この人は高沢裕也《たかざわゆうや》さんよ」

「なに、高沢裕也だって！」

「知ってるの、高沢さんを！」

「いや、よく考えたら知らない人だ」一瞬、知ってるような気がしただけ。「誰なんだ、その人？」

「高沢さんは花園組の組員よ。パパの信頼が厚くて、花園組のナンバー2なんだって」

「そうか」花園組の人間なら顔も名前も覚えがなくて当たり前である。「でも判らないな。花園組のナンバー2が、なぜ梵天丸の上で殺されているんだ？」

「さあ、それはわたしにもよく判らないけれど」

「と、とりあえず、俺たちは関係ないよな。俺たち、狂言誘拐はやったけど、人殺しなんてやるわけないもんな」

「もちろんよ。人殺しなんてやるわけないじゃない」と絵里香は強く頷きながら、「だけど、もし知らない人たちがこの状況を見たら、どう思うのかしらね」と不吉な予感を口にした。そして、不吉な予感はたちまち現実のものとなった。

「おい、そこの君たち！」

岸壁から高圧的な口調で二人を呼ぶ声。

どうやら、知らない人たちがこの状況を見ていたらしい――


振り向いた瞬間、翔太郎は凍りついた。梵天丸の接岸した岸壁に二人の男が立っていた。ひとりは背広姿の体格のいい中年だが、もうひとりは制服を着た若い巡査だ。ということは雰囲気から察するに中年男のほうは私服刑事のようだ。

「君たちは、この家の者かね？」

中年刑事が甲本の家を指差して尋ねた。しかし翔太郎は相手の質問には答えずに、

「な、なんだ、あんたたち、人の家の敷地に勝手に入ってきて」

「人の家の敷地⁉　ここは港の岸壁だろ。公共の施設ではないのかね？」

「え⁉　えっと、それは」翔太郎は口ごもった。

甲本の家の裏口はそのまま港の岸壁に通じているが、どこまでが家の敷地でどこまでが公共施設かは、なんともいえない。岸壁を伝って歩けば、誰もが甲本の家の裏口にたどり着けることは事実だ。二人の警察官もそうやって現れたに違いない。不法侵入を咎めるのは無理があるようだ。

「この船は君の船かね？」

「い、いや――」

「そうか。じゃあわたしが乗っても構わんね」私服刑事は制服巡査を背後に従えて、梵天丸に乗り込んできた。「実は、警察に匿名の通報があってね。この家の船上でちょっとした事件があったというような話なんだ。まあ、この手の情報は大抵ガセネタなんだが、念のためと思って参上したわけだ。ところで君たち、他人の船の上でなにをやっているのかな？」

「………」

「まあいい。ちょっと調べさせてもらうよ。なに、手間は取らせないから」

二人の警察官は甲板の上をこちらへ向かってずかずかと進んでくる。

「ああ……」万事休す！　目を閉じる翔太郎の脳裏に最悪のシナリオが浮かんだ。

警察は船上で変死体を発見。付近にいた男女を確保。女の身元は花園絵里香十七歳と判明。花園組に連絡がいき、花園絵里香誘拐事件が浮上。樽井《たるい》翔太郎二十歳は誘拐および殺人の疑いで逮捕。そして過酷な取調べを受け、なぜか自白。裁判で自白を翻《ひるがえ》すものの時すでに遅く死刑確定。絞首刑……

「翔太郎……」背後からの小さな囁きが翔太郎の偏った妄想を破った。「ちょっと、これ持って」

絵里香に後ろから手渡されたのはナイフとアタッシェケースだった。ナイフは昨夜の身代金受け渡しの際に、釣り糸を切断するのに使ったものだ。しかし右手にナイフ、左手に五百万円の入ったケース。これでなにをしろというのだ？　ひょっとして俺に全部罪を押し付ける気か？　そりゃないぜ、絵里香……

絵里香の真意が汲み取れない翔太郎をよそに、彼女は素早い動きで翔太郎の身体の前に回った。そして翔太郎の右手を摑んだ絵里香は、自らの喉もとにナイフを突きつけた。

「え⁉」啞然とする翔太郎。

間髪をいれず、

「きゃあああああああッッッ！」

絹を引き裂くような絵里香の絶叫が壇ノ浦にこだました。

「わ、わわッ、わわッ――」

甲板を歩いていた二人の警官も、予想外の展開に驚きの声をあげながら、二、三歩下がってそのまま真後ろに転倒した。中年刑事のほうがすぐに起き上がり、上擦った叫びをあげる。「き、貴様！　馬鹿な真似はよせ！　そ、その女の子を放しなさい！」

「……え⁉」

実際にはその女の子のほうが翔太郎の右腕を摑んでいるのだが、刑事たちの目には真逆に映っているらしい。あまりの出来事に言葉を失う翔太郎。一方、絵里香は自慢の演技力で「助けて、刑事さん！　わたし、死にたくないッ」と抵抗する人質の姿を健気《けなげ》に演じながら、翔太郎の脇腹のあたりに、ほらほら、と肘《ひじ》で合図を送ってくる。

そうだ、自分もなにかいわなければ。こういう場面で犯人がいうべき言葉はなんだ？

そう、あれだ！

翔太郎は意を決し、アタッシェケースを持った左手で絵里香の身体をぐっと引き寄せた。そして右手のナイフを彼女の喉もとにピタリと当てると、大声で叫んだ。

「それ以上、近づくんじゃねえ！　この娘の命がどうなってもいいのか！」——って、なにをいってるんだ、俺は。これじゃ俺だけ本物の凶悪犯みたいじゃん。俺、絶対損してるよ！

絵里香の咄嗟の機転と、うっかりそれに乗っかった翔太郎。そんな二人の目の前で事態はいきなり最悪の局面を迎えた。

「貴様ッ、警察をなめるなよ」制服巡査がホルダーから拳銃を引き抜いて両手で構え、銃口を翔太郎へと向けた。「ナイフを捨てろ！　無駄な抵抗はよせ！」

「……け、拳銃」

ああ、とうとうここまできたか。翔太郎は半ばヤケになりながら、

「撃てるもんなら撃ってみろ！　この娘に当たるぞ！　それでもいいのかい、お巡りさん。ひーッひッひッ！」

なにが、ひーッひッひッ、だ。これじゃ三流刑事ドラマのイカれたチンピラみたいだ。主人公の射撃の腕前を印象付けるためにドラマの前半で射殺されるチンピラ。まさに恰好の標的だ。若い巡査はいまこそ腕の見せ所とばかりに、引き金に指を掛ける。

「撃つぞ！　これは脅しではない！」

「…………………………」

「撃つぞ！　いいなッ！」

「……………………」

「よし、撃つ！」

「……ちょ」

「待ちたまえ！」中年刑事が絶妙のタイミングで巡査の発砲を制止した。「これ以上相手を刺激してはいけない。銃を下ろすんだ」

「ど、どうしてですか！」

「よく見るんだ、あれを」

中年刑事は後部甲板の貯蔵庫を顎で示した。貯蔵庫の戸は開いており、死体の一部は確実に彼らの視界にも入っていた。中年刑事は若い巡査に諭《さと》すようにいった。

「奴はすでにひとり殺している。奴は本気だ。俺には判る」

「なるほど、さすが……」

おいこら、待て待て。なにが『なるほど、さすが……』だよ。殺してねーよ。なんで俺が見ず知らずのヤクザを殺すんだよ。渋いベテラン刑事の雰囲気出しながら『俺には判る』とか適当なことというな。あんた、なんにも判ってねーじゃんか！

いいたいことは山ほどあったが、この状況でなにをいってもたぶん無駄。

仕方がないので翔太郎は、「おらおら、下がれ、下がるんだよ！」と刑事たちを遠ざけておいて、「で、これからどうするんだ、絵里香？」と人質にアドバイスを求める。

「船で逃げましょ。それしかないわ」

確かに、船を使うしかない状況だ。翔太郎は強気に命じた。

「よし。おい、おまえら、船を降りろ。ボヤボヤするな。よーし、降りたら船のロープを解《ほど》くんだ。早くしろ。死体がもうひとつ増えてもいいのか！」

二人の警官はあとずさるように船を降りた。中年刑事が制服巡査に何事か指示を送る。巡査は恨めしそうな顔でこちらを見やりながら、陸にもやってあったロープを解いた。

「よーし、そのままおとなしくしてるんだぞ」翔太郎は刑事たちを牽制しながら、絵里香を運転席に連れ込み、「で、どうしようか」と、また内緒の相談。自分ひとりでは何も決められない翔太郎。

「あんた、船を運転した経験は？」

「え、あるわけないだろ、そんなの」

「じゃあ、わたしがやるわ」絵里香は自ら舵輪《だりん》を握り締めた。「あんたは運転しているフリをしてなさい」

絵里香はエンジンを始動させ、ゆっくりと船をバックさせた。だが、梵天丸の舳先が岸壁を離れようとした、その瞬間、

「いまだ！」

陸上で黙って見送る構えだった刑事たちが猛然とダッシュ。そしてジャンプ一番、二人は梵天丸の舳先に並んでしがみついた。さすが警察、呆れるほど執念深い。

「くそ、あいつら無茶しやがる！」

翔太郎が目を丸くする前で、中年刑事と若い巡査は甲板によじ登り、二人揃ってこちらに向かってくる。殺人犯を黙って見逃すより、いまここで一戦交えたほうが得策と判

断したのだろう。

「畜生、こうなったら――」

運転席を出て応戦する構えの翔太郎。しかし絵里香はそんな翔太郎に鋭く命じた。

「いまは駄目！　摑まって！」

「え！」翔太郎はわけも判らず、運転席の側面に摑まった。「な、なんだ⁉」

そのとき、梵天丸のエンジン音がひと際高く唸りをあげたかと思うと、次の瞬間には、地震のような激しい振動が梵天丸を揺らした。小さな港で急激にバックした梵天丸は、その後部船体を港の防波堤に打ちつけたのである。

甲板を一直線に走っていた刑事と巡査は、いきなりの衝撃によってバランスを崩した。

「う、うわあッ」

「ひ、ひえぇぇ」

もつれ合うように船べりを越えた二人の身体は、空中で一回転してそのまま海上へと落下した。激しく舞い上がる波しぶき。海面に漂う警官二人。

「ナイスだ！　絵里香」

翔太郎は運転席の絵里香に賞賛の声を送った。「いいぞ、船を出せ！」

「了解」絵里香が威勢よく応じて舵を切る。

後部船体の損傷もなんのその、梵天丸はゆっくりとした右旋回で壇ノ浦の港を出た。海に浮かんだ刑事たちの罵声《ばせい》を背後に聞きながら、二人の船は力強く前進をはじめた。

壇ノ浦の港を出て、関門海峡へと飛び出した梵天丸は、そのまま速度を上げて直進した。港の景色が見る見る遠のき、海面に浮かぶ刑事たちの姿もやがて確認できなくなった。運転席から後ろを振り向きながら、絵里香が安堵に満ちた声をあげる。

「あー、よかったー、危機一髪だったわねー」

「ああ、まったくだ。おまえのおかげで、俺はすっかり凶悪犯だ」

翔太郎が精一杯の皮肉を口にすると、絵里香はまるで意に介さないふうで、

「なによ、不満？　警察に捕まるほうがよかった？　いまごろは殺人容疑で連行されてるわよ」

「だから、感謝してるって。おまえの機転がなければ、ああうまくはいかなかった」

いきなり人質のフリをしてみせたこと。逃亡に船を使おうと言い出したこと。そしてその船を岸壁に打ち付けて警官たちを振り落としたこと。すべて絵里香のお手柄といってよかった。さすが組長の娘といったら、彼女は怒るだろうか。

「――にしても、おまえが船の運転までできるとは思わなかったな」

絵里香の操る梵天丸は、傷ついた船体を震わせながらも順調な航行を続けている。見上げれば夏空が広がり、海は空よりもさらに青い。翔太郎は心地よい潮風を肌に感じながら、絵里香に尋ねた。

「運転、どこで習ったんだ?」

絵里香は当然というように笑顔で答えた。

「べつに、習ってないわよ」

「……………」

「パパと沖縄でクルージングしたとき、遊びで運転させてもらったことならあるけど」

「……………」

「それにゆうべ甲本さんが運転するのを近くで見てたから、だいたいの操作は判るわ」

「だいたい?」

「そう、だいたい」

「小型船舶免許とかは」

「いつか取りたいと思ってる」

「……………………………………」

「……………………………」

「……………………………」

「全速前進!」

「待て待て待て!」翔太郎は慌てて絵里香を押さえつけた。「じゃあ、さっき港の防波堤にバックで衝突したのはワザとじゃなくて――」

「ああ、あれ。あれは事故よ」

「事故……」翔太郎は顔面からサーッと血の気が引くのを感じた。「止めろ!　この船、いったん止めるんだ！　止まって、もう一度よく考えるんだ！」

「そんなことしていいの？」絵里香は海峡の東を指差して平然といった。「ここで船を止めたら、あの大型タンカーに巻き込まれるわよ」

「大型タンカー⁉　う、うわ」絵里香の指差すほうに目をやるなり、翔太郎は愕然《がくぜん》となった。東京都庁を海に浮かべたような巨大なタンカーがいままさに関門橋をくぐり、真っ直ぐこちらへ向かっている。「止まるな！　進め！　いや、バックしろバック！　いやいや、駄目だ、ぐるっと旋回して岸に戻れ！」

「それは手遅れね。下関側の岸壁にはもうサツの手が回っているはず。のこのこ戻っていったら捕まるだけよ。忘れないでね、翔太郎、あなたは殺人事件の容疑者で、少女を人質にとって警官二人を海に放り投げて、現在逃走中なんだってことを。事実はまったく違うけれど、少なくともサツの連中は、そう思い込んでいるはずよ。それでも岸に戻りたい？」

「そ、それは戻れんな」どうでもいいけど彼女、『サツの連中』とか口にするキャラじゃなかったはずなのに——「じゃあ、いったいどうすればいいんだ？」

「このまま真っ直ぐ進むのよ。そのほうがいいわ」

「真っ直ぐ⁉」翔太郎は梵天丸の運転席から真っ直ぐ前に視線をやった。船の舳先は海峡を隔てた向こう岸を向いている。ということは、まさか——「海峡を渡る気⁉」

「そう。関門海峡を横断して門司港へ向かうの」

まるで横断歩道を渡ってコンビニに向かうみたいな言い方だ。

「門司港には花園組の連中がいるけど」

「警察よりか、マシだわ」

「そうかなあ」翔太郎にはとてもそうとは思えない。

「大丈夫。こういう場面でわたしが頼りにできる人はひとりだけ。その人のところへいけば、きっと力になってくれる」

「頼りにできる人って、まさか花園周五郎《しゅうごろう》親分？」

「違うわよ、パパは頼りにならないもの」と、絵里香は父親をバッサリ切り捨てた。どういうわけだか花園周五郎は組長でありながら実の娘の信頼が極端に薄いようだ。

「わたしが頼りにするのは、お姉ちゃんよ」

「お姉ちゃんって――花園皐月《さつき》か」

昨夜、三千万円の受け渡しに利用した人物だ。その花園皐月に狂言誘拐の張本人が助けを求めるのか。なんだか妙な展開になってきた。だが、もはや選択肢はあまりない。虎穴に入らずんば虎子を得ず、の喩《たと》えもあることだし――

「よ、よし、仕方がない。門司港へ」

「了解」

絵里香はひと声発して、梵天丸の速度をさらに上げた。それはオンボロ漁船による関門海峡無免許横断という大冒険への旅立ちだった。

昨夜、身代金の受け渡しを終えて花園邸に戻って以降、皐月はずっと絵里香の無事な帰還、もしくは誘拐犯からの連絡を心待ちにしていた。その気持ちは花園周五郎や山部《やまべ》勢司《せいじ》、あるいは他の組員も同様だったはずだ。結局、黒木《くろき》や白石《しらいし》、平戸《ひらど》といった若い組員たちも皐月と一緒にリビングで夜を明かした。

周五郎は絵里香の名前をうわごとのように呟きながら、苛立《いらだ》たしげにリビングを往復するばかり。おかげで毛足の長い絨毯《じゅうたん》に獣道のような道筋ができた。

だが、今朝に至るまで事態はまったく進展していなかった。絵里香は戻ってこない。誘拐犯からの連絡もない。奇妙なことに高沢裕也との連絡も途絶えたままだった。

午前九時、皐月は山部を引き連れて車で花園邸を出た。理由のひとつは腹が減ったから。もうひとつは、近所の写真屋が九時に開店するから。そして最後のひとつは、徹夜でリビングを歩き続けた周五郎がとうとうソファで寝入ってしまって、一緒にいてあげる必要性が薄れたから、である。

皐月たちはまず写真屋にフィルムの現像を依頼した。出来上がりまで五十分かかるという。二人は近くの喫茶店でモーニング・サービスの朝食をとった。食後の珈琲をお代わりしながら、皐月は日刊スポーツを広げた。広島市民球場での五時間を超える熱戦は9－8で横浜の勝利。延長十二回、広島永川《ながかわ》、四球連発か……そうか、またか。また、あのフォークはベースの上を通らなかったのか……

　皐月は新聞を畳み、そっと溜め息を漏らした。

「そう気を落とすな」山部が見かねたように励ましの言葉を口にした。「絵里香お嬢さんはきっと戻ってくる。心配するな」

「あ——ああ、判ってる」べつに、そういう意味での溜め息ではなかったが、気遣ってくれるのはありがたいと思う。「ところで、勢司、そろそろ写真、出来上がってるんじゃないか」

　喫茶店の時計は十時を回っている。

「そうだな。いくとするか」

　二人は喫茶店を出て、写真屋で現像された写真を受け取った。車に乗り込み、出来上がった写真にざっと目を通す。やがて山部の表情に微かな驚きが広がった。

「なんだよ、なにか写ってたか」

　皐月が山部の横から写真を覗き込む。暗い海を疾走する漁船を後方から捉えた写真である。正直、光量不足のため写りはよくない。だが、後部甲板には確かに人の姿が確認できる。甲板の上に大の字で這いつくばったような恰好をしている。

「これが誘拐犯か？　男のようだな」

「確かに女のようには見えないな」

「しかしなんでまた、こんな恰好してんだ？」

「さあ。とにかく、これでひとつ判った。この大の字になった男の他に、運転席にもうひとりいるはずだから、少なくとも誘拐犯は二人以上だ」

「そうか。しかし、この写真じゃそれ以上のことは判りそうもねえな。船の名前でも写ってってくれたらよかったのに」

落胆の言葉とともに皐月は写真を山部に返した。もともと、そう大きな期待を寄せていたわけではない。仮になにかが写っていたとしても、そこから誘拐犯を手繰り寄せるのは難しい仕事だろう。やはり誘拐犯がおとなしく人質を解放することを期待したほうがよさそうに思える。

それから二人はそのまま車で花園組の事務所へと向かった。菅田敏明《かんだとしあき》がひとりで電話番をしているはずである。事務所に足を踏み入れると、菅田は電話を傍らにしながら、ソファの上で長々と横になってぐうぐう眠っていた。呆気に取られる皐月と山部。

「おいおい、こんなんで電話番が務まるのかよ」

「すいやせん、お嬢。いま起こしますんで」山部が拳骨に息を吹きかける。

「まあ、待てよ。――ちょっとそこのハリセン貸しな」

皐月は山部から愛用のハリセンを受け取ると高い位置にそれを構え、菅田の寝顔に向けて一直線に振り下ろした。「おい、起きやがれ！」

文字通り叩き起こされた菅田は、ソファから床に落っこちた。そして目の前に皐月と山部がいることに気づくと慌てて立ち上がり、いや、寝ていたわけじゃないっスよ、ただちょっと横になって目をつぶっていただけなんスから、と誰が聞いても苦しい言い訳。

「判った判った。いいから、ヨダレ拭きな」

皐月はそういって、さっそく本題に入った。「ところで昨夜の当番は菅ちゃんだったんだろ。どうだ、なにか変わったことはなかったか」

「いえ、特になにも」

「寝てて、なんで判るんだよ」と、横から山部が皮肉な口を挟む。

「いえ、寝てないっスから。ただちょっと横になって目をつぶっていただけっスから」

なんだてめー、その態度はー、失敗を素直に謝れねー奴は半人前だー、と怒り心頭の山部が菅田の胸倉を摑むのを、皐月が、まあまあ、と宥める。

「ところで菅ちゃん、絵里香からの電話は？」

「いえ、ありません。——絵里香お嬢さん、まだ戻っていないんスね」

「いまのところはな。じゃあ高沢さんからの連絡は？」

「いえ、それもないっス」答えてから、菅田は逆に聞いてきた。「高沢の兄貴が行方不明ってゆうべ平戸から電話で聞きましたけど、それホントなんスか。なんか、意味が判らないスけど」

「ああ、本当だ。あたしも意味が判らない。——菅ちゃん、もういっぺん高沢さんの携帯に掛けてみてくれないか」

「いいっスよ」菅田敏明は固定電話の受話器を摑み、高沢裕也の番号を押した。しかし、菅田はすぐに首を振って皐月のほうを見た。「駄目っスね。携帯の電源を切っているみたいっスよ。なんでかな？」

「そうか。やっぱり駄目か」

皐月は落胆の溜め息をついた。絵里香と同様、高沢裕也についての状況も、昨夜以来進展がない。いったい、どういうことだ？　皐月は山部に視線を送り意見を求める。山部は無言のまま首を振るだけだった。

ふと皐月の視線は吸い寄せられるように、ある一点を捉えた。平戸修平《しゅうへい》のロッカーだった。偽札の詰まった買い物袋が保管されているロッカー。そのとき皐月の胸の中に漠然とした不安が湧きあがった。それは、周五郎が用意した本物の三千万円と竹村《たけむら》印刷の金庫から持ち出した偽札三千万円分が、自分の知らないところで密かに入れ替わっているのではないか——そういう不安である。

もちろん昨夜平戸が電話越しに語ったミステリじみた発想——誘拐犯に偽札を掴ませて、本物の三千万円は手元に残す——そんな話が皐月を疑心暗鬼にしたことはいうまでもない。実際には、皐月は平戸の提案を一蹴したのだが、しかし平戸以外の人間でも同じような発想を得ることは充分可能だ。そのように考えれば考えるほどに、皐月は不安な思いに駆られるのだった。

ひょっとして自分は知らないままに偽札のほうを誘拐犯に渡してしまったのではなかったか。だから、誘拐犯はいまだに人質を解放しないのではないか。

だが、もちろんそんなはずはない。昨夜、花園邸を出発する直前、三千万円の身代金は皐月自身が検《あらた》めた。すべて本物の札束だった。移動中、三千万円の入った鞄は皐月の傍に常にあった。そして身代金受け渡しの直前に、皐月は山部と一緒に札束をアタッシェケースに詰め替えたのだ。偽札の入り込む隙などない。

偽札の三千万円分はいまもこのロッカーの中にあるはずだ。

皐月は平戸のロッカーの取っ手に手を掛けてみた。鍵が掛かっているので開かない。だが、合鍵はこの事務所のどこかにあるはずだ。

「おい、菅ちゃん」

と、皐月が菅田に鍵の存在を確認しようとした、ちょうどそのとき――

皐月の携帯が『仁義なき戦い』の着メロを奏でた。

画面を確認する。発信者は――花園絵里香！

「きた！」皐月は叫び声をあげながら、慌てて携帯を耳に当てた。「絵里香！　絵里香なんだな」

『お姉ちゃん？　お姉ちゃんね？』

「ああ、そうだ。無事なんだな、絵里香」

『う、うん、いちおう無事なんだけど――パパは傍にいる？』

「いや、親父はいない。ここは事務所だ。絵里香はいまどこにいるんだ？」

『わたし⁉　えーと、ここはなんていったらいいのかしら』

自分の居場所が判らないらしい。長い時間見知らぬ場所に監禁されていたのなら、無理もない話だ。皐月は努めて冷静な口調で絵里香に話しかけた。

「近くに目印になるものはないか。大きな建物みたいなものとか」

『大きな建物みたいな――あ、そういえば、大きな建物みたいな貨物船が、すぐ傍を通り過ぎたところ』

「?」貨物船がすぐ傍を——「それって海? もしかして関門海峡?」

『そう。わたし、いま関門海峡の真ん中。少し門司港寄りかしら』

「おいおい、なにいってんだ、絵里香。こんなときに冗談はよせ。海峡の真ん中だなんて——うわあ!」

何気なく事務所の窓から海側に視線をやった皐月は、その瞬間、目を見張ったまま腰を抜かしそうになった。海峡のど真ん中を、まさに絵里香がいうところの、大きな建物みたいな貨物船が航行中だった。

「あ、あ——」皐月は震える指先で貨物船を指しながら、「あそこか、あそこにいるのか、絵里香! う、嘘だろ」

『嘘じゃないわ。いま漁船で関門海峡を横断中。本当よ。わけあってこうなったの』

「いや、しかし……」いったいどんなわけがあればこうなるのか、皐月には全然理解できない。いや、それよりもなによりも、「その漁船は誰が運転してるんだ?」

『わたしよ』

「絵里香、船舶免許持ってないだろ!」

『そのうち取るわよ。それより、お姉ちゃんに聞きたいことがあるの』

「なんだ?」

『門司港側の陸地で、テクニックがなくても安全に接岸できる場所を教えて』

「判った」皐月は携帯を顔から離して、山部のほうを向いた。「勢司、このへんで安全な船着場はないか。なるべく人目につかないほうがいいと思うが」

「船着場⁉　よし、それなら」山部は皐月から携帯を受け取って、「絵里香お嬢さんですね、山部です。よく聞いてください。門司港側に着いたら、岸に沿って関門橋の方角に向かってください。和布刈《めかり》神社の手前に廃業したリゾートホテルがあります。そこの岸壁に小さな船着場が突き出ています。そこがいいでしょう。わたしたちもすぐに駆けつけますから、どうかご無事で」

皐月は山部から携帯を奪い取ると、絵里香に忠告した。

「いいか、絵里香、あたしたちがいくまで絶対に接岸するんじゃないぞ！」

『うん、判った。あ、それからお姉ちゃん――』

「なんだ？」

『わたしから連絡があったってこと、パパにはまだ報《しら》せないでくれる』

「なんでだ⁉　いや、まあいい。とにかく判った。親父には報せないでおく」

『ありがとう。それじゃまた後でね』

通話は切れた。事情を飲み込めていない萱田がおどおどと二人を見やる。

「あ、あの、なにがあったんスか。絵里香お嬢さんからの電話だったようですが、お嬢さんは無事なんスか」

「ああ、いちおう無事らしい。でもなんだか様子が変だ。とにかくいってみよう。勢司もこい」

「へい、お嬢」

「あ、それから萱ちゃん、絵里香から電話があったことは、いましばらく秘密にしといてくれ。親父にも内緒だ。いいな」

「え、え、どういうことっスか、それ」

困惑する菅田を残して、皐月と山部は事務所を飛び出した。


時間にすれば十五分程度だったろう。だが翔太郎にとってそれは究極的な緊張を強いられる十五分だった。

絵里香の運転する梵天丸は、巨大貨物船の目前を笹舟のように頼りなく横切ると、さらに唐戸―門司港を結ぶ海峡連絡船と交錯。互いの船の残した波紋は、海上に筆記体の『X』を描いた。そうこうするうちに梵天丸は海峡特有の速い潮流と、運転手の未熟さとが相まって、目的地から遥かに離れた門司港レトロ地区の沖合いに漂着。レトロ地区を散策する観光客から指を差されたり写真を撮られたりした。観光客の目には、オンボロ漁船もレトロな雰囲気を醸し出す観光アイテムのひとつに映ったのかもしれない。

「冗談じゃねー、こっちは警察に追われてんだぞー、写真なんか撮るなってーの！」

翔太郎は岸辺の人たちには届かない程度に大声をあげて憂さ晴らし。

梵天丸はあらためて東へ針路を取り、北九州の海岸線に沿って進む。このままいけば関門橋の門司港側の橋脚にたどり着く。橋脚のすぐ傍には和布刈神社という小さな古い神社がある。和布刈神社には海に生えている和布《わかめ》を刈って神様に奉納する和布刈神事という年中行事がある。和布刈神社および和布刈神事は、松本清張《まつもとせいちょう》が『時間の習俗』でアリバイトリックに利用したことで有名だ。

花園皐月との合流地点である廃業したリゾートホテルは、その和布刈神社に向かう途中にあるはずなのだが――

「あ、あそこよ。手を振ってるわ！　お姉ちゃ～ん！」

徐行運転の梵天丸の船上から、絵里香は大きく手を振った。

翔太郎は彼女の視線の先に目をやった。海岸にかつては純白だったと思われる背の高い建物が聳《そび》えている。リゾートホテルの成れの果てらしい。その海側の敷地から古いコンクリート製の船着場が海に向かって延びている。

船着場の上に二人の人間の姿が確認できる。ひとりは赤いタンクトップに細身のパンツを穿いた髪の長い女性。ひとりは黒いスーツ姿の長身の男。女のほうは花園皐月に違いない。男のほうが誰なのか、翔太郎には判らない。

絵里香は巧みな舵取りで、梵天丸を船着場へと接近させていく。ほんのわずかな時間の航海で、絵里香の運転技術は少し上手くなったようだ。と思ったところで、

「あら⁉」絵里香は急になにか大事なものを落っことしたようにうろたえはじめた。

「たた、大変よ、翔太郎！　この船、変！」

「なに⁉　変ってなにが」

「この船、ブレーキがないわ！」

「なんだって！」そう叫んでから、翔太郎はごく当たり前のことに気がついた。「船に

ブレーキなんて、もともとないだろ！」

「え、そうなの？」

「そうだよ、船の場合は――」スクリューを止めたり逆回転させたり、舵を進行方向に向けて垂直にしたりするのがブレーキ代わりなのだけれど、ああ、もうそんなことを悠長に説明している段階ではない。「ぶつかる～ッ！」

梵天丸の舳先は船着場のすぐ手前まで迫っている。船着場でにこやかに手を振っていた二人も、すでに異変を察知したらしく、血相を変え左右に分かれて逃げ出した。

「伏せろ！」

翔太郎は絵里香を抱きかかえて後部甲板に伏せた。梵天丸は右に急旋回しながらコンクリートの船着場に激突。船全体が軋《きし》むような不協和音。甲板の上を激しい衝撃が走り、梵天丸は左舷を船着場のコンクリートにゴリゴリ擦りつけながら、なんとか停止した。

恐る恐る顔をあげる。沈没の気配はない。さすが梵天丸。型は古いが、事故には強い。昭和の味を感じさせる立派な船である。

「大丈夫か、絵里香！」

「怪我はありませんか、お嬢さん！」

花園皐月と見知らぬ男が絵里香の身を案じながら、船に乗り込んでくる。

「お姉ちゃん！」絵里香の声は感極まったかのように震えを帯びている。そして絵里香は真っ直ぐ姉のもとに駆け寄ると、彼女の胸にしがみつくようにしてワッとばかりに泣き出した。「お……お姉ちゃ、ん……こ、恐かった……わ、わたし……恐かったよぉ」

皐月は妹を両手でしっかりと抱きしめ、子供をあやすように頭を撫でた。「よしよし、もう大丈夫だから……泣くな、泣くな」

花園姉妹の涙の再会を目の当たりにして、スーツ姿の見知らぬ男は、しみじみとした口調で、

「無理もない。誘拐犯に監禁されて長い時間不自由したんだ。きっと言葉にできないほどの恐怖を味わったに違いない」

と、まったく見当違いなことをいっている。絵里香は誰にも監禁されていないし、不自由もしていない。言葉にできない恐怖を味わったとするなら、それは誘拐犯のせいではなくて、関門海峡無免許横断という暴挙のせいだ。

「ところで、おまえは誰だ？　なぜ、お嬢さんと一緒にいる？」いまやっとその存在に気がついたというように、背広の男が翔太郎に聞いた。「誘拐犯ってわけではなさそうだが」

「ええ、まあ、誘拐犯とはちょっと違います――樽井翔太郎という、下関の大学生です」

「俺は山部だ。山部勢司」男は礼儀正しく名乗ってから、最初の疑問に戻る。「誘拐犯じゃなかったら、いったい何者だ？」

「えーと、それがその、なんといってよいのやら……」

翔太郎はしどろもどろになった。実際には、自分が誘拐犯であるかそうでないかは、微妙なところだ。だが、いまここで事件の顚末《てんまつ》を詳細に話す余裕はない。翔太郎も混乱しているのだ。

「とにかくあなたは花園組の人ですね。だったら見てもらいたいものがあります」

「あ、そうだった！」ようやく泣き止んだ絵里香が、姉の胸の中で顔を上げる。「忘れるところだった。お姉ちゃんも見て。大変なの」

翔太郎と絵里香は揃って後部甲板に進み、二人を貯蔵庫の前に招き寄せた。

「んー、なんだ？　釣った魚でも見せてくれるのか」皐月は怪訝な表情。

「ううん、魚じゃないんだけど……」

口を濁す絵里香。翔太郎は思い切って貯蔵庫の引き戸を開け放った。皐月と山部が中を覗きこむ。たちまち二人の表情が強張った。

「こ、これは、高沢さんじゃねーか！」

「あ、兄貴がなんでこんなことに――」

山部勢司は高沢裕也のことを兄貴と呼んだ。もちろん実の兄ではなく、兄貴分という意味なのだろう。山部は兄貴分の死体を前にして、いっとき愕然とした表情。だが、間もなく彼は立ち直った様子で、自ら進んで死体の状況を検めはじめた。

「それほど古い死体じゃない。殺されたのは昨日の夜から今朝にかけてだろう。刃物で左胸をひと突きされている。凶器はドスかナイフってとこだな」

山部はそれだけいうと皐月のほうを向いた。

「お嬢、すぐおやっさんに連絡を」

おやっさんというのが花園周五郎組長を指していることは、翔太郎にも判る。組のナンバー2が死体で発見されたのだ。組長に報告するのが普通だろう。だが、予想に反して皐月は首を振った。

「いや、まずは絵里香からひと通り事情を聞いて、それから考えよう。どうやら、なにか事情がありそうだ。そうなんだろ、絵里香」

絵里香は困ったような顔で黙って頷いた。

「それじゃ、兄貴の死体をこのままにしとくんですか」

山部にいわれて、皐月はあらためて貯蔵庫の中で窮屈そうに身体を折り曲げている高沢を見やった。皐月の表情には憐憫《れんびん》の色が濃く浮かんでいる。

「せめて建物の中に運んでやりたいところだな」皐月は廃墟となった白い建物のほうに目をやり、それから山部と翔太郎のほうに視線を移した。「ちょうど、男手も二人分あることだし、ひと仕事やってもらうか」

え、それって、どういう意味——

嫌な予感に顔面を硬直させる翔太郎。その隣で山部がひるみもせずに即答した。

「へい、承知いたしやした、お嬢」


思い出したくもないひと仕事を終えた翔太郎と山部勢司は、花園姉妹とともに車で門司港の繁華街へ。目的地はビルの地下にある隠れ家的な店、『Ｂａｒ深海魚』。その入口を皐月は自分の持っている鍵で開けて、翔太郎たちを中へと招きいれた。

「入んな。遠慮はいらない。どうせ他人の店だから」

聞けば、皐月はこの店でときどきバイトをしているのだとか。まだ昼間なので、当然バーの中はガランとしている。内緒の話をするには絶好の環境というわけだ。

「二人とも腹減ってるんだろ。じゃあ、パスタでも茹《ゆ》でよう。よし、あたしが――」

「いえ、お嬢、ここはわたしが」

山部が皐月を押しのけるようにしてカウンターの中に入り、小さな厨房《ちゅうぼう》でパスタを茹ではじめた。ヤクザがパスタを茹でている。なんだ、この光景は？　呆気に取られる翔太郎に絵里香が耳打ちする。

「お姉ちゃんの料理は激マズだって評判なのよ。きっと舌が病気なんだわ。かわいそうに……」

絵里香は心底哀れむように目を伏せる。しかし、そんな絵里香が焼いたホットケーキも忘れがたいほど衝撃的な代物だった。皐月と絵里香、一見したところあまり似ていないようだが、確かに二人は血を分けた姉妹に違いない。壊れた味覚がその証拠だ。

とにもかくにも、翔太郎と絵里香の前にトマトソースのパスタが並び、二人はそれを食べながらここに至る経緯のすべてを打ち明けた。

絵里香が自ら誘拐されることによって妹の手術費用を作ろうと考えたこと。翔太郎がそれに協力を約束したこと。さらに先輩である甲本を仲間に加えたこと。甲本が中心になって身代金受け渡しの方法を考えたこと。身代金の受け渡しは思惑通りにいったこと。しかしながら、今朝目覚めてみると、奪った金の大半を甲本が持ち逃げしていたこと。

そして、なぜか梵天丸に高沢裕也の死体があったこと。そこへタイミング良く（悪く？）警察がやってきて、二人は梵天丸で海上へと逃げ出したこと――

「なるほど。そういうことだったのか」

二人の話をひと通り聞き終えた皐月は大きく頷き、それからなにを思ったのか、「ちょっと君、こっちへきてくれ」といって店の片隅に翔太郎を手招きして二人だけの密談をおこなった。

「君、いまの話は、あれがすべてなのか。そうじゃあるまい。だってそうだろ、君は健康な男子で絵里香はあたしと甲乙付けがたい美人だ。それが数日一緒に過ごせば、普通はあんなことこんなことか、いろいろあるだろう。恥ずかしがらなくてもいい、正直にいえば、あたしは文句はいわない。ほれほれ、いうてみー」

「な、なにいってるんですか」翔太郎は慌てて否定した。「お姉さんが疑っているような出来事はなにもありませんでしたよ。だいたい、俺たち甲本さんと三人で行動していたんですから、あるわけないじゃないですか」

「そうか。それは残念」

皐月は翔太郎の背中をポンと押して席へと戻す。そして入れ替わりに絵里香を招き寄せ、割と大きな声で事実確認。

「――と、彼はいっているんだが、本当か」

「全然違うわ。詳しいことはいえないけれど、ラブホに誘われたのが二回、寝ているところを襲われそうになったのが二回」

「へー」

「もちろん四回ともきっちり断ったけど」

二人の視線がいっせいに翔太郎に注がれる。変質者を見るような冷たい視線。

「………」

いたたまれなくなった翔太郎は猛烈な勢いで席をけって、脱走兵のようにバーの出入口を目指した。だが、自由への扉に手が掛かる寸前、彼は山部の手で取り押さえられ、抵抗する間もなく床に組み伏せられた。

「俺がなにしたっていうんですか〜、なんにもしてないじゃないですか〜」

「どうします、お嬢さん。とりあえず小指でももらっておきますか」

「誰がやるか、そんなもん〜、俺の小指だ〜」

「いいのよ、山部さん、四回とも結局なにもなかったんだから。放してあげて」

「サンキュ〜、絵里香〜、恩に着るぞ〜」

「しかし、四回は多いな、四回は」皐月は呆れ顔で腰に手を当てて、「普通、一回で決めるか、二回で諦めるかの、どっちかだと思うが……君、見かけによらず相当な兵《つわもの》だな」

皐月の声にはむしろ感嘆の響きさえ感じられた。翔太郎はもはや言葉もなく敗残兵のようにうなだれるばかりだった。

翔太郎の不埒な行動についての断罪は、この際保留。話は再び事件へと戻った。

まず山部が絵里香に質問した。

「昨日の晩――というか今朝の午前三時ですが――身代金の受け渡しが関彦橋でありましたよね。あのとき、俺もお嬢と一緒に現場にいたんですが、橋の下でなにがおこなわれているのか、どうもよく判りませんでした。誘拐犯たちが橋の真下にいて、海に浮かんだアタッシェケースをあっという間に回収して逃げ出したことだけは、判るんですが。いったい、どうやったんです？」

「ああ、例のロープウェイ方式ね。あれは甲本さんのアイデアよ。ヒントを与えたのはわたしたちだったようだけど」

絵里香はあらためて橋の下での出来事を説明した。

「橋の欄干に結ばれていた釣り糸があったでしょ。あの釣り糸はいったん海面まで真っ直ぐ延びて、そこからたるんだ状態で梵天丸の運転席に結んであったの。そこへお姉ちゃんがやってきてアタッシェケースを釣り糸に引っ掛けて、橋から落とす。アタッシェケースはすぐには沈まないから、しばらくは海面に浮かんでいる。そこで梵天丸をゆっくりスタートさせるの。釣り糸が張り詰めていくにしたがって、ケースは上に引っ張られていく。やがてケースは完全に空中に浮いた状態になり、ロープウェイのゴンドラのようにするすると船上に移動してくる。そこで釣り糸を切って、ダッシュで逃げる、というわけ。判るかしら？」

「ははあ、だいたい判ります。なるほど、それでロープウェイですか」

山部は感心したように腕組みする。だが、皐月は納得がいかない表情で、

「判らないな。なんでそんな面倒くさいやり方するんだ？　あたしに橋の上からアタッ

シェケースを落とさせて船の上で翔太郎君なり甲本なりが、それをキャッチする——そんな単純なやり方でもいいんじゃないのか」

「ううん、それだと問題があるの。ひとつは顔を見られたり写真を撮られたりする危険が高いということ。もうひとつ問題なのは……ひょっとしたらお姉ちゃんが橋の上から拳銃で撃ってくるかもしれないと……」

絵里香の答えに皐月は「あははは——」と朗らかな笑い声をあげ、それから真剣な顔で頷いた。「なるほど、その可能性はあるな」

あるのかよ。翔太郎はまたしても背筋に冷たいものを感じた。

「うむ、確かに橋の真下に隠れてりゃ、橋の上から拳銃で撃たれる心配はないな」

山部もごく普通に頷く。拳銃の存在をだーれも否定しないのがとても恐い。

「ゆうべは、あたしもすっかり騙された」皐月が口惜しそうにいう。「敵は水門のほうから現れるのかと身構えていたんだ。橋の真下は盲点だった」

山部がスーツのポケットから一枚の写真を取り出しながら、翔太郎にいった。

「俺たちは誘拐犯が漁船で逃げていくのを写真に収めることしかできなかった。じゃあ、ここに写っているのは君か、それとも、その甲本って奴か？」

山部は写真を翔太郎に手渡した。翔太郎はその写真をじっくりと眺めた。

「これは確かに梵天丸——やっぱり写真に撮られていたんですね」

夜の彦島運河を逃走する梵天丸。その後部甲板に大の字になって這いつくばった人間の姿が写っている。ぼんやりとした写り具合だが、それでも翔太郎にはそれが昨夜の自分の姿であると確信できた。あのとき、梵天丸が急加速して翔太郎は甲板でひっくり返った。ちょうどその瞬間を撮られたものだ。

「ええ、間違いありません。ここに写っているのは俺ですね。甲本さんは運転席にいましたから」

するとは皐月が翔太郎の手から写真を奪い取るようにしながら、

「絵里香はどこにいたんだ？　この写真には写っていないじゃないか」

「わたしは例の貯蔵庫の中に隠れていたから」

「ああ、あの死体のあった……」

皐月はそういってから失言だったというように黙った。代わって山部が口を開く。

「問題はその後です。絵里香お嬢さんと他の二人は、三千万円の入ったアタッシェケースを抱えてアジトに戻った。しかしその直後、お嬢さんたちは睡眠薬で眠らされ、目覚めると五百万円だけを残して甲本の姿は消えていた。そして梵天丸に高沢の兄貴の死体が転がっていた。これは、どう考えたらいいんです？」

翔太郎が判る範囲で答える。

「二千五百万円は甲本先輩が持ち逃げしたと見て、まず間違いないとは思うんですが」

「だとすると、高沢の兄貴を殺したのも、その甲本と見ていいってことなのか？」

「いや、そこがよく判らないんですよ。なぜ先輩が花園組の人を殺したりするのか」

「逆ならあり得るんだがな」皐月がさらりと恐いことをいう。「甲本と高沢さんの間に、面識はあったのかな？」

「判りません――あ、だけど先輩は花園組には多少の恨みを抱いていたみたいですから、ひょっとすると過去になにか因縁があったのかもしれません。でも、それで人殺しまでするでしょうか……」

「そういわれても、あたしたちはその甲本って奴を直接知らないから、判断のしようがないな。――絵里香はどういう印象なんだ？　甲本って奴は人殺しをやりそうな男か？」

すると、意外なことに絵里香は真っ直ぐに皐月のほうを向いて否定した。

「いいえ、お姉ちゃん、甲本さんは人殺しじゃないと思う。確かに、二千五百万円を持ち逃げしたのはあの人で間違いない。あの人はわたしと翔太郎を裏切った。でも、あの人は五百万円を残しておいてくれたわ。三千万円全部持っていくこともできたのに」

「だから、いい人だとでも？」皐月は鼻で笑うようにいった。「五百万円残しても、裏切ったことには違いないんだぞ」

「判ってる。だけど、甲本さんがなぜ五百万円をわたしの手元に残したか、その理由を考えてみたの。たぶん、この五百万円は詩緒里の手術費用だと思う。ほら、翔太郎は覚えているでしょ、身代金をいくらにするか三人で話し合ったとき、妹の手術費用は五百万もあれば充分だって、わたしがそういったこと」

確かにそうだった。でも五百万円では身代金としては安すぎるということで、三千万円という金額に落ち着いたのだ。

「甲本さんは自分が三千万円を全部持ち逃げすれば、わたしの妹が死ぬと思った。彼はそれが嫌だから、五百万円だけは残しておいたんだと思う。彼は目の前の大金を独り占めしたいとは思ったけど、それによって誰かの命が犠牲になることは避けたかったのよ。それから甲本さんは翔太郎にこんなことをいったんだって。『俺は大金積んで頼まれても誘拐犯にはならないけど、詐欺師にならなってやってもいい』。その言葉はたぶん彼の本音だと思うの。実際、彼は詐欺師だった。花園組を騙し、その上、わたしや翔太郎まで騙した、最低な詐欺師よ。でも、彼はあくまでも詐欺師であって誘拐犯じゃない。まして殺人犯にはなれない人だと思うの。――おかしいかしら、わたしがいってること?」

心配そうに皐月の表情を窺う絵里香に、花園皐月は勇気付けるようにいった。

「いや、絵里香のいうとおりかもな」

話を終えた四人は、揃って地下のバーから地上に出た。路上に出るなり山部が皐月に向かって小さく頭を下げた。

「それじゃお嬢、俺はいったん家に戻ります。おやっさんと絵里香お嬢さんの感動の対面を見たい気もしますが――やっぱりやめときますよ。こういうことは、親子水入らずのほうがいい」

「とかなんとかいって、修羅場を見たくないだけだろ」

「べつにそういう意味じゃありません。ただシャワーを浴びたいだけですよ」

高沢の死体を運んだ後だから、そう思うのも無理はない。翔太郎も同じ気持ちだった。

皐月は「判った」と片手を挙げた。絵里香は小さく頭を下げる。山部は小走りに歩道を進むと、やがて角を曲がって姿を消した。なかなかスマートな退場の仕方だな、と翔太郎は感心した。

「それじゃ俺も下関に戻ります。感動の対面を見たい気もしますけど、こういうことは親子水入らずのほうが……」

「君は駄目だ。当事者だろ！」皐月は背中を向けようとする翔太郎の首根っこを捕まえて、ニヤリと残酷な笑みを口許に浮かべた。「せっかくここまできたんだ。君を花園邸に招待してあげよう。紹介したい人物がいるんだ」

「紹介したい人物って……」

「あたしの親父、絵里香のパパだ」

「花園……周五郎……」

翔太郎の喉がゴクリと鳴った。

「そう怖がらなくていい。花園組の組長といっても、普通のおじさんだ。な、絵里香」

「そう、普通よ」絵里香は姉の言葉に素直に頷いた。「べつに恐くないわ。ただちょっと乱暴なだけ」

それが恐いのだ。翔太郎は体中の血液が下がっていくような嫌な気分を感じた。

「あの、俺はどうなるんでしょう……俺は花園組に楯突いた馬鹿な学生として、ボコボコにされてしまうんでしょうか……」

あるいは門司港に沈められてしまうのでしょうか。

「いや、心配いらない」皐月が翔太郎の肩に手を置いた。「君のやったことは法律上はどうかしらないが、この世界では非難されることではない。君は困っている絵里香を助けようとして力を貸した。いわば義侠心からの行動だ。親父は絵里香のことが大好きで、なおかつこの義侠心というやつが大好きな男だ。きっと君の行動を理解するだろう。案外、気に入られるかもしれないぜ」

ヤクザの組長の家といえば純日本風の木造建築、他者の侵入を拒むかのようないかめしい門構え、広大な日本庭園には凝った枝振りの松や梅、池には高価な錦鯉《にしきごい》――と翔太郎は勝手に想像を膨らませていたので、綺麗なお花畑に囲まれたメルヘンな感じの西洋館を目の前にしても、それが花園邸であるとはなかなか信じられなかった。

いったい、どういう趣味なんだ？

不思議に思った翔太郎が、「これはおまえの趣味？　それともお姉さんの趣味？」と小声で聞くと、絵里香は首を振ってひと言、「パパの趣味よ」

いったい、どういうパパなんだ？

翔太郎の不安と疑問をよそに、皐月は花園邸の大きな玄関扉の前に立つ。絵里香が不安そうに皐月のほうを見やりながら、

「わたし、パパになんていえばいいのかしら？」

「『ただいま』っていえばいいんじゃねーか」

皐月はそういって無造作に扉を開け放った。すると、待ち構えていたかのように屋敷

の奥からドスの利いた男性の声が響いた。

「皐月か⁉　皐月なんだな！　ええい、わしが居眠りしている間に勝手に出ていきおって、まったくこの大変なときに……」

「た――ただいま、パパ」

「なんだ、絵里香か。絵里香に用はない……ああ、風呂を沸かしといてくれ」

「？」絵里香はキョトンとした眸で皐月に尋ねる。「わたしがお風呂沸かすの？」

「んー、親父、なんか勘違いしてるみてーだなー」

皐月は指先でこめかみのあたりを掻いた。

一瞬の静寂。やがて屋敷の奥で誤ってゴキブリを踏みつけたかのような小さな悲鳴。続いて屋敷全体に響き渡るけたたましい足音。間もなく玄関ホールに休日のサラリーマンと大差ない恰好の中年男が飛び出してきた。絵里香のパパ、花園周五郎である。周五郎は翔太郎や皐月の姿はまるで目に入らないかのように、一直線に絵里香のもとに駆け寄ると、

「絵里香ぁあ――ッ！」

愛する娘の名前を呼びながら、彼女の身体が「く」の字に折れ曲がるほどに強く抱きしめた。絵里香はあきらかに嫌がっているのだが、立場上、あまり強いこともいえないので、されるがままになっている。なんだか気の毒。やがて、あまりの暑苦しい抱擁に絵里香の目が虚《うつ》ろになったのを見て、皐月がストップをかけた。

「親父、もうそのへんにしろよ。絵里香が窒息しそうだぜ」

「あ、ああ、そうか。すまん。喜びのあまりつい――」

周五郎がようやく絵里香の身体を自由にすると、絵里香はすでに失神寸前の態《てい》。ふらりとよろけた絵里香は、すがりつくように翔太郎の胸へ。絵里香の身体を両手で受け止めた瞬間、翔太郎は突き刺さってくるような熱い視線を肌で感じた。

「ん――おまえは、誰ね？　見かけん顔やばってんが」

「は、はい、俺は……いえ、僕は樽井翔太郎といいまして、あの、これには深いわけがありまして……」

「ん!?」瞬間、周五郎の目が怪しい輝きを帯びたかと思うと、彼の口許が意味不明の言葉を発した。

「あいうえお」

「は？」

「あいうえお！　いうてみんね」

「はあ――あいうえ、お？」

「ハナゾノ・シューゴロウ」

「は――花園周五郎」

「カラトノオキニシズメテヤル」

「唐戸の沖に――あ！」

気がついたときにはもう遅かった。目の前で周五郎の右腕が一瞬持ち上がったかと思うと、その拳は綺麗な右ストレートとなって翔太郎の顔面を打ち抜いていた。

「この、誘拐犯があぁ――ッ！」

「きゃあああッ！」

悲鳴をあげたのは翔太郎ではなくて、絵里香だった。翔太郎は悲鳴をあげることさえできずに、その身体は真後ろに倒れながら一瞬宙に浮いた。宙を舞いながら翔太郎は迂闊な自分を呪った。

ああ、そういえば俺、脅迫電話を掛けたときに、この人と結構長い時間喋ったんだ。声でバレたとしても不思議はないんだ。なんで殴られる前に気がつかなかったんだろう。

そう思った直後、翔太郎は玄関ホールの硬い床に叩きつけられ、失神した。

第五章

鍵

「親父、腹を立てずによく聞いてくれよ。今回の絵里香《えりか》の誘拐事件、実はな、狂言誘拐だったんだ。判るな、狂言誘拐」

花園邸《はなぞの》における唯一の和室。胡坐《あぐら》をかいた皐月《さつき》が、正面に座る周五郎《しゅうごろう》に対して慎重に言葉を選びながら説明する。すると周五郎は難しげな顔で「狂言誘拐⁉」と繰り返し、眉間に深い皺を刻みながら呟いた。「確か、狂言誘拐というのは狂言師が誘拐される事件ではなくて……」

「おいおい……」

皐月は呆れた声をあげ、隣の絵里香は「パパもこのレベルなのね……」と落胆の表情を浮かべた。

こういった具合なので、周五郎に狂言誘拐の経緯を説明するのは皐月にとって骨の折れる作業だった。まして高沢裕也《たかざわゆうや》殺害に至っては、絵里香や皐月にとっても意味の判らない出来事なのだから、周五郎にそれを納得させるのはなおさら困難だった。

「ごめんなさいパパ。わたしのせいでこんなことに」

絵里香本人がきちんと正座をして、目に涙を浮かべながら畳に両手をついて謝っても、周五郎はポカンと口を開けて呑み込めない様子。最愛の娘絵里香に騙されていたという事実は、周五郎にとって到底受け入れることのできない話だったらしい。

「判らんな。要するに誰が絵里香を誘拐したのだ？」

「わたしなの。わたしが自分で自分を誘拐したのよ」

「目的はなんだ。パパの愛情を確かめたかったのか」

「違うわ。お金よ。詩緒里《しおり》の手術代が欲しかったの」

「詩緒里の手術代を奪ってどうする気だったんだ？」

「決まってるじゃない。詩緒里を助けたかったのよ」

「手術代を奪ったら、詩緒里は助からんじゃないか」

「手術代が手に入れば手術が受けられるじゃない！」

「……………………」

「……………………」

「やはり、パパの愛情を確かめたかったんじゃ……」

「そんなの確かめてもなんの意味もないじゃない！」

父と娘の会話は、どこまでいっても平行線だった。

傍で聞いていた皐月はそっと溜め息をこぼすと、これ以上の話し合いは無意味と判断して立ち上がった。

「ええい、こんなことやってたんじゃ日が暮れちまう」皐月は周五郎のもとに歩み寄り、相手の袖を摑んで強引に立ち上がらせると、「これ以上、言葉で説明しても埒が明かねえ。だいたい、この事件はもう狂言誘拐がどうとかいってるレベルの話じゃねえんだからな。現実がどういうもんだか思い知らせてやるよ。きやがれ、親父！」

「こ、こら、皐月。なにするつもりだ」

「くれば判る」皐月はそういって周五郎を引きずるように和室を出ると、襖の間から首だけ覗かせながら、「絵里香は家でおとなしくしてな」

絵里香は呆気に取られながら頷いた。

皐月は周五郎をベンツの助手席に押し込むと、自らハンドルを取って花園邸の門を飛び出した。

「どこへ連れていくつもりだ、皐月」

「廃業したリゾートホテルだ。そこに高沢さんの死体がある。親父だって見といたほうがいいだろ」

「そういうことか」周五郎は助手席の背もたれに身体を預けながら、ゆるゆると首を振った。「しかし、信じられん。あの高沢が殺されただと。狂言誘拐だけでも信じられないというのに。なにかの間違いじゃないのか」

間違いではない。問題はすでに絵里香たちの企んだ狂言誘拐を離れて高沢裕也殺害事件へと移っている。現在の状況がどうしても呑み込めない周五郎には、高沢裕也の死体を実際に見てもらうに限る。そうすれば、この認識不足の親分も、花園組の置かれた状況を多少は理解するだろう。

二人がリゾートホテルの廃墟に到着したころ、すでに太陽は西に傾きかけていた。崩れかけた建物は、逆光の中で黒いシルエットを怪しく浮かび上がらせている。日が沈む前にこられて幸いだった。夜中には、あまり足を踏み入れたくない場所である。

ホテルの玄関先に車を停めて、建物の中へ。かつてのエントランスホールだった場所へと進む。そこは海峡側の窓から差してくる西日に照らされて、オレンジ色のまぶしさが満ちている。皐月は窓際のソファに周五郎を案内した。そこには物言わぬ高沢裕也が眠っている。船の上の死体を山部《やまべ》と翔太郎《しょうたろう》が苦労してここまで運んだのだ。

周五郎は高沢の死体を前にして小さな呻き声を発すると、神妙に両手を合わせた。やがてつぶっていた目を開けた周五郎は、嘆息するように死者を惜しむ言葉を口にした。

「高沢はわしのもっとも信頼する右腕だった」

「ああ、そうだったな。いい人だった」

「うむ、ゆくゆくは皐月と一緒になって花園組を背負って立つはずの男だったのに。惜しい男を亡くしたものだ……」

「おいおい」皐月は父親の言葉に面食らって、思わず大きな声をあげた。「親父、そんなこと考えてやがったのかよ！」

「そうだとも。それがわしの夢だった。おや、おまえにはいってなかったかな？」

「初耳だぜ。そんなこと想像したこともなかった」

実際、皐月は高沢のことをそういう目で見たことは一度もなかった。皐月にとって、高沢は昔から知ってる親戚のお兄さんみたいな存在だった。

「そうか。まあいい。こうなってしまっては仕方のないことだ」周五郎は気を取り直すようにいうと、いつになく真剣な表情で皐月を見た。「それで、高沢を殺したのは、要するにその甲本《こうもと》とかいう奴なんだな？　そいつが二千五百万円を奪い、高沢を殺して逃げた。そうなんだな？」

「いや、そう決め付けるほどの根拠もないんだが——」皐月は前のめりになる周五郎を押し返すように慎重に言葉を選んだ。「絵里香たちの話を聞く限りでは、確かに甲本がいちばん怪しく思える。だが、犯人かどうかは判らないぜ。絵里香自身は、彼は犯人ではないといっている。いずれにしても、その甲本が事の真相を知っている可能性は高いだろうな」

「だったらそれで充分だ」

「どうする気だ？」

「決まっておる。その甲本とかいう男を、草の根分けてでも捜し出すのだ。捜し出して洗いざらい吐かせてやる」

「そうか」まあ、捜してみる価値はあるかもしれない。「じゃ頑張れよ、親父」

「他人事《ひとごと》みたいにいうな。皐月、おまえもこい」

「いや、あたしはもうしばらくここにいる。いくんなら親父ひとりでいってくれ」

皐月は車のキーを父親に投げて寄越した。

「ふん、勝手にするがいい」周五郎はあらためて高沢の死体に向き直ると、エントランスホール全体に響き渡る大声を発した。「高沢、おまえん仇《かたき》は、わしが必ずとってやるけんね！　花園組ば舐めたらどがん目に遭うか、犯人に思い知らせてやるたい！」

気合を込めてそう宣言した周五郎は、怒った虎のような足取りで、ひとり猛然とエントランスホールを出ていった。間もなく、建物の外から高らかな排気音が響くと、周五郎のベンツはタイヤを軋ませながらホテルの敷地を出ていった。

やれやれ――周五郎を見送った皐月は、ひとり溜め息まじりに首を振った。まったく単細胞に手足が生えたような父親の行動には、どうもついていけない。捜す捜すというけれど、いったいどこをどうやって捜すというのだろう。おそらくは彼自身、特に捜すアテがあっての行動ではあるまい。ならば草の根分けたところで、なにも見つかるはずはない――

「ま、親父の好きなようにやらせておくか」

皐月はそう呟きながら、目の前の高沢の死体を見つめた。ところで、この死体はどうすればいいのだろうか。警察に通報すれば、なんだか面倒なことになりそうなのだが、かといって放置したままでは死んだ高沢がかわいそうだ。そういえばここは廃墟とはいえ、元はホテル。捜せばシーツくらいあるか――

「死体に掛けといてやろう」

思い立った皐月はエントランスホールを出て、階段を二階へと上がった。二階には客室の扉がずらりと並んでいる。目に付いた部屋に適当に入り、ベッドの上に広げてあったシーツを摘《つま》み上げる。たちまちシーツの表面から盛大な埃《ほこり》が立ち、西日に照らされた部屋の中を舞った。皐月は口許に手を当てて窓際に駆け寄り、慌てて窓を開け放った。

「やれやれ――」

窓の外でシーツの埃をはらいながら、ふと正面を見る。そこには関門橋と海峡の景色が広がっている。なかなかの眺めだ。なぜ、このホテル、潰れたのだろう？　結構、いいロケーションなのに——そんなことをぼんやり考える皐月の視界の片隅に、海峡の潮の流れを示す電光掲示板が映った。そういえば、絵里香は狂言誘拐を演じる間、甲本の家に寝泊りしていたといっていた。その甲本の家は壇ノ浦にあり、電光板のすぐ傍だったそうだ。ということは——

「あのあたりがそうなのか……」

ホテルから海峡を挟んで、ほぼ真正面。電光板の足元あたりに古い住宅が密集している。あの中の一軒が甲本の家というわけだ。

「こうして見ると、意外に近くなんだな」

昨夜、山部と一緒に身代金を運ぶ途中にも同じ電光板を見たが、そのときはまさかその近くに絵里香の隠れ家があるなどとは夢にも思わなかった。もちろん、そこで高沢が殺害されるなどということも想像できないことだった。

「ん、待てよ——」

皐月はいまさらのようにひとつの疑問を抱いた。なぜ高沢は甲本の家で殺されていたのだろうか。甲本が高沢を自分の家に呼び寄せたのか。あるいは高沢のほうから甲本の家を訪れたのか。いずれにしてもそれは高沢が甲本の家を知っていた、ということになるのではないか。もし高沢が甲本と面識があり、その家を知っていたのなら、そこに絵里香がいることも高沢は知っていた可能性がある。

高沢は甲本の家に絵里香がいることを知り、絵里香を救い出そうと考えて甲本の家を訪れ、そこで返り討ちにあって殺害された。そういう考え方はできる。一方、まったく逆の可能性もある。高沢は実は甲本と密かに通じていたのではないか。二人は互いに情報を交換しながら、今回の狂言誘拐のどさくさに紛れて、三千万円を自分たちのものにしようとしたのではないか。しかし、最後の最後で二人の間に仲間割れが生じ、高沢は甲本に殺害された――

「考えすぎか……」

悪い考えを振り払うように皐月は頭を振った。だが、なにかが引っ掛かる。真相に微かに触れるなにか。その正体を考え考え、皐月は階下へと戻っていった。

とりあえず薄汚れたシーツを高沢の死体に掛けてやる。

あらためて死者に向かって両手を合わせる皐月。そのとき、背後に人の気配を感じた。

皐月はハッと目を見開き、振り向きざまに身構えた。

「――誰だ!?」

翔太郎は混濁した意識の中で、現在の状況を認識しようと努力した。

まず自分は足で立っているのではない。横になっている。身体を柔らかい物体で包み込まれている感覚があるから、たぶん布団の中なのだろう。では、なぜ寝ているのか。そして先ほどから感じる左頬と後頭部の痛みは、いったいなんだ。ああ、そういえば花園周五郎に殴られて真後ろに転倒して、それっきり――後はなにがどうなったのか記憶がない。

おそらく自分は気を失って、花園邸のどこかの部屋に運びこまれて、布団に寝かされたのだろう。そういえば寝ている自分の左右に、先ほどから人の気配を感じる。花園姉妹――皐月と絵里香だ。よかった。彼女たちが周五郎を止めてくれたのだ。そうでなければ自分はあのまま周五郎に半殺しにされていたに違いない。

翔太郎はひとつ大きく息を吐くと、ようやく閉じていた目蓋を開いて状況を確認した。

眼前を覆い隠すように翔太郎の顔を真上から覗きこむ、二人のヤクザ――

「………………」

翔太郎は目を閉じた。いけない、まだ夢の中らしい。早く目覚めなくっちゃ……

翔太郎は呼吸を整え、それから先ほどの二人のヤクザが今度は美人姉妹に替わっていることを祈りながら、あらためて目を開けた。だが、翔太郎の祈りも空しく、やはり彼を両側から覗き込んでいるのは、二人のヤクザだった。翔太郎は短い悲鳴をあげながら、布団を跳ね飛ばすようにしてベッドの上に身体を起こした。

「だ、誰ですか、あ、あなたたちは！」

そういって二人のヤクザの顔を交互に見やった直後、翔太郎は思わずもう一度叫び声をあげそうになった。二人の顔に見覚えがある。いや、見覚えがあるどころではない。翔太郎は彼らをつい先日ボコボコにしたばかりである。名前は黒木《くろき》と白石《しらいし》、確か絵里香がそう呼んでいたはずだ。

しかし——と翔太郎は咄嗟に考えた。ここは知らぬフリを決め込む場面ではあるまいか。翔太郎は先ほどの台詞をもう一度繰り返した。

「誰ですか、あなたたちは？」

「まあまあ、そう心配せんでええ。俺らは花園組のもんや」

黒い背広を着た小太りのほう——黒木が答えた。

続けて白い背広を着た痩せたほう——白石がいった。

「あんたの世話するようにお嬢から頼まれたんやけど、ま、それはそれとしてやな」

二人は息の合ったところを見せつけるように、左右から翔太郎に顔を近づけた。

「どうも、あんたの顔、どっかで見たような気がするんやけど……のう、シロくん」

「俺もさっきから気になっとるんやけど、どうも思い出せへん……のう、クロちゃん」

二人は翔太郎の顔を舐め回すかのように鋭い視線を浴びせてくる。いたたまれなくなった翔太郎は、「ちょっと拝借」といって黒木の背広の胸ポケットに差してあったサングラスを借りて、それを掛けた。それから壁に掛かっていたヤンキースの帽子を被って前を向いた。

「ほらほら、判りませんか！　この前のたこ焼き屋ですよ、たこ焼き屋！　ね！」

すると、まるで憑《つ》き物が落ちたように二人の表情が晴れ晴れとした。

「ああ、思い出したでえ。あんときの兄ちゃんや！」

「おう、俺も思い出したわ。あんときのたこ焼き屋やな」

「やあ、思い出してもらえましたか」翔太郎はホッとしてサングラスを外した。

するとと黒木はサングラスを受け取りながら、納得した表情で妙なことを口にした。

「なるほどな。そうやったんか。そいじゃあ、あそこに停まっとった軽トラ屋台は、お兄ちゃんのやったんやな。そういや、見たことあるような黄色い蛸の絵が描いてあったわ」

「………………」なに⁉

翔太郎は思わず耳を疑った。黄色い蛸の絵が描かれた軽トラ屋台？　確かにそれは翔太郎のたこ焼き屋台によく似ている。それがこの付近に停まっていたというのか。だとすれば、それをここまで運転してきた人物は誰？

あ――甲本か！

翔太郎は思いがけない手掛かりを得て、思わず興奮した。黒木の首根っこにしがみつくようにして顔を近づけると、強い口調で尋ねた。

「それはいつどこで！　どこで見たんですか！」

「え、ついさっきやで。二時間ぐらい前に東泉寺《とうせんじ》のあたりでやなあ――ん！」その瞬間、翔太郎の目の前で黒木の顔色が変わった。「ああッ、思い出した！　おまえ、あんときのチンピラやな！　絵里香お嬢さんを連れて逃げおった、あの――」

「あ！」白石も裏返ったような声で叫ぶ。「いわれてみたら、ホンマにそうや！　畜生《ちくしょう》、ここで会ったが百年目や。あんときの礼はさせてもらうでえ」

「おう、おまえのせいで、わしら二人とも、危うく小指がなくなりかけたんやからなあ」

「そや、小指の恨みは深いんやでえ」

なんの話だよ。知らないよ、そんな話。

だが、もうこうなったら仕方がない。先手必勝。翔太郎はとりあえず目の前の白石に頭突きを一発。続けて黒木に枕を投げつけ、ひるんだ隙にベッドの上から高角度のドロップキックをお見舞いした。それから床に揃えて置いてあった靴を手に持つと、翔太郎は一目散に窓に走った。窓は風通しを思ってか、最初から開け放たれていた。好都合。翔太郎は窓枠に手を掛けて、ひらりとそれを飛び越えた。

飛び越えてから翔太郎は、なぜ自分はこの窓が一階の窓であると決め付けたのだろうか、とそう思った。窓は二階の窓であり、翔太郎の身体は完全に空中に浮いていた（正確には落下中）。

落ちたところがコンクリートなら、まず骨折は免れなかったところだろう。しかしそこはさすがに花園邸。窓の真下は綺麗なお花畑だったので、翔太郎は傷ひとつ負うこともなく、柔らかな地面に無事に着地した。「――ほッ！」

見上げると、二階の窓から黒木と白石が強張った顔で、こちらを見下ろしている。

「あ、畜生、あいつ、無事みたいやで。よ、よし、いってやれや、シロくん！」

「よっしゃ、いってやらんかい、クロちゃん！」

譲り合う二人。二階の窓から飛び降りる度胸はないらしい。

翔太郎はゆっくり靴を履き、手を振って花園邸を後にした。

東泉寺というからたぶんお寺なのだろう。あるいはそういう地名なのかもしれない。いずれにしても下関在住の翔太郎は門司港の地理に疎《うと》いので、どういうふうにいけばいいのか判らない。そこで花園邸を脱出した翔太郎は、車の通る道に出ると、すぐさまタクシーを捜した。タイミングよく流しのタクシーが翔太郎の目の前を通りかかった。翔太郎は幸運を神に感謝した。

「へい！　タクシー」いまどき、こういう掛け声でタクシーを止める奴はいない。タクシーはびっくりしたように急停車。翔太郎は後部座席に乗り込むや否や、運転席の中年男に行き先を告げる。「東泉寺へ！」

「と、トーセンジ!?」バックミラー越しに見える運転手の表情が不安そうに歪んだ。

翔太郎も不安になった。「ええ、とうせんじ、です」

すると運転手は傍らに置かれている道路地図を手に取ると、「東泉寺とうせんじ……」と念仏でも唱えるようにページを捲《めく》りながら、逆に聞いてきた。「お客さん、その東泉寺というのは、お寺の名前？　それともそういう地名？　どういうふうにいけばいいのかな……」

それが判らないからタクシーに乗ったのだ。聞かれても困るのだ。だいたい、プロのタクシードライバーがお客さんに道を聞いてどうする。それでもプロか！　思わず罵声

を浴びせかけようとした翔太郎に向かって、

「申し訳ありませんね、お客さん」運転手は薄くなった頭をペコリと下げた。「実は長年勤めていた会社をリストラされましてね、この年だと再就職も厳しくって、だけど女房子供を養っていかなくっちゃいけないし、それで親戚のツテでタクシーの運転手をやらせてもらってるんだけど、なかなかこのへんの地理に慣れなくって——なにしろ、わたし下関の人間なもので」

「あ……ああ、そうですか……それじゃあ、仕方ありませんね」

いや、仕方なくないだろ。ここは腹を立てていい場面だ。そっちの事情も判らないではないが、こっちだって一刻を争う緊急事態。二千五百万円持ち逃げした男を捕まえられるかどうかの瀬戸際なのだ。

「ああ、ありました、ありましたよ、お客さん、ありましたよ、東泉寺！」

結局、こちらが腹を立てる前に運転手が嬉しそうに道路地図を指差すので、翔太郎もつられて歓声をあげる。「え、ありましたか、よかった！」

「ええ。東泉寺はお寺ですね。ふんふん、ああ、こりゃここからすぐですね」

運転手はメーターを倒し、ようやく車をスタートさせた。運転手は照れ笑いを浮かべながら、

「いやあ、タクシードライバーも楽じゃないですよ。中には『それでもプロか！』なんて怒り出すお客さんもいたりしてねえ——つらいもんです」

「ああ、そう、そうでしょうねえ、よく判りますよ、その気持ち」

もちろん運転手のつらさではなくて、怒るお客さんの気持ちがよく判るという意味なのだが、運転手にこの皮肉が通じたかどうかはよく判らない。翔太郎はさらに続く運転手の愚痴っぽい話を聞き流しながら、視線を注意深く窓の外に向けた。

五分も走らないうちにタクシーは東泉寺に到着した。翔太郎はタクシーから出ることなく、窓越しに門前の様子を観察した。寂れた門構えの古ぼけた寺。由緒ある寺かどうかは判らないが、あまり大きくはなさそうだ。門前に駐車場はなく、たこ焼きの屋台の姿も見当たらない。そういえばあの黒木というヤクザは、東泉寺で見かけたとはいわずに、東泉寺のあたりでという言い方をしていたようだ。まだ可能性は残っている。

「運転手さん、このお寺の周りをゆっくり一周してもらえますか」

「いいですとも」運転手は車をスタートさせながら聞いてきた。「お客さん、誰か人でも捜してるんですか」

「いえ、人ではなくて、たこ焼きの屋台を」

「ああ、たこ焼きね」運転手はのろのろと車を進めながら、「わたしも好きですよ、たこ焼き。あの匂いがたまらない」と、どうでもいい感想を述べる。

なにか勘違いしているようだ。こっちはべつにたこ焼きが食べたくて屋台を捜しているわけではない。大事なのは裏切り者を捕まえて二千五百万円取り戻すことなのだ。もちろん、そんな込み入った話をタクシードライバーにするわけにはいかないので、翔太郎はただひと言だけ、「運転手さんも、見つけたら教えてくださいね」と注文をつける。

タクシーは東泉寺の周りをゆっくりと一周。さらにもう一周したが、お目当ての屋台は見当たらなかった。翔太郎は落胆した。考えてみれば無理もない話だ。黒木が東泉寺付近で屋台を見かけたのは、二時間以上前だという。おまけに軽トラ屋台はいつでもどこでも好きな場所に移動できるのだ。二時間ずっと同じ場所に居続けてくれていると期待するほうがどうかしている。黒木の見た軽トラ屋台が確かに甲本の運転するものだったとしても、それはいまごろ遥か遠くの道を走っているのだろう。それを捜し出すことは、もはや不可能だ。

「ふう！」

翔太郎は後部座席の背もたれに背中を預けながら、深い溜め息を吐いた。その声を聞いた運転手が、びっくりしたように後ろを振り返った。

「お客さん、そんなにたこ焼きが食べたいんですか」

いや、そうではない。そうではないけど、もう返事をする気力もない。

「だったらお客さん、さっきの屋台のとこに戻ってみますか」

「…………」意味の判らない話に、翔太郎の耳がピクリと動いた。「さっきの屋台？」

「ええ、さっきここに来る途中、駐車場にたこ焼きの屋台が一台停めてあったんですよ。営業中じゃなかったけど、お客さんがどうしても食べたいっていえば、店開けてくれるかもしれないからね」

「な――」翔太郎は絶句した。

なんということだ。この運転手は翔太郎がたこ焼き欲しさに営業中の屋台を捜しているものと、本気でそう信じ込んでいたらしい。屋台がもし甲本のものならば、いまごろ呑気に営業しているわけはない。営業していない屋台こそ重要なのだ。翔太郎は後部座席から運転席に向かってぐわッと両手を伸ばすと、運転手の襟のあたりを摑み、前後左右に振り回した。

「おじさん！　それ、どこだ！　そこに連れてけ！　いや、お願いします。連れていってください！」

「ら、乱暴はやめてください！　お、お金なら差し上げますから！」

今度はタクシー強盗と間違われたらしい。翔太郎は運転手から手を離し、差し出された売上金を断ると、あらためて丁重に頭を下げた。

「その屋台の停まっていた場所まで、お願いします」

「わ、判りました。判りましたから、乱暴はしないでくださいね」

運転手は気味の悪そうな視線を後部座席に送りながら、おどおどと頷いた。それから車をUターンさせると、ここにくるときに通った道を百メートルほど戻った。そこは庶民的な一戸建てやアパートが軒を並べる住宅街だった。

「ほら、あれですよ」

運転手が指を差す方角を眺めると、そこは小さな駐車場。その一番奥に見慣れた軽トラ屋台があった。間違いなく甲本が所持し、翔太郎が借り受けていた屋台である。

翔太郎はタクシー代を払って車を降りた。タクシーは逃げるように去っていった。

翔太郎はさっそく駐車場の軽トラ屋台に駆け寄った。運転席を覗いてみるが、そこには誰もいない。だが、この屋台が存在するということは、この付近に甲本が存在するというなによりの証拠だ。ということは、この屋台を見張り続けていれば、やがては甲本と対面できるということか。

しかし――と、翔太郎の脳裏にいまさらのように疑問が湧き出た。なぜ甲本は門司港なんかにきたのだろうか。門司港には花園組がある。彼の持っている二千五百万円は花園組から奪った金だ。それを持ってわざわざ敵の本拠地に足を踏み入れるなんて、いったいどういう考えだろう？　敵の裏をかいたつもりか？　しかし、そんなことをする必要がどこにある？

軽トラ屋台を前にして考えに沈む翔太郎。すると勤め人らしい背広姿の若い男がどこからともなく駐車場に現れた。男は屋台の隣に停めてあったセダンに歩み寄る。これ幸いとばかり、翔太郎はその若い男に声を掛けた。

「すみません、ちょっとこの屋台のことでお尋ねしたいんですが」

「あん⁉」男はドアにキーを差した状態で、翔太郎のほうを向いた。「屋台――ああ、そういえば屋台だ。なんでこんなとこに屋台が？」

若い男は屋台の存在にいま初めて気がついたような反応を示した。

「この屋台の運転手を捜してるんですけど、判りませんかね」

ほぼ期待できないな、と内心諦め気分で尋ねてみる。すると若い男は「ああ、それなら」といって駐車場の目の前、道路一本挟んだところにある二階建てのアパートを指差した。「あれの一〇四号室だね」

「え！」意外なほど具体的な答えに、翔太郎は驚いた。

「僕が一〇三号室だから、その隣」

「ああ、なるほど」

どうやらここはアパートの専用駐車場らしい。そういえば軽トラ屋台のスペースには一〇四と書かれた札が立っている。一〇四号室の住人の駐車スペースというわけだ。では、その一〇四号室の住人というのは誰だ？

「一〇四号室の人って、どういう人かご存知ですか」

「さあね。名前は知らないな。滅多に顔を合わせることもない。若い男なんだけど――でも職業はたこ焼き屋じゃないと思うな」

「というと？」

「なんとなく、ヤクザ者っぽい印象なんだ」

「ヤ・ク・ザ！」

「――それじゃ急ぐんで、失礼」

若い男はそういって愛車の運転席に乗り込むと、急発進で駐車場を飛び出していった。

ひとり取り残された翔太郎は、唖然とした顔で目の前のアパートを見やった。


郵便受けには一〇四の番号が表示されているだけ。玄関扉には表札が掛かっていない。住人の名前を示すものはいっさいない。扉に耳を当てて中の気配を探ってみるが、誰かいるのかいないのか、サッパリ判らない。翔太郎はちょっとの間考えて、それから閃いたとばかりにポンと軽く手を打った。

そうそう、こういうときはアノ手を使うに限る。

翔太郎はあらためて一〇四号室の前に立ち、おもむろに玄関の呼び鈴を鳴らした。扉の向こうでピンポ～ンと軽快な音色が響く。翔太郎はダッシュで道路に飛び出し、電信柱の陰に身を隠した。

「この年でピンポンダッシュやってる男は、この街で俺ひとりだけなんだろうな……」

柱の陰からわずかに顔を覗かせて、一〇四号室の扉に視線を送る。だが反応はない。

翔太郎は同じことをもう一度繰り返してみた。

ピンポ～ン
ダッシュ！

しかし、誰も出てこない。どうやら留守のようだ。半ば諦め気分で三度目の呼び鈴を鳴らしてみる。すると翔太郎は部屋の中から奇妙な反応があることに気がついた。呼び鈴に呼応するかのように、室内からくぐもった音が聞こえてくる。扉に耳を当てて確認する。やはり間違いない。壁を叩くような鈍い音だ。誰かが部屋の中にいるのだ。

翔太郎は玄関を離れ、建物の裏に回った。思ったとおり、そこには各部屋のベランダが並んでいた。一〇四号室のベランダにはエアコンの室外機の他に、花の枯れた植木鉢がいくつか並んでいるだけ。翔太郎は鉄製の手すりを乗り越えて、ベランダに降り立った。この時点ですでに不法侵入の罪に問われかねない状況だが、幸いにして周囲に人目はない。翔太郎はサッシ窓のほうを向いた。窓にはカーテンが引かれている。しかし二枚のカーテンの合わせ目に隙間があった。翔太郎はその隙間に顔を寄せて、中の様子を窺った。

室内の様子は殺風景なものだった。キッチンと押入れのある畳の部屋。テレビや冷蔵庫などの最小限の家具。本棚の上にはみやげ物らしい木彫りのふぐ。万年床の枕元には、何者かの奇襲に備えてか木刀が一本。壁際にはヤクザ者が好んで身につけそうな派手な柄シャツがハンガーに吊るされている。そのシャツが振動で微かに揺れている。壁を叩くような音は、まだ続いている。その音は先ほどよりもさらに大きく鮮明になっている。だが、翔太郎の見える範囲で、室内に人の姿はない。音だけが次第にその大きさを増していく——と思ったそのとき。

ひと際大きな音がしたかと思うと、思いがけない光景が現れた。翔太郎の正面に見えていた押入れ、その襖がまるでスローモーションのようにばったりとこちら側に倒れてきた。そして押入れの中から、ひとりの男が布団にくるまれた状態でゴロンと転がり出てきた。いわゆる、すまきにされた恰好のひとりの男。その男と目が合った瞬間、翔太郎は思わず叫んだ。

「せ、先輩！」

甲本だった。すまきにされた上に猿ぐつわをされており、それは無様な様子である。身体全体を使ってゴロゴロ転がるのがやっとのようだ。甲本はこの恰好で押入れの壁や襖に身体をぶつけて音を出していたのだろう。

翔太郎の顔を認めた甲本は、大きく目を見開き、首を盛んに振った。助けてくれ、といいたいらしい。二千五百万円持ち逃げしておいていい気なものだと思わないでもないが、それでも翔太郎は助けてやることにした。甲本の口から今回の事件の真相を聞き出したいと思ったし、それよりもなによりも、この状況を放っておけば、やがて門司港に身元不明の水死体がぷっかり浮かぶであろうことは火を見るより明らかだ。幸い、部屋の住人は留守らしい。助けるならいまだ。

翔太郎はベランダにあった植木鉢をサッシ窓に振り下ろした。派手な音が響き、ガラスが砕ける。窓を開けて室内に飛び込むと、翔太郎はすまきの甲本に駆け寄った。

「大丈夫ですか、先輩！　待ってください、いま猿ぐつわを……」

きつく結ばれた猿ぐつわを解いてやる。甲本は「プハ〜」と大きく息を吐き出し、二度三度と深呼吸を繰り返す。蒼白だった彼の顔面に見る見る血の気が戻っていくのが判る。

「サンキュー、翔太郎！　おかげで助かったわぁ！」

「いったいなにがあったんですか――ん⁉」

翔太郎は甲本の傍らに転がった黒いスポーツバッグに目をやった。甲本と一緒に押入れの中から飛び出してきたものらしい。口を開けて中身を覗いてみる。バッグの中はたくさんの札束だった。甲本が持ち逃げした二千五百万円に間違いない。翔太郎は急に怒りがこみ上げてきた。

「この裏切り者の、泥棒野郎め！」

「ま、待て、翔太郎！　すまんかった、確かにおまえの怒りはもっともじゃ！　金を持ち逃げしたことは謝る。けど、悪いんは俺やないっちゃ。悪いんはあいつじゃ！　俺はあいつに脅されただけなんよ……それで仕方なく協力してやったら、このザマじゃ」

「あいつ⁉　あいつって、誰のことですか」

「…………」

しかし甲本は翔太郎の問いには答えずに、大きく目を見開いた状態で口をパクパクさせるばかり。甲本の視線は翔太郎を通り過ぎて、その背後に注がれていた。

翔太郎はようやく自分の背後に人の気配があることに気がついた。振り返って確認しようとした瞬間、

「ぐうッ！」

翔太郎は首筋に激しい衝撃を受けて、そのまま前のめりに崩れ落ちていった。


「なーんだ、お姉ちゃんじゃないの」柱の陰から安堵の表情を浮かべた少女が顔を覗かせた。「ああ、びっくりした。犯人かと思った！」

「なんだ。絵里香か」犯人かと思った！　皐月も内心ホッと胸を撫で下ろす。「駄目じゃないか、家にいるようにいっただろ。こんなところにひとりでくるなんて、いったいどういうつもりだ」

「ううん、ひとりじゃないわ。山部さんについてきてもらったから」

絵里香が真横に視線を送ると、柱の陰から山部勢司《せいじ》が姿を現した。

「絵里香お嬢さんから急に電話があったんです。ちょっと気になることがあるから一緒にきて欲しいといわれましてね」

「気になること⁉ なにか事件に関わることなのか」

「うん、たぶんね」絵里香は曖昧に頷いた。「ちょっと確認したいことがあるの。ちょうどいいわ。お姉ちゃんもきてよ」

「いいけど、どこにいくんだ？」

「梵天丸《ぼんてんまる》に用があるの。ええっと、船着場はコッチだったかしら――？」

絵里香はスタスタとエントランスホールを横切って歩きはじめた。皐月はわけが判らないまま山部のほうを見やる。山部もよく判らないというように、小さく肩をすくめるだけだった。二人は黙ったまま絵里香の後に続いた。

船着場に係留された梵天丸は廃墟となったホテルの風景にすっかり馴染んでいた。もう何年もこの場所に繋がれているような錯覚を覚えるほどだ。

絵里香はコンクリートの船着場から梵天丸の舳先に乗り込み、迷うことなく運転席に向かった。皐月は興味を持って妹の様子を窺う。絵里香は運転席の中をざっと見回すと、ハンドルの傍に差したままになっていたイグニッションキーを引き抜いた。キーには短冊形のキーホルダーがついている。そのキーホルダーをマジマジと見つめていた絵里香は、「ああ、やっぱりそうだわ」と呟いた。

「赤間神宮の交通安全のお守りキーホルダーよ」

絵里香は皐月と山部にもよく見えるような位置にキーを掲げた。短冊の部分に『交通安全』の文字が見える。

「確かにそうらしいけど――なにが、やっぱりなんだ？」

「変なのよ。さっきは夢中だったからあまり深くは考えなかったけれど、いまになって考えてみると凄く変だと思う」

「だから、なにが？」

「わたしが梵天丸を運転できたことが」

「？」皐月にはよく判らない。

「だって、船ってハンドル握ってアクセルを操作すればすぐに動き出すってものじゃないでしょ。船を動かすには自動車の運転と同じようにキーを差さないといけないのよ」

「そりゃそうだ」

「でも、さっき刑事さんから逃げるとき、わたしはキーを差したわけじゃないわ。キーは最初から差しっぱなしになっていた。だからわたしは梵天丸をすぐに動かすことができた」

「なるほど。しかし、べつに変なことじゃないだろ。それは最後に梵天丸を動かした人物が、キーを抜き忘れていたと考えれば説明がつく」

「そう、そういうことになるわよね。じゃあ、最後に梵天丸を動かしたのはいつだったか。それは今日の午前三時前後、例の関彦橋での身代金の受け渡しのときよ。操縦したのはもちろん甲本さん。でもね、お姉ちゃん、わたしはハッキリ覚えてるの。関彦橋から壇ノ浦の家に戻ったとき、甲本さんはちゃんと梵天丸のキーを抜いたわ。そしてそのキーを茶の間のちゃぶ台の上に置いたの」

「なに⁉　間違いないのか」

「ええ、間違いないわ。これと同じキーホルダーがついていたから、あれは絶対に梵天丸のキーだった。甲本さんはキーを抜き忘れたりしていないのよ」

「そうか。それは確かに変だな。ということは、どういうことになるんだ……」

皐月は混乱した。身代金受け渡しから戻った甲本は梵天丸の運転席からキーを抜いてちゃぶ台の上に置いた。しかし今日の午前、それは梵天丸の運転席に差したままになっていた。ということは――

「考えられることはひとつだけです、お嬢」横で話を聞いていた山部が、冷静な口調で唯一の結論を述べた。「絵里香お嬢さんが眠らされている間に、誰かがもう一度船を動かしたんです。そして、そいつが船を降りる際にキーを抜き忘れた。そう考えるしかありません」

「誰か、というのは甲本のことか？」

「その可能性がいちばん高い。でも、決め付けることはできません。ひょっとすると、あの樽井《たるい》翔太郎という男なのかも――」

「まさか！」絵里香が即座に否定した。「翔太郎は船の運転なんかできないわ。だからさっきもわたしが運転したのよ」

「運転できないフリをしているだけなのかも――いえ、もちろん可能性の話をしているだけですよ、お嬢さん。彼を疑っているわけではありません」

山部は取り繕うようにそういうと、申し訳ないというように絵里香に頭を下げた。

皐月は腕組みをしながら、独り言のように呟いた。

「あるいは、甲本でも翔太郎君でもない、まったくべつの人物という可能性もあるだろ」

「ええ、それはもちろん」

「しかし目的はなんだ？　こっそり船を動かす目的は」

「殺人です」山部はそう断言した。「高沢の兄貴を殺害するために船は動かされた」

「どういう意味だ？」

「下関で死体が発見されたからといって、そこが犯行現場であるとは限らない、ということです。なにせ犯行があったのは船の上。しかもその船は密かに動かされた形跡がある。では、船はいったいどこに向かったのか？」

皐月は山部の問いに答えることなく、海峡の対岸、甲本の家のある壇ノ浦の方角を見つめていた。密かに動かされた船は、果たしてどこへ向かったのか。

「ひょっとして、門司港？」恐る恐る答えたのは絵里香だった。

「そう思います。梵天丸は門司港へ向かった。そして門司港で高沢の兄貴の死体を積んで、また下関に舞い戻った。つまり犯行現場は下関ではなくて門司港なんですよ。高沢の兄貴が自分で下関に出かけていってそこで殺されたと考えるよりも、門司港で殺されて犯人の手で下関に運ばれたと考えるほうが納得いく話ですからね」

「つまり、高沢さんを殺した人間が門司港側にいて、その死体を船で運ぶ協力者が下関側にいた、ということね」

「そういうことになります」

「なぜ、そんな面倒なことをするのかしら」

「さあ、小説なんかだとアリバイトリックって話になると思うんですがね」

「アリバイトリック？」

「ええ。犯行現場が門司港ではなく下関であると勘違いさせる。それによってアリバイを主張できる人物がいるのかもしれません。例えばの話ですが、門司港から車で下関に渡って壇ノ浦で殺人をおこなうとなれば、往復で一時間程度は見ておかなくちゃいけない。しかし、門司港で殺して死体だけ船で下関に運んでもらえるのなら、犯人はごく短い時間席を外すだけで事は済むでしょう。これはそういった効果を狙ったトリックなのかもしれません。まあ、細かいところはよく判りませんが」

「じゃあ仮に、下関側の協力者というのが甲本さんだったとして、門司港側の殺人犯はいったい誰なの？」

絵里香の根本的な問いかけに、山部はゆっくりと首を左右に振った。

「残念ながら、それは判りません。この街には兄貴の命を狙う人間は大勢います。兄貴を個人的に狙う者もいるでしょうし、兄貴の命を奪うことで花園組に打撃を与えようとする奴もいるでしょう」

確かに山部のいうとおりだと、皐月は思った。高沢は皐月にとっていい人ではあったが、それでもヤクザはヤクザ、それも花園組のナンバー2なのだ。彼の命を狙う者は至るところにいたはずだ。しかもそれは、花園組と対立する勢力の中にいるとは限らない。だとすれば、ここから先の話は微妙な問題を孕《はら》んでいる。絵里香の前でできる話ではない。

皐月は素早く財布を取り出すと、千円札二枚を抜き出して妹の手に押し付けた。

「絵里香はタクシーで家に戻ってろ。あたしはもう少し勢司と話があるんだ」

「え⁉」絵里香は一瞬戸惑いの色を浮かべたが、皐月が真剣な眸で頷くと、おとなしく金を受け取った。「うん、判ったわ。じゃあ、先に帰ってるね」

絵里香は梵天丸から降りると、手を振りながら去っていった。廃墟となった建物の向こう側に絵里香の背中が隠れるのを見届けてから、皐月は口を開いた。

「なあ、勢司。ひょっとすると、高沢さん殺しは花園組の内部の者の犯行じゃないのか」

「なるほど」腑に落ちたような表情で山部が頷く。「それで絵里香お嬢さんを遠ざけたってわけだ」

「ああ、あんまり聞かせたい話じゃないからな。――で、どう思う？　あたしの単なる思い過ごしか」

「疑う気持ちはよく判る。この世界、身内の裏切りはよくある話だからな。だが、現実問題としてその可能性はあまり考えなくてもいいだろう」

「なぜ、そう言い切れる？」

「組員たちに昨夜から今朝にかけてのアリバイが成立するからだ」

「アリバイ?」

「ああ、ほとんどの組員にアリバイがあるんじゃないか」

「ほとんど——というと誰のことだ?」

「昨夜、身代金の受け渡しの際、俺とお嬢はずっと一緒だった。白石と黒木は俺たちの後ろにバイクで続いていた。それからおやっさんの傍には平戸《ひらど》がついていた。この六人にはいちおうのアリバイがあるといっていい。唯一あいつだけがアリバイを主張しづらい立場だが——しかし、まさかあいつに限って犯人ってことはあるまい」

「あいつ⁉　ああ、菅ちゃんのことか」

菅田敏明《かんだとしあき》は昨夜、事務所に詰めてひとりで電話番をしていた。だから彼がアリバイを主張することは不可能だ。もっとも、アリバイがあろうがなかろうが、菅田が高沢殺しの犯人だとは到底思えない。彼はそんな大それたことをしでかすタイプの男ではない。

その点は、皐月も山部の意見に賛成だった。しかしそれでもなお、高沢殺しの犯人が花園組の内部にいるという印象を、皐月は拭い去ることができなかった。

皐月は自分の胸の中に膨らんだ疑問を、思い切って山部にぶつけてみた。

「なあ、勢司、ひとつ聞いていいか」

「なんだ?」

「ひょっとして高沢さんを殺したの、おめーじゃねーのかよ?」

翔太郎は首筋に激しい衝撃を受けて前のめりに崩れ落ちたが、気絶するほどではなかった。むしろ怒りを掻き立てられた翔太郎は、首の痛みもなんのその、猛然と見知らぬ相手に摑みかかっていった。

「なにしやがんだ、この野郎！　痛えじゃねーか！」

「なんがやこのー、盗人猛々《たけだけ》しいとはおめーのことたい。人ん家に勝手に入りやがって。ちゃんと見とったとぞ、おめーが窓から入るところば」

相手の男はアロハシャツ姿のチンピラだった。手には木刀を持っている。万年床の傍らに置いてあった木刀だ。チンピラは翔太郎と距離をとり、両手でしっかりと木刀を構えた。

「兄貴の部屋で勝手にこそこそする奴は、この俺が許さんけん。覚悟せんね！」

「え、兄貴の部屋⁉」意外な言葉に翔太郎はふと冷静になった。「というと、この部屋、あなたの部屋ではない⁉」

「おう、ここは山部の兄貴の部屋たい」

「山部！　山部って――山部勢司！」

「そうたい。そして俺はその弟分の菅――」

チンピラは木刀を大きく上段に振りかぶって名前を名乗ろうとしたのだが、名乗るより先に彼の木刀の先端が天井から吊るされた蛍光灯にぶち当たった。割れた蛍光灯の破片が男の頭上にあられのように降り注ぐ。男はそれでもなりふり構わず木刀を振り下ろそうと勇敢に一歩前に踏み出したが、その瞬間、踏み出した右足でガラスの破片のひとつを思いっきり踏んでしまい悲鳴を発して飛び上がり、よろけたところでさらにもうひとつの破片を左足でも踏んでしまい、さらに飛び上がったところ、またまた右足で破片を踏みしめて、さらに左足、そして右足、左右左右……結局、散らばった破片のほとんどを踏んでしまった不運な男は、敗残兵のように木刀を杖にしながらよたよたと本棚の横に倒れこんだのだが、するとその衝撃で本棚の上に飾ってあった木彫りのふぐの置物が落下して、男の脳天に駄目押しの一撃を加えた。すべてはあっという間の出来事だった。男は名前を名乗ることもできず、翔太郎に一太刀くれてやることも叶わず、死んだ。

いや、死んだかどうかは判らないが、死んだように動かなくなった。

「………」

ひとり相撲の横綱みたいな奴だな――翔太郎はそう思った。

そして翔太郎はあらためて、太巻き寿司のように布団で巻かれた甲本を見た。翔太郎は彼の上に跨がった。甲本の口から「ぐえ」と、つぶれた蛙のような呻き声が漏れる。

翔太郎は跨がったまま質問を投げた。

「山部勢司――あの男が犯人なんですね」

「おう、悪いんは、あいつじゃ！」

「先輩は山部と知り合いだったんですか」

「そうじゃ。この街で屋台を営業するうちに知り合った。最初は商売にいちゃもんつけられ、そのうちに世話になるようになった。付き合ってみると、なかなか頼りになるいい兄貴じゃった」

「その山部が、なんで俺たちの狂言誘拐に関わってくるんですか」

「おまえらが俺の家にきた最初の夜、おまえらが寝静まるのを待って、俺が山部の奴に電話で教えてやったんよ。『花園組長の娘が若い男と一緒に狂言誘拐を企んでますけど、どうしましょうか』と――」

「要するにタレ込んだわけですね」

「おう。翔太郎たちに協力するより、ここは花園組に恩を売っといたほうがええと思うたんよ。俺はてっきり山部の奴が絵里香ちゃんを迎えにきて、翔太郎が花園組にヤキ入れられて、それでこの件はめでたしめでたしになると思うとった」

「…………」ヤキ入れられてめでたしはないだろ。なんて酷い先輩だ。「でも、山部は絵里香を迎えにはこなかった」

「そうじゃ。その代わり、あいつは俺に妙なことを指示してきおったんよ。ひと言ではいえんけど、要するにおまえらの狂言誘拐に協力するフリをしながら、最終的には裏切るちゅうストーリーやった」

「狂言誘拐に協力するフリ――」

そう聞いて、翔太郎はようやく腑に落ちる点があった。甲本に狂言誘拐を持ちかけた最初の夜、彼は煮え切らない態度に終始した。それが翌朝になると、急に狂言誘拐に協力的な態度に変わり、俄然リーダーシップを発揮しはじめたのだ。あれは甲本の自発的な行動ではなく、黒幕である山部の指示に従ったものだったのだ。

「あの男からの指示は、その夜のうちに俺のパソコンに長文のメールで送られてきた。そして、あいつは携帯でこういうたんじゃ。『俺のいうとおりにすれば、身代金三千万円はおまえに全部くれてやる』と——」

「なるほど。つまり先輩は三千万円に目が眩《くら》んで山部に協力したんですね」

「アホー、そんな単純な話やないっちゃ。よう考えてみい。相手はヤクザなんやど。『いうとおりにすれば三千万円やる』いうとるんと同じやろうが。向こうが指示してきた時点で、俺には拒否するという選択肢はなかったんよ」

「それもそうか」少し同情の余地はあるかもしれない。

「のう、翔太郎、もうええやろーが、早う縄を解いてくれーや」

「いや、大事な質問がまだです」翔太郎は甲本の眸を覗き込むようにしながら、もっとも大切なことを確認した。「高沢殺しも山部に指示されて、先輩がやったことなんですか」

「高沢殺し!? なんの話なん？　そんな話、俺は知らんど。高沢って誰なん？」

甲本の眸に芝居の色は見当たらない。翔太郎は多少の説明を付け加えた。

「梵天丸の貯蔵庫の中で死体が発見されたんですよ。高沢裕也という花園組のナンバー2が殺されていたんです。本当になにも知らないんですか」

「知るわけないやん。確かに俺は山部勢司のいいなりやったけど、殺人なんぞに協力はせん。まして自分の船の上で殺人やなんて、この俺が許すはずないやん。たぶん、殺《や》ったんは山部本人じゃ。あいつが梵天丸の上で、その高沢とかいう男を殺したに違いない」

「なるほど、そういうことですか」

いったんは納得しかかった翔太郎だったが、すぐに大きな疑問を感じて首を捻った。

「いや、待ってくださいよ。おかしいな。山部勢司が高沢裕也を殺すというのは、まったく不可能なんじゃないかな……」

第六章　決着

夕暮れ迫る海峡。梵天丸《ぼんてんまる》の船上にて、山部《やまべ》勢司《せいじ》はどこか余裕のある笑みを口許に浮かべながら、自分の胸に手を当てた。

「俺が？　殺した？　高沢《たかざわ》の兄貴を？」そして山部は嘲笑するような視線を皐月《さつき》に投げつけた。「いったいなんの冗談だ、お嬢」

「ふん、冗談などいうか。高沢さんを殺したのはおまえじゃないか、と聞いてるんだ。答えろよ、勢司」

「馬鹿な。俺に兄貴を殺せたはずがない。それはお嬢がいちばんよく判っているはずだ」

「そうかな？」皐月はあえて挑発するようにとぼけて見せた。「よく判らないな。説明してくれないか」

「さっきもいった話だ。いいか、今日の午前三時に俺とお嬢は関彦橋《かんげんきょう》での身代金の受け渡しに立ち会った。それから二人で花園《はなぞの》邸に戻り、おやっさんたちと一緒になって絵里《えり》香《か》お嬢さんの帰還を朝まで待った。それから二人で一緒に花園邸を出て、喫茶店で食事をして、花園組の事務所に顔を出した。すると、そこに絵里香お嬢さんからの緊急の電話が入った」

「確かにそうだったな。いま関門海峡を横断中って話だった」

「そうだ。その時点で、すでに兄貴の死体は梵天丸の貯蔵庫にあった。絵里香お嬢さんが死体を発見したのは午前十時すぎのことだ」

「ああ。絵里香も翔太郎《しょうたろう》君もそういっていたな」

「一方、午前三時の身代金受け渡しの時点では、貯蔵庫に死体はなかった。そのことは絵里香お嬢さんの話から明らかだ」

「ああ、それも間違いない。なにしろ絵里香は身代金受け渡しの直後、その貯蔵庫に自分で入ったんだからな。確かにそこに死体はなかっただろう」

「そうだ。ということは兄貴が殺害されたのは、どう転んでも午前三時から午前十時までの間ということだ。実際の殺害現場が下関か門司港か、それは判らない。だが仮に殺害現場が門司港だったとしても、それでも殺人には十分や二十分の時間は必要だろう。その十分程度の時間さえ、俺にはなかった。どうだ。午前三時から十時までの間で、俺がお嬢の前からたとえ十分でも姿を消したことがあったか。なかったはずだ。俺とお嬢はずっと一緒だった。お嬢だけじゃない。車に乗ってるときは、後ろから白石《しらいし》や黒木《くろき》がバイクでついてきていたし、花園邸ではおやっさんや平戸《ひらど》も一緒だった。違うか」

「いや、違わない。確かにおまえのいうとおりだ」

「じゃあ、どうやって俺に兄貴が殺せるというんだ？　殺せるわけがない。俺には殺人はおろか梵天丸に近づく暇さえなかったんだから」

「そう。つまり、それがおまえのアリバイというわけだ。いままでいいたくていいたくて仕方がなかったんだろうな。だが、アリバイを主張すればかえって疑いを招く。完璧なアリバイを持ちながら、あえてそれを口に出さないというやり方は、なかなか賢いぜ。さすが勢司だ」

「茶化《ちゃか》すなよ。俺は事実を語っているんだぞ」

「ああ、確かに、おめーは事実を語ってるさ。なんならあたしが証人になってやってもいい」皐月はニヤリと余裕の笑みを浮かべた。「だが、絵里香や翔太郎君は、果たして事実を語っているのかな」

「なに……」

一瞬、確かに引き攣《つ》った山部の表情。皐月は自分の推理の正しさを確信した。

「昨夜の身代金受け渡しの場面について、二人があたしたちに語った話はこんなふうだったはずだ。――まず午前二時半、絵里香と翔太郎君は甲本《こうもと》の運転する梵天丸で壇《だん》ノ浦《うら》の港を出発。関彦橋に到着したのは午前二時五十分。身代金を受け取ったのが午前三時五分で、それから壇ノ浦の港に帰還したのが午前三時半。間違いないな」

「ああ、確かに二人はそういっていた。それがどうかしたか」

「変だとは思わないか。壇ノ浦の港から関彦橋まで行きは二十分で着いているのに、帰りは二十五分掛かっている。帰りのほうが五分も余計に掛かってるだろ」

「五分もって――」おいおい、というように山部は肩をすくめた。「たった五分がどうかしたのか。そんなのはべつに変でもなんでもない。梵天丸は道路の上を法定速度で走っているわけじゃない。海の上を走ってるんだ。行きと帰りでは通るコースも多少は違うし、船のスピードも一定ではない。だから、行きと帰りのタイムがピッタリ同じにならないのは当然だ。五分程度は誤差のうちだろ」

「あたしも最初はそう思った。だが、あることに気がついて、考えが変わったんだ。確かにたった五分だ。だが、たった五分といえども行きよりも帰りのほうが余計に時間が掛かっている、という点は無視できない」

「なにをいってるんだ。サッパリ意味が判らない」

「じゃあ意味が判るように説明してやる。――あれを見ろ、勢司」

皐月は梵天丸の甲板の上から海に向けて指を差した。皐月の指先は海峡を挟んだ下関側の陸地、ちょうど壇ノ浦あたりを差していた。

「あそこに大きな電光掲示板が見えるだろ。あれがなにを意味しているか、知ってるか」

「ああ、知ってる。あの電光板は海峡の潮の流れを示している」

「おまえは身代金受け渡しに向かう途中、車の中からあの電光板を見たはずだよな」

「それは、見たことは見たと思うが……よく覚えてないな」

「そうか。まあ、無理もない。記憶する必要のない情報だからな。だが、あたしは覚えている。電光板は《E》《3》、それから上向きの矢印《↑》を示していた。これは海峡の潮の流れが東向きで、流れの速さが三ノット、そしてその流れがさらに上昇中である、という意味だ」

「それがどうかしたのか」山部は不安げに眉を寄せた。

「いいか、勢司。あたしが電光板を見たのは、午前二時過ぎのことなんだぞ。ということは絵里香たちの船が海峡を走り回った午前三時前後には、三ノットよりもさらに速い潮の流れが東向きに流れていたと考えていい。東向き――つまり彦島《ひこしま》から壇ノ浦のほうへ向かって潮は流れていた」

「……う！」ようやく事の重大さに気がついたように、山部の口から呻き声が漏れた。

「どうやら気がついたようだな、勢司。おかしいだろ。潮の流れは彦島から壇ノ浦へ向いている。だったら壇ノ浦から彦島に向かう船は流れに逆らう分、速度が遅くなる。逆に彦島から壇ノ浦に向かう船は流れに乗って進むから、速度はその分増すだろう。それが普通だ。ところが昨夜の梵天丸はどうだったか。まったく逆だ。彦島に行くときのほうが速くて、壇ノ浦に帰るときのほうが遅かった。本当なら帰りのほうが五分速くてもいいくらいなのに、実際は速いどころか、五分も余計に時間が掛かったんだ。これはいったいどうしたわけだ？」

「………」

山部は答えに窮したように沈黙した。皐月は人差し指を一本立てて続けた。

「このことから導かれる答えはひとつ。つまり絵里香たちが梵天丸で関彦橋と壇ノ浦を往復した時間、海峡の潮の流れは西向きだったんだ。西向き――つまり壇ノ浦から彦島へ向かう流れだ。だから彦島へ行くときの船が速く、壇ノ浦に帰るときの船が遅かった。翔太郎君の話も、このことを裏付けている。彼によれば昨夜、関彦橋に向かうときの梵天丸は波も立てずにスイスイ進んでいるみたいで、逆に壇ノ浦に帰るときは、途中何度か波が上がっていたそうだ。これは帰りの梵天丸が潮の流れに逆らって走っていたことを意味している。間違いない。潮の流れは西向きだったんだ」

「ば、馬鹿な。電光板は潮の流れが東向きであることを示していたんだろ。だったら、潮の流れが西向きだったはずはない。電光板が間違うことはないからな」

「もちろん電光板の表示は正しい。だが、潮の流れが西向きだったこともまた事実だ」

「矛盾だな。あり得ない話だ」

「いや、矛盾じゃない」皐月はゆっくりと首を振った。「海峡の潮の流れは潮の満ち干きによって緩やかに変わっていく。西向きに流れる時間帯があれば、次には東向きの流れがやってくる。それがしばらく続くと、また西向きの流れに変わる。つまり潮の流れが電光板の表示と食い違うということは、両者の時間帯が違う、ということを意味している」

「……どういう意味かな？」

「簡単なことだ。要するに絵里香たちが壇ノ浦のアジトを出発したのは午前二時半ではなかった。関彦橋の真下に身を潜めていたのは午前三時ではなかったし、壇ノ浦に帰還したのも午前三時半ではなかった。そういうことだ」

「判らんな。絵里香お嬢さんが時計を見間違ったとでも？」

皐月は首を振った。

「絵里香が見間違ったんじゃねえ。時計のほうが間違ってたんだよ」

「え！　時計の針が進めてあったんですか！」

山部勢司の部屋にて。甲本の語る真実を耳にして、翔太郎は素《す》っ頓狂《とんきょう》な声をあげた。

「そうじゃ。俺がピッタリ三時間進めておいた。山部にそう指示されたんよ」

すまきにされたままの状態で、甲本は洗いざらい喋り続けた。

「家の時計はもちろん全部進めた。翔太郎と絵里香ちゃんの腕時計も俺がこっそり針を動かした。関彦橋に出掛ける前、おまえらが仮眠を取っとる隙にやったけえ、おまえらはまったく気がつかんかった」

「そんな――でも、携帯は？　携帯でも時計は見られますよ」

「絵里香ちゃんの携帯はずっと電源が切ってあるから問題はない。翔太郎の携帯は、俺がポケットから抜いて隠しておいた」

「あ、そういえば――」

昨夜、関彦橋の下で携帯を使おうとしたとき、なぜかポケットにそれがなかった。あれは忘れてきたのではなく、甲本が意図的に隠したのだ。

「ということは、どういうことになるんですか、昨夜の出来事は」

甲本は身代金受け渡しの夜について説明した。

「約束の時刻は午前三時。それに間に合うように、翔太郎と絵里香ちゃんは俺の運転する梵天丸で午前二時半に壇ノ浦の港を出発した――と思い込んどるやろうけど、実際はそうやない。俺らが出発した実際の時刻はそれより三時間早い午後十一時半のことやった。けど、翔太郎も絵里香ちゃんもそのことにまるで気がつかん。まあ、無理もない。目に入る時計はすべて三時間進めてあるけえ、午前二時半を示しとる。船で海上を移動するぶんには、偶然に時計を目にする機会もない。街中を歩けば午後十一時半と午前二時半では人通りや車の量が全然違うはずやけど、海上におったんではそれに気づくこともできん。おまえら二人は巌流島など眺めながら、呑気に歓声をあげとった」

「――う！」

確かに、海上からの夜の眺めは、翔太郎の目にはどれも初めて見る景色ばかり。その様子から現在の時刻を正確に把握することなど不可能だった。

「午後十一時半に出発した梵天丸は、午後十一時五十分には関彦橋に到着した。いったん船を降りたおまえらは橋の欄干にメッセージを貼り付け、そこから釣り糸を垂らした。それからまた船に戻って、橋の真下でじっと待った。やがて午前零時五分――翔太郎たちの時計では午前三時五分――橋の上からアタッシェケースが落下してきた。翔太郎は橋の上に花園皐月がおって、メッセージにしたがって三千万円の入ったアタッシェケースを落としたものと、そう思い込んだはずじゃ。けど、実際は違う。その時刻、橋の上におったんは花園皐月やない」

確かに午前零時ごろならば、花園皐月はまだ門司港の自宅にいただろう。

「でも皐月さんじゃなければ、誰がアタッシェケースを落としたんですか。橋の上にいたのはいったい――？」

「もちろん山部勢司じゃ。山部が橋の上から落としたアタッシェケースを、翔太郎と絵里香ちゃんは花園皐月が落としたものと信じ込んで受け取った」

「でも、それじゃアタッシェケースの中の三千万円はなんなんですか。あの三千万円は花園組長が用意して、皐月さんが持ち運んでいた三千万円でしょう？」

「それが違うんよ。あれは本物の三千万円やない。全部偽札なんよ」

「偽札⁉」翔太郎はまた素っ頓狂な声をあげた。「嘘でしょ。偽札なんて、いったいどうやって用意するんですか」

「それについては、俺も詳しくは知らん。あるところにはあるんじゃろう。とにかく山部勢司は偽札の束をアタッシェケースに詰め込んで、午前零時五分の関彦橋に立ち、それを海に落としたんよ。そしてそれを受け取った翔太郎も絵里香ちゃんも、それが偽札だとは気づかんかった。無理もないっちゃ。あの偽札は、俺が見ても本物と見分けがつかんほどの出来栄えやった。明るい部屋でじっくり調べるのならともかく、暗い船上で乏しい明かりを頼りにしながら眺めとったんじゃ、偽札と見破るのは不可能やろう。だいいち、それほど大量の偽札が目の前にあるなんて普通は思わんけえ」

確かに、翔太郎はアタッシェケースの中身を見たとき、それがすべて偽札だとは露ほども疑わなかった。あのとき、甲本は翔太郎たちと一緒になって歓声をあげていたが、あれは彼の演技。彼は偽札を手にしながら一芝居打ったわけだ。

「関彦橋での取引を終えた梵天丸は、午前零時半に壇ノ浦の港に帰りついた。翔太郎たちの時計では午前三時半じゃ。俺は喜びを分かち合うかのような演技をしながら、翔太郎と絵里香ちゃんを乾杯に誘った。そして俺はおまえらに睡眠薬入りの烏龍茶を飲ませた。おまえらはたちまち深い眠りに落ちた。それを待って、俺は三時間進めておいた時計をすべて元通りにした」

「それも山部の指示だったんですね」

「そうじゃ、みーんなあいつの指図やった」

「でも判りません。いったい山部の目的はなんなんです？　なぜ彼はこんな手の込んだアリバイトリックみたいな真似を——ああッ、そうか」

翔太郎は思わず叫んだ。

「高沢殺しのためだ！」

これがアリバイトリックならば、目的はそれしか考えられない。

皐月は梵天丸の甲板に立ちながら、小さな運転席を顎で示した。

「知ってるか、勢司。梵天丸の運転席にも小さな時計があるんだぜ。その時計の針がなぜか三時間ばかり進んでいたんだ。それを見てあたしは確信した。昨夜の一連の出来事は古典的なアリバイトリックの応用に違いないとな」

山部はハッとした顔になり、瞬間、船の運転席に向かって視線を投げた。だが、山部は慌てて運転席に駆け込むような軽はずみな真似はしなかった。意思の力で自分の行動を制御しているのが見て取れる。さすが山部勢司。軽率な行動でボロを出すような男ではない。

「おまえは甲本に、時計をすべて三時間進めるように指示した。トリックの目的はもちろん高沢さんの殺害にある」

皐月はここぞとばかりに畳み掛けた。

「昨夜、高沢さんは行方が判らなくなっていた。実のところ、高沢さんはおまえの手で密かに拉致されていたんだな。麻酔でも嗅がせたのか、殴って気絶させたのかは知らない。とにかく前後不覚に陥った高沢さんを車に乗せて、おまえは午前零時ごろ関彦橋にやってきた。橋の下には現在の時刻を午前三時と勘違いした絵里香たちがいる。そこでおまえはアタッシェケースを橋の上から落とした。ただしケースの中身は偽札――おまえが竹村謙二郎《たけむらけんじろう》を殺して奪った偽札だ。しかし絵里香たちはそれを本物と信じた。これだけのことをやり終えてから、おまえはいよいよ本当の仕事に取り掛かった」

「おいおい、お嬢。なんの話だか、さっぱり判らないぞ」

「まあ、そういわずに聞け。時間はたっぷりあるだろ」

皐月はひと呼吸置いてから、話を続けた。

「おまえは関彦橋での仕事を終えると、車で真っ直ぐに壇ノ浦の甲本の家に向かった。午前零時過ぎなら道も混んでいない。漁船の速度はせいぜい時速十五キロとか二十キロだ。間違いなくおまえは梵天丸よりも先に甲本の家に到着したはずだ。おまえは気絶した高沢さんを車から運び出し、物陰に身を潜めながら梵天丸の帰還を待った。やがておまえの目の前で梵天丸が港に到着する。甲本が翔太郎君や絵里香を引き連れて、建物の奥に消えていく。それを見届けてから、おまえは高沢さんを担いで梵天丸に乗り込む。そして貯蔵庫の扉を開けてその中に高沢さんを寝かせ、刃物で胸をひと突きして殺害した。おまえは死体から刃物を引き抜いて、貯蔵庫の扉を閉めた。このとき刃物からしたたり落ちた血が、甲板の上に血痕を残したんだな。おまえは刃物を仕舞って梵天丸を降りた。家の中では、何も知らない甲本がおまえの指示どおりに翔太郎君と絵里香に睡眠薬を飲ませているころだ。おまえは甲本と顔を合わせないように、黙って甲本の家から立ち去った。――ここまでが、身代金受け渡しの夜の前半。時間帯としては午前零時前後の出来事だ」

「ほう、まだ続きがあるのか」山部が皮肉な笑みを口許に浮かべる。

「ああ、後半がなかなか愉快なんだ」皐月は鋭い視線で山部を睨む。

「高沢さんを殺害したおまえは大急ぎで門司港に戻り、午前一時過ぎには何食わぬ顔で花園邸に現れる。花園邸は身代金受け渡しを前にして緊張の真っ最中。しかも頼りにしていた高沢さんとの連絡が途絶えていて、親父は大慌て。だが連絡がつかないのも無理はない。もうその時点で高沢さんは、梵天丸の貯蔵庫の中で冷たくなっていたんだからな。高沢さん殺しの張本人であるおまえは、他の連中に混じって高沢さんの身を案じるフリを演じていたわけだ。やがて出発の時刻。高沢さんの代わりに、おまえがあたしの護衛につくことになった。あたしがそれを望んだからなんだが、あたしが望まなくても自然とそういう話に落ち着いたはずだ。おまえにしてみれば計算どおり。これから先、おまえはずっとあたしと一緒に行動することになる。どうだ、愉快な話じゃないか。結果としてあたしがおまえのアリバイの証人になるわけだからな」

皐月は小さく鼻を鳴らして憤りを露にすると、また冷静な口調に戻って話を続けた。

「おまえとあたしは午前二時にベンツで花園邸を出発。午前二時半にはレストラン『巌流島』に到着。そして午前三時、あたしはバイク便の男からメッセージを受け取った。ただちに関彦橋に向かえという内容だ。あたしは関彦橋に向かい、橋の欄干に貼られていたメッセージと、その傍らに結ばれている釣り糸を見つけた。これは三時間前に翔太郎君たちが用意したものだ。つまり、翔太郎君が午前零時に用意したメッセージを、あたしは三時間遅れで読んだというわけだ。そしてその指示どおりに、あたしは釣り糸にアタッシェケースを引っ掛けて、それを海に落とした」

「そのとき橋の下には梵天丸がいたはずだが」

「確かに橋の下には梵天丸がいた。だが、その船に絵里香や翔太郎君は乗っていなかった。乗っていたのは甲本ひとりだけだ。つまり甲本は午前零時には絵里香たちと一緒に狂言誘拐の協力者として関彦橋に現れて、その後、睡眠薬で絵里香たちを眠らせ、午前三時には山部勢司の協力者としてもう一度関彦橋に姿を現していたんだな。このとき、梵天丸の貯蔵庫の中にはすでに高沢さんの死体が転がっていたんだが、甲本はそんなこととは夢にも思わずに、おまえの指示に忠実に従った」

「ほう、甲本がなにをやったというのかな?」

「甲本は午前零時に絵里香たちと一緒にやったようなことを、もう一度ひとりで繰り返したんだ。まず午前三時前に関彦橋に到着した甲本は、梵天丸を関彦橋の真下に停める。そこで橋の欄干から垂れ下がっている釣り糸を捜し、その先端を梵天丸の運転席の傍に結びつける。そして橋の真下に隠れながら、じっと待つ。やがて橋の上でメッセージを読んだあたしがアタッシェケースを海に落とす。甲本はすぐさま船を前進させる。釣り糸がロープウェイとなって、アタッシェケースはするすると運転席の傍までやってくる。午前零時には、この釣り糸を切断するのは翔太郎君の役目だったようだが、午前三時の梵天丸には甲本しか乗っていない。彼は梵天丸の舵輪《だりん》を片手で握りながら、もう片方の手で釣り糸を切断したのだろう。後は、猛スピードで船を走らせるだけだ。あたしは橋の上から遠ざかっていく船の後ろ姿を見送るしかなかった。そして、あたしの隣で、おまえは必死さを装いながら盛んにカメラのシャッターを切り続けていた、というわけだ」

皐月は山部の顔を真っ直ぐ見据えたままで続けた。

「三千万円を手に入れた甲本は梵天丸を走らせて、壇ノ浦の港に二度目の帰還を果たした。甲本が船のキーを抜き忘れたのは、このときだ。そして甲本は五百万円だけを絵里香に残して、二千五百万円を持って軽トラで家を出た。向かった先は、たぶんおまえがいちばんよく知ってるんじゃねーか」

甲本の話によって、いまや真実は明らかだった。間違いない。高沢裕也《ゆうや》を殺害したのは山部勢司なのだ。なによりも、山部の部屋ですまきにされて転がっている甲本の姿が、真実を雄弁に物語っている。

「金持って壇ノ浦の家から逃げ出した俺は、山部の指示に従って、いったんこの部屋に身を隠した。昼過ぎになって、ようやく山部がやってきた。あいつは戻ってくるなりシャワーを浴びて、それからビールを飲みはじめた。それで、俺もいただこういうことになって、それで一杯飲んだら、わけ判らんようになって……気がついたら、押入れの中ですまきにされとったんよ」

つまり、山部は『Ｂａｒ深海魚』の前で翔太郎たちと別れた後、この部屋に戻って甲本をすまきにしたわけだ。すべては予定の行動だったのだろう。甲本は翔太郎と絵里香を騙したが、その甲本もまた山部に騙されていたわけだ。

「それで先輩、山部はいまどこに？」

「知らん。たぶん、何食わぬ顔で花園組の事務所にでも——ああ、いや、そうやないわ。そういえばさっき電話が掛かってきたんよ。押入れに閉じ込められとっても、声は聞こえたけえ」

「電話⁉　相手は誰です？」

「確か『お嬢さん』とか呼んどったから若い女じゃろう。それからホテルがどうとかいうとった。そんで電話の後、すぐ出ていったみたいじゃった」

「お嬢さん！」

山部勢司は皐月のことを『お嬢』と呼び、絵里香のことを『お嬢さん』と呼び分けている。ならば電話の相手は絵里香だ。そしてホテルといえば梵天丸が繋いである、あの廃墟のことだろう。何らかの事情があって、絵里香が電話で山部を呼び出して、もう一度あの廃墟となったホテルを訪れたのだとしたら——

危険だ。絵里香は山部が殺人犯であることを知らない。

「先輩！　軽トラの鍵は、どこです」

「鍵⁉　鍵は確か財布と一緒にあの男に奪われたはずやけど」

翔太郎は立ち上がって、部屋を見回した。本棚の上に財布と鍵が並べて置いてあった。見慣れた鍵は確かに軽トラ屋台のものである。ふと本棚の隣を見下ろすと、そこにはさっき木彫りのふぐと衝突して死んだはずのチンピラが木刀を抱いてすやすやと寝息を立てている。どうやら死んではいなかったようだ。翔太郎は男が目を覚まさないように、慎重に彼の木刀を奪い取った。右手に持ってブンと振ってみる。なかなかいい感じだ。自分が少しだけ強くなった気がする。

「でも、向こうは確か拳銃持ってるみたいな話だったよな……」

だとすれば木刀は充分な武器ではないかもしれない。だが、事は一刻を急ぐ。翔太郎は木刀を肩に担いでベランダへ飛び出した。

「おい、こら待てーや、翔太郎！　俺を放っていくんかいや。この薄情もんが！」

薄情で結構。翔太郎は甲本の罵声を背中に浴びながら山部勢司の部屋を後にした。駐車場の軽トラ屋台に乗り込んだ翔太郎はエンジン始動。数秒後、軽トラ屋台は、尻に火がついたような勢いで駐車場を飛び出していった。

昨夜の出来事を語り終えた皐月は、今日の出来事へと話を移した。

「今朝になっておまえは下関の警察に匿名の電話を入れた。その目的は、貯蔵庫の死体を発見してもらうためだ。死体が発見されなければ、せっかくのアリバイトリックが無意味になるからな。まあ、実際には警察が発見する寸前に、翔太郎君と絵里香が発見してしまったわけだが、いずれにしても絵里香があたしに助けを求めてきたことで、おまえの目論見は充分に成功した。あたしは高沢さんの死体を確認し、絵里香と翔太郎君から狂言誘拐の顛末を聞いた。そして——ここが重要なポイントなんだが——あたしも絵里香も翔太郎君も、昨夜の自分たちの行動に三時間のズレがあることにまったく気がつかなかった。あたしは絵里香たちの話を聞いて、『自分が橋の上からアタッシェケースを落としたとき橋の下に絵里香や翔太郎君がいた』と納得した。絵里香や翔太郎君は、『自分たちがアタッシェケースを受け取ったとき橋の上に花園皐月がいた』と信じ込んだ。だが、事実はまったく違う。あたしが橋の上にいたとき、橋の下に絵里香たちはいなかった。絵里香たちが橋の下にいたとき、橋の上にあたしはいなかったんだ。身代金の受け渡しは、錯覚だった。実際には身代金を渡す側と受ける側が橋の上と下ですれ違っているだけだったのさ」

それから皐月は今回の事件が持っていたある特徴について語った。

「そういえば今回の事件であたしは奇妙な印象を抱いていた。それはこの誘拐事件がやけにアナログな手段でおこなわれているという印象だ。なぜ、犯人は携帯やメールをもっと積極的に利用しないのか。なぜ、紙に書いたメッセージを人づてに届けさせようとするのか。だが考えてみれば、それしか手段はないんだ。絵里香たちの時間とあたしの時間はすれ違っている。午前零時の絵里香たちが午前三時のあたしに携帯やメールでダイレクトにメッセージを送ることは不可能だ。だから、おまえは最初から携帯やメールに頼らないアナログなやり方を考え、それを甲本に指示したわけだ」

「…………」

山部は無表情なまま皐月の話を聞いている。皐月は長々と続いた説明を締めくくった。

「ではこのすれ違いがどんな効果をもたらしたか。身代金受け渡しの時点で梵天丸の貯蔵庫に高沢さんの死体はなかった、と絵里香と翔太郎君が主張する。ならば高沢さんが殺されたのは、午前三時以降ということになる。午前三時以降なら山部勢司はずっとこのあたしと一緒にいた。ゆえに山部勢司は高沢裕也殺しの犯人ではあり得ない。――これは説明されるまでもなく誰にでも判る話だ。こうしておまえはことさらにアリバイを主張しなくても、ごく自然に自分を容疑の圏外に置くことに成功する。あたしも絵里香も親父も、他の組員たちだって、誰ひとりおまえのことを疑わないだろう。これはそのためのトリックだったわけだ。そうだろ、勢司」

皐月は射るような視線で山部を睨みつけたまま、ひと通りの説明を終えた。

だが、山部は簡単に膝を屈することはしなかった。彼は冷静な態度を崩すことなく、あくまで理論的な態度で反論を試みた。

「話はよく判った。確かに、時計の針を動かせば、犯行時刻を誤魔化すことはできるだろう。俺が高沢の兄貴を殺すことはいちおう可能だ。それは認める。だが――」

「だが――なんだ？」

「だが、お嬢はまだ俺が犯人であることを証明してはいない。時計の針を動かすトリックは甲本を共犯として引っ張り込めば、誰にだって可能だ。そうだろ？　それとも俺が間違いなく犯人であるという確かな証拠でもあるのか」

山部の顔に、どうだとばかりの得意げな表情が満ちる。皐月はゆっくりと頷き、慎重かつ大胆に天狗の鼻をへし折りに掛かる。

「心配するな、勢司。証拠ならある」

「なに――」

「昨夜、橋の上からおまえが撮った梵天丸の写真。あれが証拠だ」

怪訝な顔つきの山部に、皐月は丁寧に説明した。

「あの写真には甲板で大の字になった翔太郎君の姿が写っていた。このことは翔太郎君本人も認めている。おまえはあれを午前三時に撮影した写真として、あたしに見せたよな。だが、時計のトリックが明らかになってしまったいまとなっては、あの写真が午前三時の写真でないことは明らかだ。午前三時の写真に翔太郎君が写っているはずがないからな。つまり、あれは午前零時の写真だ。だから翔太郎君の姿が甲板に写っている。ならば、その写真を撮ったというおまえこそは、午前零時に関彦橋の上にいた人物——すなわち、今回の事件の黒幕に他ならない、というわけだ」

「………」

皐月の説明を聞いた山部は、しばらくその言葉を頭の中で咀嚼《そしゃく》するように黙り込んでいた。最後の最後まで悪あがきを続けるべきか、それとも見苦しい振る舞いはやめて、おとなしく罪を認めるべきか——そのことを必死で考えているように見える。しばしの熟考の末、彼は後者を選んだようだった。

「なるほど。いわれてみれば確かにお嬢のいうとおりだな。そうだ、あの写真は午前零時に俺が橋の上から撮ったものだ。トリックを補強するつもりで利用した写真だが、かえって墓穴を掘ってしまったようだ。あんな写真は見せるべきじゃなかった。どうやらこれは俺のミスらしい」

ついに決着はついた。罪を認めた山部は、いっそサバサバした顔で溜め息をついた。

「やれやれ、うまくやったつもりでも、なかなか計画どおりにはいかないものだ。俺もそうだが、甲本の奴もとんでもないミスをしてくれた」

「船のキーを抜き忘れたことか。確かにあれは彼の犯した大きなミスだった」

「いや、それだけならなんとか誤魔化せたろう。致命的なのはあいつが運転席の時計の針を元に戻し忘れたことだ。動かした針は忘れずに元に戻せと、あれほど念を押したのに、結局ミスりやがった」

「……あ、いや」

「ん⁉」

「……そのことだがな、勢司」皐月は悪戯を見つかった子供のように髪を掻いた。「甲本は時計の針を戻し忘れたりしていない。ていうか、梵天丸の運転席に時計なんて最初からねーんだよ。騙して悪かったな」

「はあ⁉」山部の表情がはじめて歪んだ。「そ、それじゃあ、いまの推理は――」

「推理は推理。たぶんこんな感じかなー、と思った話をハッタリ込みで披露したまでだ。どうやら、ドンピシャだったようだがな」

「ハッタリだと……」

「ま、そんな顔するな。おめーだっていままでみんなを騙してきたんだ。あたしに騙されたからって、文句はいえねーだろ」

「そ、そういうことか……」

山部は心底ガックリした様子で、梵天丸の甲板に片膝をついた。完全なる敗者のポーズ。そして山部はむしろ賞賛するかのような口調で、皐月にいった。

「判った。文句はいわない。俺の負けだ。まったく、お嬢にゃかなわねえ」

その瞬間、顔を上げた山部の視線がすっと動き、皐月の背後に注がれた。皐月もまた自分の背後に人の気配があることに、ようやく気がついた。まさかと思って振り返る皐月。その視線の先には、つい先ほどこの場を立ち去ったはずの絵里香の姿があった。

「馬鹿！　なんで戻ってきたんだ！　帰れっていっただろ！」

絵里香は船着場から再び梵天丸に乗り込みながら、

「タクシーに乗ろうとしたら、白石さんから携帯に電話があったの。翔太郎がうちから逃げ出したんだって。お姉ちゃん、どうしよう――」

「くるな、絵里香！」

絵里香のもとに駆け寄ろうとする皐月の背後で、いきなり銃声が響いた。驚きのあまり思わず身をかがめる皐月。そのかがめた身体の上を山部は跳び箱の要領で一瞬にして跳び越えていった。皐月が再び体勢を整えたとき、山部は絵里香を背後から抱きかかえながら拳銃を絵里香のこめかみに押し当てていた。

「うッ――」

皐月は愕然として動きを止め、自らの不運を嘆いた。まさしく、こういったことが起こりうると思えばこそ、絵里香をひとりで帰宅させたのだ。それがまさか自分から舞い戻ってくるとは予想外の展開だった。

形勢は完全に逆転した。山部は勝ち誇った笑みを口許に浮かべながら、鋭く光る目で皐月を見下ろす。

「この娘の命が惜しければ、それ以上近寄るんじゃない」

山部の恫喝《どうかつ》に皐月は一歩も動けなくなった。彼が本気であることは血走った目を見れば判る。

しかし、山部に捕らわれた絵里香はまるで状況が飲み込めていない様子。「え⁉ またこの展開？」と不思議そうな顔をしながら左右を見回している。「あれ、だけど刑事さんたちは、いないわね」やがて絵里香の表情に遅ればせながら恐怖の色が浮かび、見る見るうちにその表情は引き攣っていった。「え……嘘……これってマジなの⁉」

「心配するな、絵里香。大丈夫だ。きっと助けてやる」

どうやって助けるかは考え中だが、とりあえずはそういっておく。それから皐月は山部の顔面を鋭く睨みつけて、昔見た東映映画の台詞を叫んだ。

「見損なったぞ、勢司！　それがおまえの任侠道か！」

「うるせー、あんなアホな親分にいちいち義理立てしてられるかー」

「そ――その気持ちは判らんでもないが、とにかく落ち着け、勢司。そんなことをしてなんになる」

「うるさい。俺はこの娘を連れて逃げる。お嬢も手出しは無用だ」

「逃げたいなら逃げればいい。絵里香は置いていけ！」

「そうはいかない。この娘はなかなか船の運転が上手らしいからな」

「いえいえいえいえ」山部の腕の中で絵里香がブンブン首を振る。「そんなことないわよ。さっきだって防波堤に衝突したし、連絡船とぶつかりそうになったし、上手いだなんてとんでもない――」

「ええい！　文句をいわずに俺のいうとおりにしろ！」

「嫌だっての！」といったときには、もう絵里香は銃を構える山部の右手にがぶりと咬《か》みついていた。「がふッ、がッ……」

　思わぬ抵抗に驚いた山部は「痛ッ」と叫んで慌てて右手を引き、弾みでうっかり引き金を引いた。二発目の銃声が響き、銃弾は絵里香の顔の前を斜めに通過した。

「きゃあああっ！」

　さすがの絵里香も恐怖に顔を引き攣らせ、一瞬でおとなしくなった。山部は歯型のついた右手をマジマジと見つめながら、「まったく、動物かよ、てめーは！」

　そして山部はあらためて絵里香のこめかみに銃口を押し当て、皐月に命じた。

「ほら、なにをぼんやりしてるんだ。お嬢は船を降りるんだ。さっさとしろ！」

「くッ――」

「心配するな。俺だって、この娘の命をどうこうしようとは思わない。うまく逃げられた暁には、無事に解放すると約束しよう。だからいまは俺のいうとおりにするんだ」

「…………」

　皐月は迷った。確かに絵里香の命を奪ったところで山部にとって意味はない。むしろ逃亡の邪魔になるだけだから、この場さえ凌《しの》ぎきれば、いずれ山部は絵里香を手放すだろう。下手に争うのは、かえって危険が大きい。いまは彼の言葉に従うのが得策かもしれない。

　結局、皐月は為す術もないままじりじりと後退するしかなかった。命じられるままに皐月はいったん船を降りる。

「よーし、それでいい。船のロープを解くんだ。余計な真似はするなよ」

山部は皐月の動きを牽制しながら、絵里香の腕を引っ張って運転席へと移動した。絵里香の表情が不安げに歪む。皐月はいわれるままにロープを解きながら、船着場から山部に向かって叫んだ。

「てめえ、勢司ッ、いいか、絵里香に手ぇ出すんじゃねーぞ。必ず無傷で返せよ。傷ひとつでも負わせたら、あたしがてめえをぶっ殺しに——」

しかし皐月の強烈な脅し文句は、梵天丸のエンジン音に呆気なく掻き消された。やがて、エンジンの音がひと際高くなったかと思うと、梵天丸はゆっくりと後退しながら船着場を離れはじめた。

徐々に遠ざかっていく船の舳先。その向こうに視線をやると、運転席のガラス越しに絵里香の泣きそうな顔が見えた。駄目だ。やはり絵里香をひとりで行かせるわけにはいかない。そう思った瞬間、「ええい、畜生！」足が勝手に動いた。気がつくと皐月は前後の見境もなく、梵天丸の舳先に飛び移っていた。「やっぱり、いまここで助けてやるぜ、絵里香！」

「お姉ちゃん！」

運転席の絵里香の表情が希望に輝く。絵里香はハンドルから手を離し、山部の腕を振り解《ほど》こうともがいた。山部は拳銃を持った手を絵里香の首筋に振り下ろす。

絵里香は「うッ」とひと声呻いて抵抗をやめた。

「てめえ、勢司ッ！　絵里香には手を出すなといったはずだ！」

「余計なことをしたのはそっちだろーが！」運転席から飛び出してきた山部が、ふいに視線の先になにかを発見したように表情を歪めた。「――ん⁉」

皐月もまた自分の背後になにかの気配を察した。「――なんだ？」

絵里香も首筋を押さえながら、運転席から顔を覗かせた。「――誰？」

コントロールを失った梵天丸は惰性でバックを続けている。船着場と船の距離はもう数メートル離れてしまっている。その船着場にホテルの建物の陰からひとりの男が飛び出してきた。

「待て待て待て待て――ッ」

木刀を片手にしたTシャツ姿の若い男――樽井《たるい》翔太郎だった。

翔太郎は船着場を猛然と駆け抜けた。まるで陸上競技場の直線を駆ける短距離走者のような素晴らしいスピード。そして、彼はその勢いのままに梵天丸の舳先を目掛けて、船着場の端を思い切り蹴った。

「とりゃぁぁぁ――――ッ」

気合もろとも翔太郎は大きく翔んだ。その身体は見事な放物線を描き、その両足は往年のカール・ルイスばりに空中を三歩半歩いた。それはまさに壇ノ浦の合戦における義《よし》経八艘飛《つねはっそう》び伝説を髣髴《ほうふつ》とさせる大ジャンプだった。そして――

翔太郎の身体はものの見事に梵天丸の舳先に激突した。スイカ割り大成功、みたいなグシャリという音が夕闇迫る関門海峡に響き渡り、持っていた木刀がクルクル回りながら高々と空中に跳ね上がる。翔太郎は額と鼻から鮮血を噴き上げながら、ゆっくりと海面に落ちていった。一瞬の後、宙を舞った木刀だけが空しく甲板に落下し、カランと乾いた音をたてた。

「…………」

すべてはあっという間の惨劇だった。すべての者たちがいっとき言葉を失い、呆然と凍りついた。

「……なんなんだ、いまのは？」

殺人犯の山部でさえ、自分の立場を忘れたかのように立ちすくんでいる。

「翔太郎君……」皐月は甲板に転がった木刀を右手で拾い上げると、「君の死を無駄にはしない」と小さく呟き、その切っ先を真っ直ぐ山部に向けた。「もうたくさんだ、勢司！　これ以上、死人を増やすのはよせ！」

「待て待て、いまのは、俺のせいじゃないだろ！　あの男が勝手に現れて勝手に死んでいっただけだぞ」

「え、嘘！　翔太郎、死んじゃったの⁉」絵里香がびっくりしたようにキョロキョロとあたりを見回し、泣きそうな声で彼の名を呼んだ。「翔太郎ぉぉぉー！」

返事をする者は、もうどこにもいない。

「こら、勝手に動くな。こっちにこい」山部は再び絵里香を自分のほうに引き寄せると、あらためて銃口をそのこめかみに向けた。「人質なら人質らしくしろ！」

「絵里香に手を出すな！」

木刀を持った皐月と、絵里香という人質を楯にした山部。二人の睨み合いが続く。太陽はすでに大きく西に傾き、その日差しはあたりを茜《あかね》色に染めていた。梵天丸は操縦者のいないまま、夕日に輝く海面を漂うばかり。両者の緊張はピークに達しつつあった。

皐月は木刀を中段に構えながら、素早く考えを巡らせた。

拳銃と日本刀で一対一の勝負をした場合、日本刀のほうが勝利する――という、いわゆる日本刀最強伝説というのがある。だが、拳銃と木刀ではさすがに勝負にならないだろう。とはいえ、せっかく翔太郎が自分の命と引き換えにして届けてくれた木刀だ。なんとかして山部にひと太刀浴びせて、絵里香を救いたい。それでこそ海峡の藻屑と消えたたこ焼き青年の魂も、浮かばれるというものだ。しかし、いったいどうすれば――

「！」

その瞬間、皐月は我が目を疑った。山部の後方、すなわち梵天丸の船尾のあたりに、緑色のぬらぬらした物体がまるで海面から湧いて出てきたかのように現れた。その物体は船べりを越えて、やがて完全に梵天丸の甲板に降り立った。そして皐月は気がついた。その生物を覆っている緑色の正体。それはワカメだった。ワカメが人間の形をして海面から船の上へと乗り込んできたのだ。緑色の人形《ひとがた》生命体。怪人ワカメ男――

「……………」

皐月は軽い眩暈《めまい》を感じた。確かに今回の事件では予想を超える様々な出来事があった。偽札、殺人、狂言誘拐、身代金受け渡し、さらに殺人。だが、この緊迫すべき場面において怪人ワカメ男が登場するに至っては、もはや常軌《じょうき》を逸しているとしかいいようがない。皐月はある種の空しさや脱力感すら覚えるのだった。

「おい、勢司」

「なんだ」

「後ろ」

「ん」

チラリと後ろを振り返った山部の口から、たちまち引き攣ったような絶叫が漏れた。

「ワ、ワッ、ワカ、ワーーッ」

無理もない。沈む夕日をバックにしたワカメ男の姿は、彼にとって想像を絶する驚きだったのだろう。だが、とにもかくにもこれは待ち焦がれていたチャンスに違いなかった。皐月は気を取り直して木刀を握り締めると、敵に向かって一直線に駆け出した。

「覚悟だ、勢司！」

ジャンプ一番、構えた木刀を上段から振り下ろす皐月。後方のワカメ男に気を取られていた山部は、一瞬反応が遅れて、木刀の切っ先を左の肩にまともに受けた。

呻き声を上げて体勢を崩す山部。

囚われの身の絵里香は、その隙を見逃さなかった。俊敏な身のこなしで相手の腹部に鋭い肘鉄を見舞い、山部の腕を振り解く。苦しげに身をかがめる山部。そこにワカメ男がぬるぬるした身体で襲いかかる。甲板の上で激しくもつれ合う山部とワカメ。異様な光景に思わず攻撃の手を休めて、目を奪われる皐月。やがて乱闘の中で響く乾いた銃声。ワカメ男が右足を押さえて悲鳴のようなものを発した。銃弾が足に命中したらしい。皐月は我に返って、木刀を握りなおした。

「危ねえんだよ、この野郎！」

皐月の木刀が一閃《いっせん》し、山部の拳銃をなぎ払った。鈍い金属音とともに、拳銃は遥か上空に弾き飛ばされ、海峡の流れの中に落ちて沈んだ。

「くッ！」

銃を失った山部は、もはや破れかぶれの形相。皐月の木刀を奪い取ろうと、正面から襲い掛かってくる。皐月は巧みな身のこなしで山部の突進をいったんかわすと、

「いいかげんにしやがれ、てめえ！」

振り向きざまに、相手のふくらはぎ目掛けて鋭い一撃。骨の折れるような音がして、山部の身体が大きく傾く。その瞬間、どうぞとばかりに目の前に差し出された相手の首筋。皐月は冷静に狙いをつけて、それを一刀のもとに打ち据えた。手ごたえあり。山部は糸の切れたマリオネットのように、無言のままその場に崩れ落ちた。

どうやら勝負はついた。

「て、てこずらせ、やがって、この野郎……」

緊張から解き放たれた皐月は、木刀を持ったままくたくたとその場にしゃがみこんだ。すでに武器も戦意も失った山部に反撃の姿勢はない。

「おい、勢司」皐月はおもむろに彼を呼んだ。「ひとつ質問していいか」

「……なんだ」山部は長々と横たわったまま顔だけを皐月に向けた。

「動機のことだ。なぜ高沢さんを殺した？」

「は……はは……そんなことか」山部は荒い息の間から苦しげな笑みを漏らし、それから途切れ途切れに答えはじめた。「なに、簡単なことだ。この世界に入ったからにはト

ップにならなきゃ意味がない。高沢の兄貴がいる限り俺はトップにはなれないだろ。知らないのか？　おやっさんはお嬢と高沢の兄貴に組を任せる腹だったんだぜ。この世界じゃ親の決めたことに子は逆らえない……だから俺には高沢の兄貴が邪魔だった……」

「しかし、なぜこんな手の込んだ真似を？　高沢さんを消したいなら、暗がりに連れ込んで拳銃一発撃てば済むことじゃないか。おまえなら簡単にやれたはずだ」

「それじゃ駄目だ。大事なことは、お嬢に露ほども疑いを持たれずにやることだった。高沢の兄貴を消してもそのことでお嬢が俺を疑うようなら……意味がないからな」

「判んねーな。要するに山部勢司は花園組のトップになりたかったのか、それともあたしと一緒になりたかったのか。どっちなんだ？」

「はは……お嬢らしい、率直な質問だな。だが俺にとってその二つの願いは、二つでひとつなんだ……どちらか片方じゃ意味がないんだよ……」

「馬鹿だぜ、おめーは」

　皐月の呟きを、夕暮れの海風が掻き消していった。

　こうして梵天丸の決闘は思わぬ闖入者《ちんにゅうしゃ》をきっかけにして、急転直下ケリがついた。すべては怪人ワカメ男のおかげである。さては口裂け女以来の新型都市伝説の誕生か、はたまたこの海を守る和布刈神社のご利益か、その正体は——

「翔太郎！」

　絵里香が叫び声をあげてワカメ男に駆け寄った。

　皐月はあらためてワカメ男を見やった。なるほど、いわれてみれば確かに怪人の正体は、身体中に海峡の海の幸をいっぱいくっつけた樽井翔太郎、その人だった。船の舳先に激突した彼は、死んだわけではなかった。驚くほどの執念深さで密かに海中を進み、今度は梵天丸の船尾から山部に襲い掛かったのである。皐月は彼の生命力と運の強さに舌を巻き、それから絵里香を思う気持ちの強さに、少しジンとなった。

「ああ、絵里香、よかった、無事だったんだな」

　荒い息遣いのまま苦しげに微笑む翔太郎。絵里香は半分泣きながら彼の手をとった。

「それはこっちの台詞よ。海に落ちて死んじゃったのかと思った」

「まさか、あれぐらいで死ぬかよ。海に落ちたあれは、なんていうか、そう、死んだフリだ。相手の裏をかく作戦。騙されるばっかりじゃつまらないからな。こっちが騙してやったのさ。見たかあの顔、あいつ相当驚いてたぜ」

　そして翔太郎は鼻血を手の甲で拭い、無理に微笑みながら、

「どうだ絵里香。俺、恰好よかっただろ」

と、信じられないことを聞いてきた。どうやら、海上を漂っていたワカメが彼の身体を覆い、怪人ワカメ男として意外な効果を発揮した事実を、彼自身は知らないらしい。知っていれば、「恰好よかっただろ」などという台詞が出てくるはずがない。

「…………」

　絵里香は一瞬、どう答えていいか戸惑うようなポカンとした表情を覗かせた。そして救いを求めるように皐月のほうに微妙な視線を送った。だが、これぱっかりはいくら頼

れるお姉ちゃんでも代わりにどうにかしてやるわけにはいかない。皐月は言葉をかける代わりに、黙ったまま絵里香の目を見て、ひとつ小さく頷いた。

思いは充分通じたらしい。絵里香もまた小さく頷き返すと、すぐに笑顔になって翔太郎の顔をワカメごと胸に抱きしめた。「恰好よかったよ」

まあ、それが優しさというものだろう。そして絵里香の優しい嘘に、翔太郎は今度こそ気持ちよく騙されてくれるに違いない。

これでよかったのだ、と皐月は思った。

エピローグ

病室の入口をノックすると、返ってきたのは「はーい」という元気な子供の声だ。引き戸を開けて中を覗き込む。白いベッドの上にはオカッパ頭が印象的な女の子の姿。ピンクの寝間着を着た六歳の少女は、上半身を起こした恰好でニコニコしながらこちらを見詰めている。――ふぅん、これが詩緒里《しおり》ちゃんか。そういや俺、初対面だな。樽井《たるい》翔太郎《しょうたろう》はなにやら感慨深い気分に浸った。前回この病院を訪れた際には、翔太郎は病室には同行せず、ひとり駐車場のベンチで居眠りをしていたのだ。

少女は姉のセーラー服姿に目を留めると、「わあ、絵里香《えりか》おねーちゃん」と嬉しそうに微笑む。絵里香は「いい子にしてた？　詩緒里ちゃん」と、もうすっかりお姉さんが板に付いたような口ぶりだ。お見舞いの品として持ってきたフルーツ盛り合わせを妹に手渡す。受け取った詩緒里は「ありがとー、おねーちゃん」と無邪気な歓声をあげた。

さすが血の繋がった妹だけあって、笑った顔は絵里香にそっくりだ。この姉妹が父親似でなかったことは、なによりの僥倖《ぎょうこう》であるなあ、と翔太郎は思わざるを得ない。おそらくは母親がとびきりの美人なのだろう。そう思って病室を見回してみるが、残念ながらそこに母親らしき女性の姿は見当たらなかった。

「あら、今日はママ、いないのね」絵里香が尋ねると、

「うん、午前中にきて、もう帰っていったー」そう答えながらも、詩緒里は入口に佇む見知らぬ青年が気になる様子。指差しながら聞いてくる。「ねえ、あの人は、誰ぇ？」

少女が不審に思うのも無理はない。翔太郎は銃撃による傷が癒《い》えたばかりの足を慎重に動かして、絵里香の隣へと歩を進める。だが、いったい自分の存在を、この六歳少女にどう説明すればよいのやら、翔太郎には見当もつかない。絵里香も同じ思いだったのだろう。右手で翔太郎を指差しながら、「ええっと、この人はね、んーっと……」

「あ、ひょっとして、おねーちゃんの恋人ぉ？」

「違うから！　そんなんじゃないから！　変なこといわないでね、詩緒里ちゃん」

絵里香は両手を振って否定するが、その顔は耳まで真っ赤。翔太郎も気まずい思いで、咄嗟にアサッテの方角を見やる。絵里香は真顔になって妹の顔を覗き込んだ。

「違うのよ。この人は翔太郎っていってね、詩緒里ちゃんは知らないでしょうけど、この前の手術のときには、あなたもわたしも凄ぉーく彼のお世話になったのよ」

「ふーん、どんなふうに？」

「え、どんなって……だから、その、彼はね、彼はわたしのことを……」

わたしのことを誘拐してくれたの——などと、まさか本当のことはいえないので、たちまち絵里香はシドロモドロだ。

ほら見ろ、いわんこっちゃない、と翔太郎は頭を掻いた。やはりお見舞いは絵里香ひとりで充分だったのだ。それなのに遠慮する翔太郎を無理やりこの病室まで連れてきた

のが、間違いの元なのだ。やれやれ、とばかりに首を左右に振る翔太郎。その視線がふと病室の戸棚に留まる。そこに見覚えのある緑色の物体が鎮座していた。

ああ、これって詩緒里ちゃんのところに、しっかり届いてたんだな。

翔太郎は戸棚に置かれたそれを手に取る。そして少女の前に示しながら尋ねた。

「このカエルのぬいぐるみ、お姉さんからのプレゼントだよね？」

「うん、そう。手術の前に貰ったの。お守りだって」

「やっぱり、そうか」頷いた翔太郎は、自分の胸を片手で叩きながら、「何を隠そう、このカエルのぬいぐるみをゲットしてあげたのが、このお兄さんってわけなのさ。君のお姉さんに頼まれて、UFOキャッチャーでチョチョイっとね」

「わあ、そうだったんだー」

「そ、そうよ。確かに、そうだったわ」絵里香は思い出したように手を叩き、そして再び妹へと顔を寄せた。「ね、いったでしょ、知らないうちにお世話になってるって。だから詩緒里ちゃんも、このお兄さんにちゃんとお礼をいってあげてね」

「うん、判ったー」

コクンと頷いた少女は翔太郎のほうを向きながら、「お兄さん、ありがとう」

「なーに、どういたしまして」照れくさい気分で片手を振る翔太郎は、目の前の少女にあらためて尋ねた。「手術、成功したんだってね。もう痛いところとか、ない？」

「うん、大丈夫。全然へいきー」

そう、それはよかった――翔太郎は心からそう思った。

またくるねー、と手を振って六歳少女に別れを告げた二人は、駐車場に停めてあった軽トラックに乗り込むと、そのまま病院を後にした。軽トラックというのは、もちろん蛸の絵が描かれた軽トラ屋台のことだ。

車の持ち主である甲本一樹《こうもとかずき》は山部勢司《やまべせいじ》の共犯者として警察に逮捕された。やがて裁判を受けることになるだろう。だが情状酌量の余地は充分にある。有罪は免れないとしても、おそらくは執行猶予付きの判決を勝ち取るのではないか。そうなれば、また甲本は自分の商売に戻れるはず。それを見越して、甲本は自分の愛車を翔太郎にいっとき預けたのだ。「ついでに梵天丸《ぼんてんまる》も預かってくれーや」と甲本は図々しいことをいっていたが、そんなもの預けられても困る。梵天丸はどうやら廃船にせざるを得ないようだ。

ちなみに今回、翔太郎と絵里香が企んだ狂言誘拐そのものが罪に問われることはなかった。娘を思う花園周五郎《はなぞのしゅうごろう》が、すべてを不問に付したからだ。

その一方で二人が巻き起こした騒動の中には、文字どおり犯罪と呼べるものも確かにあった。中でも重大な罪は、梵天丸の船上から警察官二名を海へと放り落として、そのまま逃走した一件だろう。

この件については二人とも警察から大目玉を喰らったものの、やはりそう重くない罪として処理された。状況が状況だったので仕方なかったと判断されたのか、山部勢司に利用された被害者として若い二人が大目に見てもらえたのか。その点、翔太郎にもよく判らない。絵里香がいうには、「きっとパパが警察の偉い人と話をつけてくれたんだわ」

とのことだ。もし、それが事実なら花園周五郎という人物、なかなか頼れる親分ということになるのだが、実際はどうなのだろうか。真相はいまだ藪《やぶ》の中である——

などと運転席の翔太郎が余計な考えを巡らせるうちに、軽トラ屋台がひとつ坂道を越える。すると突然、前方の視界が開けた。そこに広がるのは見慣れた海峡の景色だ。

キラキラとした輝きを放つ海。波に逆らってノロノロ進む貨物船。波に乗ってスイスイ走る漁船。それらを見下ろすように屹立《きつりつ》する関門橋の雄姿を、晩夏の陽光がくっきりと照らし出している。その光景を指差しながら、助手席の絵里香が声をあげた。

「あの橋脚の真下あたりが、わたしたちのアジトね」

「アジトか……ははは、なんか懐かしいな……」

それほど月日が経ったわけでもないのに、なんだかあのとき過ごした喧騒の日々は、もう遠い過去のような気がする。そういえば二人の狂言誘拐は、まさしくこの軽トラ屋台の運転席から始まったのだ。『俺がおまえを誘拐してやろうか？』そんなひと言が、すべての始まりだった。翔太郎がそのような感慨に耽《ふけ》っていると、突然——

「ねえ、翔太郎」と助手席から絵里香の声。彼女はなにやら思い詰めたかのような口調で続けた。「ねえ、もしもよ……」

「え、もしも……なんだって？」

「もしも、またなにかあったとするでしょ、そのときは……」

「はぁ、そのときは……？」

「そのときは翔太郎、もう一度、わたしを誘拐してくれる？」

えッ、と短く声を発した翔太郎は驚きのあまり急ハンドル、そして急ブレーキ。

キキキーッと激しくタイヤを軋ませた軽トラ屋台は、つんのめるようにして路肩に急停止した。ホッと息を吐いて助手席を見やると、絵里香は真剣な表情のまま翔太郎の答えをジッと待っている。――おいおい、もう一度って？ 絵里香を？ 俺が？

視線で問い掛けると、絵里香は黙って頷く。どうやら本気で聞いているらしい。

翔太郎も本気で考えた。

ああ、いいとも。必要とあらば何度だって！

ドンと胸を叩いてそう答えたいところだが、いや、やっぱり嘘はよくない。今回の狂言誘拐で学んだ唯一の教訓だ。翔太郎は正直なところを率直に答えた。

「いいや、もう誘拐なんてしない。――当たり前だろ」

翔太郎はアクセルを踏み込み、再び車をスタートさせる。

「なーんだ、ガッカリ！」言葉とは裏腹に、絵里香の声は底抜けに明るい。

「なにがガッカリだ。変なこと聞くなよ！」そういう翔太郎も思わず笑顔だ。

夏の終わりを告げる和らいだ日差しのもと。

二人を乗せた軽トラ屋台は、海峡を見下ろす坂道をどこまでも走り抜けていった。

―― 完 ――

解説――「もう誘拐なんてしない」なんて言わないよ絶対

大矢博子

うわあ、ばり懐かしいっちゃ！

もう四十年以上も前のことだが、本書の舞台になっている北九州と下関は、私の小学校の修学旅行先だった。関門橋《かんもんきょう》を見上げた。和布刈《めかり》公園にも行った。火の山ロープウェイにも乗った。赤間宮《あかまぐう》は雨で見学が中止になった。関門橋が開通してまだ二年かそこらしか経っていなかった時代である。その修学旅行で私は「努力」と書かれた関門橋のレリーフを買った。舞い上がっていたとしか思えない。

その修学旅行から六年後、私は小倉《こくら》にある大学に入り、五年間を北九州で過ごすことになる。何か今、数字にちょっと違和感を感じたかもしれないが、気にしないように。小倉と門司《もじ》はお隣で、門司も下関もそりゃもう隅から隅まで五年間遊び回った、いわば青春の地なのだ。火の山のつつじ見物もしたし、巌流島《がんりゅうじま》で決闘ごっこもした。関門トンネルは数えきれないほど通った。

門司側ではトンネルの入り口に大きな河豚《ふぐ》の絵が描かれており（今もあるかな？）、その河豚の口がトンネルになっているというデザイン。口から入るんだから下関側の出口はつまり——という下関の皆さんには誠に申し訳ない下品なギャグを、トンネルを通る度に飽きもせず毎回言っていた。バカだったとしか思えない。

そんなふうに、私にとって門司と下関は甘酸っぱくもバカな思い出に満ちた場所なわけで、そんな私が本書を読んで「うわあ、懐かしいっちゃ！」と三十五年ぶりに北九州弁が出てしまうのも、しょうがないのである。

と言っても、ただ馴染みの場所が出てきたから懐かしい、ってな単純な話ではない。土地勘のない人でも、使ったことのない北九州弁で「ばり懐かしいっちゃ」と、あるいは山口弁で「ぶち懐かしいのう」とつい口に出してしまうような、そんな青春の懐かしさと土着の生活感と笑いに満ちているのが本書の最大の魅力である。

というわけで、まずは簡単に『もう誘拐なんてしない』のアウトラインをご紹介。

先輩の代理でたこ焼き屋台のバイトをしていた翔太郎《しょうたろう》は、「悪い人たちに追われているの」という女子高生を助けた。しかし話を聞いてみると、この女子高生・絵里香《えりか》はヤクザの組長の娘、追っていたのは護衛の組員だという。病気の妹のためにお金が欲しいという絵里香のために、翔太郎は狂言誘拐を計画することに。ところがそこに予期せぬ殺人事件や偽札事件が重なって——。山口県下関市から関門海峡を挟んで北九州市門司区を舞台に繰り広げられる、脱力系ユーモア誘拐ミステリだ。

と、今「ユーモアミステリ」と紹介したが、本書は他にも顔がある。青春ミステリ、旅情ミステリ、そして本格ミステリ。まさに全方位。どんなお客様でもお喜び戴けますと言わんばかりの、書評家としては非常に薦めやすいつくりになっている。好みや読書習慣を知らない相手から「何か面白い本ない？」と訊かれたとき（ホントによく訊かれるんだけど、すごく難しいんですよそれに答えるのって）、相手が誰だろうがこれを出しときゃまず失敗しないってくらいの鉄板だ。もちろんマルチジャンルというだけで薦められるわけではなく、それぞれの要素に於いてどれもレベルが高いからなのは言うまでもない。

そして各要素が、互いに分ちがたく結びついていることが、本書の最大の特徴なのである。

まず旅情ミステリとしての魅力を考えてみる。

大抵、旅情ミステリと言えばシリーズ物の刑事が特急に乗って出かけ、観光地で聞き込みをし、断崖で犯人が自白するものと相場が決まっている（と思う）。けれど本書に登場するのは下関と門司のばりばりの地元民ばかりである。地元民を主人公にしてしまうと、そうそう観光地は出てこない。東京の人が東京タワーには行かないようなものだ。

本書でも、冒頭に書いたような観光地の名前は登場するが、赤間宮は壇《だん》ノ浦《うら》で没した安徳《あんとく》天皇が祀《まつ》られる由緒ある神社としてではなく、耳無し芳一《ほういち》の舞台としてでもなく、地元の車の二台に一台はそこの交通安全のお守りを下げている（ホントか？）という紹介のされ方だし、有名な関門橋より関彦橋《かんげんきょう》という「……どこ？」としか言いようのない、ルビがないと読めないような橋がフィーチャーされたりする。海峡の向こう側からもはっきり見える潮流の電光掲示板や、横浜ベイスターズが下関でホームゲームをする理由なども紹介される。

下関市民ですら忘れているようなベイスターズの設立当時の話が出て来るあたり、さすが野球好きの著者（カープファンでいらっしゃるとのこと）だけのことはある。余談だが、翔太郎の先輩・甲本《こうもと》が見ている横浜対中日のナイターでは、六回裏で七点差をつけ中日がボロ勝ちしていたようで、ベイスターズファンには申し訳ないが、ドラゴンズファンとしてはこれだけで本書の評価が一気に五割増だ。

話がずれた。他にも、市民の足はサンデン交通だそうで、いや、そりゃそうなんだろうけど、要るかその情報？　そう言えば岡山を舞台にした『館島』（東京創元社）でも下津井《しもつい》電鉄という既に廃線になったローカル線がやけに事細かに描写されていた。もしや東川さん、野球ファンだけでなくローカル線マニアでもあるんだろうか。

また話がずれた。つまり、観光ガイドにはまず載ってない――というか載せてもしょうがない話ばかりなのだ。しかしちょっと待たれたい。だからこそ、リアルにその土地の空気が伝わってくるのである。ゲームセンターも病院もラブホテルもある普通の町で、観光スポットではなく日々の通行路として登場する関門トンネル、バナナの叩き売りが前身の門司のヤクザ（ちなみに任侠ってのは北九州のご当地名物と言えなくもない）、裏口からそのまま海に出られる漁師の家。海峡を行き交う船、島々、潮流の電光掲示板。全編から潮の香りが、しかも船の油やゴミや海草もそれなりに混じってるような潮の香りが漂ってくるようじゃないか。

方言の使い方もいい。翔太郎の先輩以外の登場人物は便宜上（？）標準語を喋ってはいるものの、門司の絵里香は興奮すると「ボテクリコカされたって知らんけんねー」「くらわさるっけんねー」と相手を恫喝する。こらこら絵里香ちゃん、よその人にはバレないだろうけど、そりゃ女の子が口にする言葉じゃありませんよ。

そういった小道具や風景描写だけでも生き生きとした土地柄が伝わってくるのだが、何より、ここで展開される身代金受け渡しトリックも、そしてその謎解きも、この場所でなくては成立し得ないものであることに注目されたい。旅情ミステリでもあり本格ミステリでもあるという理由はそこにある。本書の舞台は、絶対に下関でなくてはならないのである。あまり詳しくは書けないけれども、このトリックが実はかなり巧緻《こうち》に練られたものであり、そういう描写が思わぬ伏線だったことに驚くはずだ。

そしてまた。

この伏線の仕込み方に、ユーモアミステリという側面が生きて来る。テンポよく繰り出されるギャグ、体中の骨が軟骨になってしまうような脱力系のだじゃれ、繰り返されるお約束のシチュエーション、絶妙なツッコミを入れる地の文。よく「万人が泣く映画を作るのは容易《たやす》いが、万人が笑う映画は難しい。笑いのツボは人によって違うから」と言われるが、本書の笑いは多岐にわたっており、あらゆる人のツボにヒットするのではあるまいか。ちなみに私が一番好きなのは（かなり地味な箇所なのだが）、彦島《ひこしま》と門司港を結ぶ橋が出来たらなんという名前になるのかという絵里香の問いにツッコむ地の文です。いやもう、ツボにハマってしまって、ひとしきり笑ったね。しかも混み合った喫茶店で。ひとりで。端《はた》から見たら完全にヘンなおばさんだ。恥ずかしいったらない。
ところが笑った時点で、著者の術中なのだ。軽妙な面白文体は著者の持ち味であると同時に、伏線を巧妙に隠す技でもあるのだから。著者は以前、インタビューに答えてこんなことを話している。

「本格ミステリーとユーモアは自分の中では一つです。好きな笑いのタイプは前振りがあって落ちがあるものだし、本格ミステリーも伏線があって、それを回収していきます」

（朝日新聞　二〇〇八年二月十七日）

つまり著者にとって、ユーモアミステリを書く作業と本格ミステリを書く作業は、その手法としてほぼイコールなのだ。だから「ユーモアミステリっていうとお笑い優先で、謎解きやトリックはぬるいんだろうな」という予断はこの著者には当てはまらない。その技巧は、じっくり本編で堪能されたい。旅情ミステリ・本格ミステリ・ユーモアミステリという三つの要素が分ちがたく結びついているということを、ご理解戴けることと思う。
そして残るひとつの要素——青春ミステリは、これはもうキュートな絵里香ちゃんと、懲りない翔太郎の関係に尽きる。翔太郎は脅されたり殴られたり海に落とされたり（いや、自分で落ちたり）しながらも、なんだかんだ言って絵里香へのあくなきアプローチを続けているではないか。ヒロインがヤクザの組長の娘で高校生というのは、前述のインタビューによれば、赤川次郎『セーラー服と機関銃』からの連想なのだそうだが、赤川作品では女子高生自身が組長になったのに対し、本作では絵里香のバックには現役組長をはじめ、その組長より権力と実力を持つ絵里香の姉の皐月《さつき》、忠実かつ個性的かつトボけた組員たちが控えている。翔太郎が果たして思いを遂げることができるか、ぜひ続きを書いていただきたい。これほどまでの環境を打破するには、今度は狂言ではなく本当に誘拐するしかないのではなかろうか。懲りない上にチト考えの足りない翔太郎のことだ、「もう誘拐なんてしない」なんて言わないよ絶対。

（書評家）

単行本　二〇〇八年一月　文藝春秋刊

本書は二〇一〇年七月に小社より刊行された
文庫に、エピローグを加筆した新装版です。
解説も再録いたしました。

本文イラスト
satsuki

本文デザイン・マップ制作
木村弥世

DTP制作
エヴリ・シンク

文春文庫

もう誘拐《ゆうかい》なんてしない

定価はカバーに表示してあります

2024年1月10日　新装版第1刷

著　者　東川《ひがしがわ》篤《とく》哉《や》

発行者　大沼貴之

発行所　株式会社　文藝春秋

東京都千代田区紀尾井町 3-23　〒102-8008
TEL　03・3265・1211㈹
文藝春秋ホームページ　http://www.bunshun.co.jp

落丁、乱丁本は、お手数ですが小社製作部宛お送り下さい。送料小社負担でお取替致します。

印刷・大日本印刷　製本・加藤製本

Printed in Japan
ISBN978-4-16-792159-0